U0516072

湖南文理学院优秀出版物出版资助

湘西北文化与文艺发展研究中心（湘教通 [2012]311 号）研究成果

洞庭湖生态经济区建设与发展湖南省协同创新中心“人文洞庭”项目
（湘教通 [2015]351 号）研究成果

湖南省应用特色学科“湖南文理学院中国语言文学学科”
（湘教通 [2018]469 号）研究成果

FLOWERS
AND RAINS ON THE
ROAD OF POETRY:

On the Image
of Chinese New Poetry

诗路花雨

——中国新诗意象探论

张文刚　著

社会科学文献出版社
SOCIAL SCIENCES ACADEMIC PRESS (CHINA)

前　言

本书立足于20世纪，用“意象”贯穿中国百年诗歌史，一方面对现代意象诗学理论资源进行较为系统的梳理、提炼和论析，另一方面选取新诗发展史上具有代表性的诗人诗作予以探幽析微，从理论话语和诗歌文本两个层面建构现代意象诗学和诗歌批评视野。全书分为“现代意象诗学初探”“新诗经典意象解读”上、下两篇。上篇从意象本质论、意象功能论、意象生成论和意象鉴赏论等方面探论；下篇撷取闻一多、徐志摩、戴望舒、卞之琳、昌耀、食指、舒婷、于坚、戈麦、余光中等十位诗人的诗作进行系统的意象阐释，并就七月诗派和九叶诗派、顾城和海子等诗歌现象和诗人诗作加以比较分析。

意象是诗歌生命的细胞，是诗人情感的载体及其存在的文化符号，是中国诗歌最具民族特色的美学品格之一。本书旨在对20世纪中国诗歌意象理论和诗歌意象艺术进行分析阐释，在建构现代意象诗学理论的同时，分析诗歌经典意象，并将这种分析置于心理学、社会学、语言学、文化学、美学等多学科视野，这将有利于拓展和丰富文艺学学科中的意象理论研究，深化和细化中国现当代文学学科中的诗歌研究。本书除学科价值外，还具有一定的应用价值，主要体现在以下四个方面。一是对现代诗学话语体系建构有启迪意义。作为诗之国度，我国古代诗学范畴和理论资源十分丰富，从意象角度切入，可以启迪我们接通古今、多维思考和系统观照，充分发掘现代诗学中理论范畴的渊源、流变和审美价值。二是对诗歌批评有方法论意义。从意象角度分析和衡量诗歌，可以接续古代文学批评中“意象批评”的方法而又有所超越和创新。这不仅对诗歌批评，而且对其他文学作品的分析都具有方法论指导的作用。三是对诗歌创作有提升意义。帮助诗歌作者提升理论水平，领略意象在诗歌创作中的奥秘和魅力，并在创作实践中自觉地运用意象思维，借鉴创作技巧，从而提高诗歌创作水平。四是对诗歌鉴赏有指导意义。对帮助诗歌鉴赏者紧扣意象解读作品，提升鉴赏能力、审美能力起到指导作用；还可以帮助文艺爱好者感知和体味文艺作品中的典型意象，由此探寻文本的意蕴和艺术奥妙，从而提升文艺审美素质。在构建书香社会的今天，本书将为助推国民系统阅读和深度阅读发挥积极作用。

对诗歌意象理论和意象艺术的探讨，已产生不少优秀成果，尤其是立足于中国古代意象诗学和古典诗歌来聚焦意象问题，以及对20世纪初现代意象诗学的发生、发展和所接受的影响等方面进行审视与勾勒。本书在阅览和借鉴部分现有意象研究成果的基础上，对现代意象诗学及其新诗创作实践进行理论整合和审美阐释，既有理论层面的系统归纳和论析，又有实践操作层面的文本解读，在承接古典意象诗学和意象批评内在精神及意脉的同时，立足于传统诗学话语资源的现代转换和现代构建，体现出文艺理论和文艺批评的时代感和现实品格。

目 录

上篇 现代意象诗学初探

下篇　新诗经典意象解读

上　篇

现代意象诗学初探

第一章

意象本质论

第一节　意象概念的演化

一　对具象的强调："具体的做法"和"实地描写"

"意象"作为传统诗学理论中的一个重要术语，在现代诗歌理论著述中首先遭遇了身份确认的尴尬。虽然诗论者一方面仍在使用"意象"概念，另一方面却常常用别的理论概括来替代"意象"之说。胡适作为白话新诗的开创者之一，在对新诗创作的经验总结和理论探寻中提倡"具体的做法"："我说，诗须要用具体的做法，不可用抽象的说法。凡是好诗，都是具体的；越偏向具体的，越有诗意诗味。凡是好诗，都能使我们脑子里发生一种——或许多种——明显逼人的影像。这便是诗的具体性。"① 这段话包含三层意思：一是指出诗歌创作要用"具体的做法"；二是"具体的做法"成为评判一首诗歌的标准；三是从接受者的角度来看，"具体的做法"能给人带来美感和诗意的享受。

① 胡适：《谈新诗——八年来一件大事》，《中国新文学大系·建设理论集》（影印本），上海文艺出版社，1980，第308页。

显然，“具体的做法”是一种意象思维和意象创作，从诗歌的发生到诗歌的接受就是从诗人心中的“意象”生成到读者脑海里的“影像”再造的过程。但在这里胡适并没有直截了当地使用“意象”这个词，而是用了“具体”“影像”等这样一些浅白的描绘性的词语。在具体论证时，胡适从视觉的“影像”到听觉的“影像”，再到整个感觉的“影像”，列举的全是古典诗作中的名句，且一连用“这是何等具体的写法”的排比句式给予了充满激情的评价。主张“诗体大解放”的胡适，一方面从“文的形式”方面下手，主张“有什么题目，做什么诗；诗该怎样做，就怎样做”；另一方面又用“具体的做法”加以规约。这看起来似乎有理论上的矛盾，其实不然，胡适强调的是新诗创作形式上的“放任”，在这背后，他所倚重的是诗歌艺术创作内在的规定性，即“具体的做法”和“影像”的传达。他还强调，如果处理“抽象的材料”，则“格外应该用具体的写法”。[①] 他批评了当时许多新体诗的通病：“抽象的题目用抽象的写法。”尽管胡适如此强调“具体的写法”，他自己也创作了一些保留古典诗词韵味和气息的较为生动形象的诗作，但也有不少诗作流于说理和简单的心理描写，如他在《谈新诗——八年来一件大事》中列举的自己比较得意的诗作《应该》，诗体虽然“解放”了，但并没有如他所期许的那样用“具体的做法”，完全是一种观念和情思的表达。联系胡适的创作和他所援引的诗例，他所说的“具体的做法”，似过于拘泥于写实，缺乏空灵和想象。闻一多曾批评“五四”新诗弱于想象，应该说也击中了胡适这一主张的弱点。

当然，我们也应看到，胡适在用“具体的写法”阐释自己的诗学主张时，也不经意地使用了“意象”一词。他从创作心理学角度入手，提出反对陈陈相因的套语的理论，是他对萌芽期现代性诗学建设

---

① 胡适：《谈新诗——八年来一件大事》，《中国新文学大系·建设理论集》（影印本），上海文艺出版社，1980，第 308 页。

的一个独特的贡献。“凡文学最忌用抽象的字（虚的字），最宜用具体的字（实的字）……初用时，这种具体的字最能引起一种浓厚实在的意象；如说‘垂杨芳草’，便真有一个具体的春景；说‘枫叶芦花’，便真有一个具体的秋景。这是古文用这些字眼的理由，是极正当的，极合心理作用的。但是后来的人把这些字眼用得太烂熟了，便成了陈陈相因的套语。成了套语，便不能发生引起具体意象的作用了。”[①] 这里的“意象”与上文提到的“影像”是可以置换的，都强调了诗的具体写法产生的审美效果，即古今中外一切好诗应该具备的特征。胡适关于“影像”或“意象”的表述，可以看出他所接受的中国传统诗学和西方意象派诗学的双重影响。他的“具体的写法”的提倡、“影像”或“意象”的交替运用，都可看出他的诗学主张乃至他的文学改良的主张与英美意象派诗歌运动的精神联系。梁实秋曾指出“美国印象主义者”对胡适文学改良主张和新诗倡导的影响。[②] 而胡适在他的留学日记中也全文剪贴了意象派诗运动的宣言。然而当时胡适的理论思考中，并没有将诗的“意象”的提倡，引导到西方象征主义或现代主义的单一理解，而是在模糊的观念中包含了传统的与现代的双重因素。“意象”尚没有在现代意义上作为新诗的一个审美范畴被单独地凸显出来。[③]

胡适的“具体的做法”在俞平伯的笔下变成了“实地描写”：“我以为做诗非实地描写不可，‘想当然’的办法，根本要不得。实地描写果然未见得定做出好诗，但比那‘想当然’其实‘不然’的空想毕竟要强得多。”[④] 在新诗创作之初，俞平伯在审视和总结人们对新诗的各种心理之后，主张要“增加诗的重量”，而“增加诗的重量”的最

---

① 胡适：《寄沈尹默论诗》，《中国新文学大系·建设理论集》（影印本），上海文艺出版社，1980，第313页。

② 梁实秋：《浪漫的与古典的：文学的纪律》，人民文学出版社，1988，第124页。

③ 孙玉石：《中国现代主义诗潮史论》，北京大学出版社，1999，第402~403页。

④ 俞平伯：《社会上对于新诗的各种心理观》，杨匡汉、刘福春编《中国现代诗论》（上编），花城出版社，1985，第27页。

重要的一点就是要“多采取材料”，并且对材料加以“选择”。如果材料缺乏，诗人就会借点玄想，构筑“空中楼阁”。俞平伯明确反对“幻想”，强调“目睹身历”。显然，俞平伯强调的“实地描写”就是要占有材料、选择材料，与胡适的“具体”“影像”等提法一样，强调的是客观的方面，忽略了诗人的主观能动性和创造性，对诗人的想象力、幻想力在诗歌创作中的作用重视不够，甚至明确加以排斥和反对。从这个方面说，胡适的“具体的做法”和俞平伯的“实地描写”接近“意象”概念所包含的意义，但不能等同于“意象”。随着新诗创作的推进和诗论家自身理论建构的更加丰富和完善，俞平伯后来也进一步补充和修正了他早期的诗歌观念。1922 年，他在《诗底进化的还原论》中指出：“自然界在文人眼睛里、脑筋里是人化的自然，不是科学家的非人化观念，也不是哲学家的超人化观念。因为假使自然不是人化的，那么人的文学的一部分——诗——中间就不能把它来做材料。我想把自然界摆入‘诗囊’，所以要把它加些情绪想象的色彩。原来自然和人生本不是两个东西，人类本是自然界一小部分，所以就人化了它，其实还是自然的自然。”① 这里，作者反对写实主义照相似的描写，提倡诗人主观情绪和想象的运化，强调诗人主观创造在诗中对于客观的超越性，诗歌创作要融合主观与自然，创造一种非常鲜明的意象。②

二　意象的另一种表达：“幻象”说和“心象”说

替代“具体的做法”和“实地描写”这些说法的，是闻一多使用的“幻象”一词，这在本质和内核上更接近“意象”这一诗学概念。闻一多是在分析大量新诗作品存在的弊端的基础上提出“幻象”这一

① 俞平伯：《与新潮社诸兄谈诗》，《俞平伯全集》第 3 卷，花山文艺出版社，1997，第 517 页。

② 孙玉石：《中国现代主义诗潮史论》，北京大学出版社，1999，第 36 页。

概念的。他指出当时不少新诗堆砌景物、玩弄辞藻，缺乏对材料的选择和组织，缺乏诗人的特有的想象力和生命力。他这样评价《月食》："《月食》的作者描写夜景，将天空、星辰、银河、花鸟、杨柳、灯光、空气等如同记账样报过一遍，我们看了，一点真确明了的幻象也感觉不到。我恐怕作者当时自身的感觉也不十分剧烈，不能唤起自己的明了的幻象，只为要作诗，便忙忙写下，所以得了这个不能唤起读者的幻象的'麻木不仁'的作品。"[①] 他又这样评价《草儿》和《冬夜》："幻象在中国文学里素来似乎很薄弱。新文学——新诗里尤其缺乏这种质素，所以读起来总是淡而寡味，而且有时野俗得不堪。《草儿》、《冬夜》两诗集同有此病……这种空空疏疏模模糊糊的描写法使读者丝毫得不着一点具体的印象，当然是弱于幻想力的结果。"[②] 可见，闻一多笔下的"幻象"是指融注了诗人的想象和情感的形象，客观上包含选择、提炼和升华等基本诗学原则，和"意象"一词几乎可以通用。在闻一多的诗评中，有时候"意象"和"幻象"就是混用的。在《〈冬夜〉评论》中，闻一多把《冬夜》与冰心、郭沫若的诗做比较，在指出《冬夜》等作品弱于"幻象"之后，又借用"意象"一词对冰心、郭沫若的诗歌大加赞赏："这两位诗人的话，不独意象奇警，而且思想隽远耐人咀嚼。"[③] 当然，闻一多对《冬夜》中"意象"有征引价值的诗句也给予了肯定，认为"《冬夜》还有些写景写物的地方，能加以主观的渲染，所以显得生动得很，此即华茨活所谓'渗透物象底生命里去了'"[④]。这足见闻一多对诗人创作主体的重视，对诗人的想象力和生命力的重视。就新诗意象理论建设而言，从偏于

① 闻一多：《评本学年〈周刊〉里的新诗》，《闻一多选集》（第一卷），四川文艺出版社，1987，第 213 页。

② 闻一多：《〈冬夜〉评论》，《闻一多选集》（第一卷），四川文艺出版社，1987，第 236 ~ 237 页。

③ 闻一多：《〈冬夜〉评论》，《闻一多选集》（第一卷），四川文艺出版社，1987，第 241 页。

④ 闻一多：《〈冬夜〉评论》，《闻一多选集》（第一卷），四川文艺出版社，1987，第 241 页。

宣示对客观具象的直写和刻绘到对诗人生命意绪对物象的渗透的倚重，这既是一种纠偏，也是逐渐回到传统“意象”概念及其本质上来的一种理论自觉和理论传承。

与闻一多一样，成仿吾也强调诗人的想象和情感，而强调想象和情感是为了否定抽象的表达，否定说理。他强调：“文学的目的是对于一种心或物的现象之感情的传达，而不是关于它的理智的报告——这些浅近的原理，我想就是现在一般很幼稚的作家，也无待我来反复申明的必要。”他认为诗歌尤其要以情感为生命：“诗的作用只在由不可捕捉的创出可捕捉的东西，于抽象的东西加以具体化，而他的方法只在运用我们的想象，表现我们的情感。一切因果的理论与分析的说明是打坏诗之效果的。”① 他认为理论的或概念的，与过于抽象的文字，即使排列为诗形，也终不能说是诗。他指出目下的诗的王宫是“一座腐败了的宫殿”，于是疾言厉色地批评了胡适、康白情、俞平伯、周作人、徐玉诺等人的部分诗歌，认为其是“文字的游戏”，是“演说词”，是“浅薄的人道主义”。继而成仿吾对当时盛极一时的小诗、哲理诗大加挞伐，认为宗白华的诗是概念与概念的联络，冰心的诗是抽象的文字的集拢。② 但成仿吾并未一味地否定小诗和哲理诗，他认为“小诗变为优美的抒情诗，哲理与真情调和，亦并非不可能之事”③。可见，成仿吾在强调诗歌的“具体化”的同时，特别强调诗人的想象，强调情感的抒发和表达，虽没有像闻一多那样直接用“幻象”“意象”等理论术语，但其诗歌主张的内核与闻一多是相通相接的。

① 成仿吾：《诗之防御战》，杨匡汉、刘福春编《中国现代诗论》（上编），花城出版社，1985，第70页。

② 成仿吾：《诗之防御战》，杨匡汉、刘福春编《中国现代诗论》（上编），花城出版社，1985，第78页。

③ 成仿吾：《诗之防御战》，杨匡汉、刘福春编《中国现代诗论》（上编），花城出版社，1985，第80页。

从胡适的"具体的做法"、俞平伯的"实地描写"，到闻一多的"幻象"说、成仿吾的"情感"说，中间还有康白情的"心象"说、宗白华对"图画美"的强调。康白情强调诗歌的情感性和音乐性："以热烈的感情浸润宇宙间底事事物物而令其理想化，再把这些心象具体化了而谱之于只有心能领受底音乐，正是新诗的本色呵。"[①] 显然，康白情的"心象"说与"意象"的概念在含蕴上是可以叠合的。宗白华曾试图给诗下定义："用一种美的文字……音律的绘画的文字……表写人的情绪中的意境。""所以我们对于诗，要使他的'形'能得有图画的形式的美，使诗的'质'（情绪思想）能成音乐式的情调。"[②] 宗白华在表述"图画的形式的美"的时候，是将"音乐式的情调"和"意境"放在一起来探讨的，虽未用"意象"一词，但实际上包含了"意象"所要表达的内涵。

以上这些也是诗人的诗评家、理论家在对待"意象"的问题上，或偏重于客观，或立足于主观，或融主客观于一体，其理论创见和诗学主张，对引领新诗创作潮流，克服新诗创作之初的概念化、抽象化或纯客观化等倾向起到了一定的纠偏作用。虽然他们自身在理论上阐幽发微，力克新诗创作中的流弊，但大多在诗歌创作实践中往往顾此失彼，或空洞说理，或泛情滥情，或堆砌景象，并没有协调好"意"与"象"的水乳交融的关系。其间明确提出"幻象"说并身体力行的是闻一多先生。闻一多重视诗的意象经营，注意意象的象征性，其意象具有丰富的内涵以及由此带来的穿透力、延展力和生命力。闻一多不仅用"新格律"的形式规范避免了白话诗初创时期的率性而为和任意而发，而且用大量富有古典美和现代色彩的"意象"创造给新诗创作树立了榜样。

① 康白情：《新诗底我见》，《少年中国》第1卷第9期，1920年3月。
② 宗白华：《新诗略谈》，《艺境》，北京大学出版社，1987，第20～21页。

三　时代话语："事象"说及其矛盾

及至20世纪30年代中期以后，随着时代变化而变化的新诗创作，在经历了早期的尝试和摸索之后，从形式到内容都发生了很大的变化。在"意象"理论建设方面，这时候也出现了新的理论表述，最有代表性的就是胡风的"事象"说。胡风在诗评、诗论文章中大量使用"意象"一词，同时又常常用"事象"来替代"意象"，突出强调"事象"在诗歌创作中的作用。胡风对"事象"的强调，意味着对外部世界的敏锐感知和迎合，对纷繁事象的把捉、选择和表现，从而突出"意象"的客观性和社会性，使"意象"内涵得到丰富，境界得到扩大和提升。这也标志着新诗理论和新诗创作在"意象"的表述和运用上，从对自然意象、生命意象的敏感和贴近，发展到对社会意象、生活意象的重视和发掘。显然这是时代生活的变化带来的诗歌意象理念及选择上的变化。胡风在给田间的诗集《中国牧歌》作序时说："诗人底力量最后要归结到他和他所要歌唱的对象的完全融合。在他底诗里面，只有感觉，意象，场景底色彩和情绪底跳动……用抽象的词句来表现'热烈'的情绪或'革命'的道理，或者是，没有被作者底血液温暖起来，只是分行分节地用韵语写出'豪壮'的或'悲惨'的故事——在革命诗歌里最主要的这两个同源异流的倾向，田间君却几乎完全没有。诗不是分析，说理，也不是新闻记事，应该是具体的生活事象在诗人底感动里面所搅起的波纹，所凝成的晶体。"① 可见，胡风对"革命诗歌"中的抽象抒情和空洞说理是持否定和批评态度的。

胡风的矛盾也在这里。他一方面强调事象，另一方面又肯定抽象的理论或信念。在《关于"诗的形象化"》一文中，他列举了有关诗歌作品，说明诗歌并不是"非有可见可触的事象不可"，"人不但能够

① 胡风：《田间底诗——〈中国牧歌〉序》，《胡风论诗》，花城出版社，1988，第17页。

在具象的东西里面燃起自己底情操，人也能够在理论或信念里面燃起自己底情操的”。他特别列举了马雅可夫斯基，指出不能过于性急地抨击“口号诗”和“狂喊诗”，得问问是怎样的“口号诗”和“狂喊诗”。[1] 胡风的这种矛盾可以从两个方面来认识和理解。一方面，胡风认为诗歌的生命是情感，只要有情感，诗作中有没有形象是无关紧要的，甚至口号、理念等只要经过诗人情感的化合，都可以入诗。胡风的这个观点是针对诗歌创作中一味追求形象，结果导致只有“形象”而没有诗歌应有的激情的现象而提出的。[2] 另一方面，胡风的这种矛盾是因为他在看待问题和分析问题时转移了立足点。在强调“事象”时，他立足于诗歌自身，满足于诗歌的内在的审美要求以及诗歌和社会生活之间的融通，故而对“分析”和“说理”提出批评；在肯定“理论和信念”时，则离开诗歌本体而把目光投向外部社会生活，突出强调时代的特殊性以及时代生活的节拍和人的内心感应，因而认为“理论或信念”也是“我们底血肉所寄附的东西”。应该说，这也是作为诗人和理论家的胡风与作为战士的胡风的一种内在矛盾的传达和折射。尽管如此，胡风的“事象”说还是顺应了时代的要求和新诗面临的新的环境，补充和丰富了“意象”的内涵。

四　体系化的尝试：对“意象”的深入思考

进入 20 世纪 40 年代，无论是对“意象”理论的探讨还是意象在诗歌创作中的运用，都出现了新的气象。袁可嘉和唐湜作为“中国新诗派”的代表，在诗歌创作丰收的同时，均颇有理论创见，对新诗中一系列话题包括“意象”发表了独特的见解。袁可嘉认为意象在诗歌中具有重要的地位，没有经过意象外化的“意志只是一串认识的抽象

---

① 胡风：《关于“诗的形象化”》，《胡风论诗》，花城出版社，1988，第 75 页。

② 常文昌：《中国现代诗歌理论批评史》，人民文学出版社，2004，第 181 页。

结论，几个短句即足清晰说明”，没有经过意象外化的“情绪也不外一堆黑热的冲动，几声呐喊即足以宣泄无余”。[①] 唐湜后来说40年代写成的《论意象》《论意象的凝定》等文，是“想尝试融合中国古典诗论与外国现代诗论，加以体系化”[②]。在《论意象》《论意象的凝定》等重要文章中，唐湜对意象的生成，意象的作用，意象鉴别的标准，意象理想的境界，意象与人的潜意识和理性、意象与人性力量和现实姿态、意象与人的生活和生命等之间的关系进行了深入而富有诗性的阐释，真正是一种“体系化”的梳理和观照。值得注意的是，唐湜站在本体论的高度来认识意象，认为意象不是单纯的传达手段，不是装饰品和点缀物，“意象与意义常常会结合得不可分离”，“意象时常会廓清或确定诗的意义”[③]。这种理论认知已经达到了相当的高度，不仅是“融合中国古典诗论与外国现代诗论”的理论收获，也是“中国新诗派”诗歌创作的经验总结和提升。有学者指出40年代出现了“诗歌的意象化运动”，这应该主要指的是“中国新诗派”的诗歌创作。“40年代诗歌的意象化运动，就是把意象当作诗的基本构成成分，或者说，意象是使思想观念或内心情绪具体化到可以被感官感知的一种艺术处理，是诗人含蓄地表现情感的一种重要方式。在他们看来，诗是以语言为符号的主情的审美符号系统，它的主要原件不是语词，而是意象。”[④] 唐湜后来也著文说，1948年在西子湖畔，“一种完全没有想到的新鲜感受给了我一种猝然的惊喜，众多动人的意象纷纷向我飘来，仿佛有诗神在我的梦床前奏响了金色的竖琴，一周间就写出了一个《交错集》”[⑤]。这是创作实践中伴随着灵感来袭的意象生成以及诗意的完成，印证了他的理论表达和对意象的诗性阐释。

---

① 袁可嘉：《新诗戏剧化》，《诗创造》第12期，1948年6月。

② 唐湜：《一叶诗谈》，广西教育出版社，2000，第9页。

③ 唐湜：《论意象》，《新意度集》，生活·读书·新知三联书店，1990，第9页。

④ 龙泉明：《中国新诗流变论》，人民文学出版社，1999，第450~451页。

⑤ 唐湜：《一叶诗谈》，广西教育出版社，2000，第10页。

第二节　意与象的关系

“意象”这个理论命题具有二元性。这种二元性体现在不仅强调意象的客观性，即物性，而且强调意象的客观性与选择性、主体与客体的相融性，在主观选择的独特的客观意象中，体现出主、客体瞬间相融的新颖感和奇特感。[①] 意象主义的代表诗人庞德认为“意象是刹那之间情感与理智的融合”，主张诗是由感性意象组成的人类情绪的方程式，而非“直接喷射物”，这使得意象既非单纯的主观感受或主观理念、主体情感，又非单纯的客观物象，而是主体审美意识与客观物象之间的复合或契合，追求对客观物象的主观渗透，即寻找“意之象”（艾略特语）。那么对意象本身内涵的探求和演绎，同样会成为现代意象诗学关注的一个重要方面。

一　意随象生

新诗出现之初，有流于白话和说理的倾向。诗体的大解放，时代的大变革，意兴盎然，激情潮涌，带给诗人的是一种痛快淋漓的歌唱乃至呐喊。在这一背景下，胡适等人强调“具体的写法”和“实地描写”，亦即强调“具象”的一面，以扭转空疏的抒情和放任的说理。应该说，这种理论初衷是好的，但过于强调“实”的一面必然会走向极端，容易使诗歌创作陷于五光十色的物质世界而难以超拔。“当时描绘自然的诗，大多数是记帐式的叙述，不是‘花是红的草是绿的’，就是把面前的景物罗列在一起，不给人以任何印象。”[②] 另外，如刘大

① 曹万生：《现代派诗学与中西诗学》，人民出版社，2003，第53页。

② 冯至：《我读〈女神〉的时候》，《冯至选集》（第二卷），四川文艺出版社，1984，第369页。

白所说的，初期白话诗的通病是“以议论入诗”“以哲理入诗”[①]。胡适也描述说：“这个时代之中，大多数的诗人都属于‘宋诗运动’。”[②]可见，早期的中国新诗尚没有意识到化情于象、即景即情的必要性。茅盾对此评论道：“描写社会现象的初期白话诗因为多半是印象的、旁观的、同情的，所以缺乏深入的表现与热烈的情绪……我们读了并不怎样感动。”[③]

也有一些诗人看到了“情景相融”的重要性，并身体力行。正是从这个角度，朱自清对俞平伯的部分诗作给予肯定：“在我们的新诗里，正需要这个‘人的热情底色彩’。平伯底诗，这色彩颇浓厚。他虽作过几首纯写景诗，但近来很反对这种诗，他说纯写景诗正如摄影，没有作者底性情流露在里面，所以不好。其实景致写到诗里，便已通过了作者底性格，与摄影的全由物理作用不同；不过没有迫切的人的情感罢了。平伯要求这迫切的人的情感，所以主张作写景诗，必用情景相融的写法；《凄然》便是一个成功的例子。”[④] 同样是俞平伯的诗歌，闻一多又给予批评，批评的恰恰是那些情景不能相融的作品，他指出《冬夜》等诗作存在照实描写、堆砌景物的弊端，成为不能唤起自己更不能唤起读者幻象的“‘麻木不仁’的作品”[⑤]。闻一多并不否认“景”的存在，但强调这种“景”必须融入“幻”的空灵和想象之中，即景中含情、意随象生。如果作者不对景物进行精心挑选，自身没有强烈的感觉，“只为要写诗，便忙忙写下”，必然就没有感人的“幻象”。他在总结自己的创作经验时说：“我自己做诗，往往不成于

① 刘大白：《〈旧梦〉付印自记》，陈绍伟编《中国新诗集序跋选（一九一八—一九四九）》，湖南文艺出版社，1986，第104页。

② 胡适：《胡适文存》（二），台北远东图书公司，1975，第214页。

③ 茅盾：《论初期白话诗》，杨匡汉、刘福春编《中国现代诗论》（上编），花城出版社，1985，第312页。

④ 朱自清：《〈冬夜〉序》，朱乔森编《朱自清全集》（第四卷），江苏教育出版社，1990，第51页。

⑤ 闻一多：《评本学年〈周刊〉里的新诗》，《闻一多选集》（第一卷），四川文艺出版社，1987，第213页。

初得某种感触之时，而成于感触已过，历时数日，甚或数月之后，到这时琐碎的枝节往往已经遗忘了，记得的只是最根本最主要的情绪的轮廓。然后再用想象来装成那模糊影响的轮廓，表现在文字上，其结果虽往往失之于空疏，然而刻露的毛病决不会有了。”[①] 关于在诗歌创作中如何由实景向幻象提升，闻一多在这里强调了两点，一是沉淀，二是想象。沉淀可以遗忘那些“琐碎的枝节”而提取“情绪的轮廓”，想象可以丰满和丰富“情绪的轮廓”的内涵。显然，闻一多是为了力避“刻露的毛病”，哪怕以“失之于空疏”为代价。可见，在当时景物堆砌的诗歌创作背景下，闻一多对诗歌意象中“幻”和“意”的一面的倚重，也是他一再使用“幻象”和“意象”这些理论术语的用意之所在。

朱自清先生在总结新诗创作头十年的情况时说：“‘说理’是这时期诗的一大特色。”[②] 这看起来与闻一多的评判有矛盾之处，其实不然。闻一多指出的新诗创作中景物堆砌的情况，在朱自清看来也不过是在“说理”：“‘具体的做法’不过用比喻说理，可还是缺少余香与回味的多，能够浑融些或精悍些的便好。像周启明氏的《小河》长诗，便融景入情，融情入理。至于有意的讲究用比喻，怕要到李金发氏的时候。”[③] 朱自清在这里使用的“比喻”一词，应该说实际上是一种立足于“意象”思维的评价，而不单是修辞学意义上的。他指出，这种“比喻”，换言之即诗歌中的“意象”尚缺少审美的质素和情趣，很少能做到像周作人的长诗《小河》那样“融景入情，融情入理”。朱自清肯定了闻一多笔下的“比喻”，认为其比喻不仅典雅，而且繁丽，充满浓郁的艺术气息，更重要的是这种比喻包孕着深厚的情致和

---

① 闻一多：《写给左明的信》，《闻一多选集》（第二卷），四川文艺出版社，1987，第706页。

② 朱自清：《〈中国新文学大系〉诗集导言》，朱乔森编《朱自清全集》（第四卷），江苏教育出版社，1990，第368页。

③ 朱自清：《〈中国新文学大系〉诗集导言》，朱乔森编《朱自清全集》（第四卷），江苏教育出版社，1990，第369页。

韵味："《死水》前还有《红烛》，讲究用比喻，又喜欢用别的新诗人用不到的中国典故，最为繁丽，真教人有艺术至上之感。……另一方面他又是个爱国诗人，而且几乎可以说是唯一的爱国诗人。"① 朱自清列举了周作人、李金发、闻一多、徐志摩诸诗人，并谈及他们诗歌中的比喻，实质上不仅仅是比喻的问题，有不少比喻已经上升到"象征"的艺术层次，包含丰富的内容。也就是说，这些诗人笔下的"比喻"（意象）在"实景"之外开拓出了新境，富有更多的内涵。

早期新诗意象理论是零星的、感悟的，没有形成体系，也就不可能对"意象"这一诗学概念的含义进行学理的分析，更多的是立足于新诗创作现状，借用中国传统的诗学术语来进行评判，敏锐地感知到"意"与"象"的隔膜或疏离，而一再强调"情景相融""寓情于景"，强调"幻象"对"具体的写法"和"实地描写"的渗透与补救，这实际上涉及诗人在创造形象时主体审美意识和客观物象的交融和契合的问题，即要力戒那种"象是象""意是意"的抒写局面，做到融情于景、意随象生。在早期新诗创作中也有一批诗作较好地处理了"意"与"象"的内在关系，写景、抒情和说理相融合，浑然而成一个独立自足的艺术世界，给人以美的享受和愉悦。

二　象与情谐

真正对"意象"这一诗学范畴进行学理分析的是朱光潜。朱光潜对诗学研究用力最深，他在游学欧洲时即草拟《诗论》提纲，20 世纪 30 年代初写成初稿并在北大专门讲授"诗论"，后几经修改增益结集出版在学界颇负盛名的专著《诗论》。这部系统探讨诗学问题的著作，从"诗的境界"的高度专论了情趣与意象的关系。在他的论述中，

---

① 朱自清：《〈中国新文学大系〉诗集导言》，朱乔森编《朱自清全集》（第四卷），江苏教育出版社，1990，第 373 ~ 374 页。

"情趣"简称"情"，"意象"就是"景"，二者的关系是一种契合的关系。首先，他指出一个境界必有一个独立自足的意象，"一首诗如果不能令人当作一个独立自足的意象看，那还有芜杂凑塞或空虚的毛病，不能算是好诗"[①]。这就说明，诗不仅要有意象（景），而且意象必须和谐统一，有一种完整性和自足性。其次，他认为诗的境界必是情景相生而且契合无间，"情恰能称景，景也恰能传情"。有情趣，没有意象，就没有具体可触的形象；有意象，没有情趣，就没有章法和内在的生命力。他分析道，人时时在情趣里生活，却很少能将情趣化为诗，"因为情趣是可比喻而不可直接描绘的实感，如果不附丽到具体的意象上去，就根本没有可见的形象"；人的眼前也常常有很多意象，但只有极少数偶尔成为诗的意象，"因为纷至沓来的意象凌乱破碎，不成章法，不具生命，必须有情趣来融化它们，贯注它们，才内有生命，外有完整形象"。[②] 最后，他指出，宇宙间没有绝对相同的情趣，也没有绝对相同的景象，情景相生，导致诗的境界也是富有创造性的、生生不息的。他从文艺心理学的角度分析"移情作用"和"内模仿作用"带来的人的内在情趣和外来意象之间的互动关系，指出由于人的情趣不同，看到的景象就不同，诗的境界亦不同。"物的意蕴深浅与人的性分情趣深浅成正比例，深人所见于物者亦深，浅人所见于物者亦浅。诗人与常人的分别就在此。"[③] 这已经涉及意象的形成与人的情趣之间的密切关系。另外，朱光潜还就情趣与意象契合的分量进行了分析。他以中国古诗为例，认为从情趣与意象的配合看，中国古诗的演进可以分为三个步骤：首先是情趣逐渐征服意象，中间是征服的完成，后来意象蔚起，几成一种独立自足的境界，自引起一种情趣。他还指出这种转变的关键是"赋"，由于赋的兴起，"中国诗才渐

① 朱光潜：《诗论》，生活·读书·新知三联书店，1998，第53页。
② 朱光潜：《诗论》，生活·读书·新知三联书店，1998，第55页。
③ 朱光潜：《诗论》，生活·读书·新知三联书店，1998，第56页。

由情趣富于意象的《国风》转到六朝人意象富于情趣的艳丽之作”。[1]这种分析只限于六朝以前的古诗，他认为各时代的诗都可用这个方法去分析。

朱光潜先生是从纯理论的角度来分析意象（景）与情趣（情）的关系的，他旁征博引，一方面借鉴西方诗学理论资源，另一方面又立足于中国传统诗歌创作和诗歌理论著述，把“情”与“景”及二者之间的关系阐释得明了而透彻，并把情景相契作为衡量诗歌境界的标准，这就从“意象”的角度为诗歌的发展指明了道路。他虽然只字未提当时的白话新诗，但对新诗创作和新诗理论探寻无疑具有重要的意义。反观当时的新诗创作，种种弊端均可见于意象的安设和运用：物象壅塞而不能成一个完整体，情景不能相称或融合，意象胜于情趣或者情趣胜于意象等现象使诗歌艺术和诗歌境界受到了损害和影响。陈旭光分析称，30 年代的现代派诗，由于没有做到“象与情谐”，虽给人以意象之美，但缺乏深刻的内涵，“单求意象之美与新颖奇特，而不能以思想内涵的深刻与之契合，则未免步入歧途。30 年代现代派的某些意象诗，也常有这种感官意象之美与思想内涵脱节的毛病”[2]。

三　主客融合

闻一多和朱自清针对当时诗歌创作中景物堆砌的现象力倡“幻象”和“情景相融”，意在突出诗人的主观能动性，强调诗人的诗思中应更富有想象、情感和空灵的成分；朱光潜从诗学的理论层面提出“情景相契”的观念，是对诗歌境界的理想化的描述。那么与时代同呼吸的新诗创作，在新的历史时期也必然会有新的诗歌观念诞生。胡风就是抗战开始后作为“七月诗派”的代表在诗歌创作和诗歌理论方

① 朱光潜：《诗论》，生活·读书·新知三联书店，1998，第 75 页。

② 陈旭光：《中西诗学的会通：20 世纪中国现代主义诗学研究》，北京大学出版社，2002，第 205～206 页。

面都有重要建树的诗人和理论家。他的理论话语在时代生活的激流中已经呈现出另外一副面孔：奔放的、激情的、诗性的！他在为《中国牧歌》作序时给予田间的诗很高的评价，并旗帜鲜明地亮出自己的诗学观点："诗人底力量最后要归结到他和他所要歌唱的对象的完全融合。"[①] 什么是和"对象的完全融合"？那就是作者的诗心要从"感觉，意象，场景底色彩和情绪底跳动"更前进到对象（生活）的深处，那是完整的思想性的把握，同时也就是完整的对情绪世界的拥抱。[②] 这里实际上强调了诗人对客观现实生活的"突击"和"拥抱"，继而从现实生活里面摄取或提炼带有自己的情绪体验的"形象"和"事象"。"诗人是以怎样的感情、形象、情绪、语言来歌唱的呢？这便关系到诗底本质问题。我以为，诗是作者在客观生活中接触到了客观的现象，得到了心底跳动，于是，通过这客观的形象来表现作者自己的情绪体验。"[③] 这种"主客融合"的观点，是胡风诗论的中心观点，是胡风关于现实主义的总体文艺观在诗歌上的具体运用。在胡风看来，"主观精神和客观真理的结合或融合，就产生了新文艺底战斗的生命，我们把那叫做现实主义"[④]。强调诗人对现实生活的拥抱，正是胡风"主观战斗精神"的体现。"在实生活上，对于客观事物的理解和发现需要主观精神的突击：在诗的创造过程上，客观事物只有通过主观精神的燃烧才能够使杂质成灰，使精英更亮，而凝成浑然的艺术生命。"[⑤] 正因如此，胡风反对"诗的形象化"的提法，认为"形象化"是先有一种离开生活形象的思想，然后再把它"化"成"形象"，"那就思想成了不是被现实生活所怀抱的，死的思想，形象成了思想底绘图或图案

---

① 胡风：《田间底诗——〈中国牧歌〉序》，《胡风论诗》，花城出版社，1988，第 17 页。

② 胡风：《关于诗和田间底诗》，《胡风论诗》，花城出版社，1988，第 41 页。

③ 胡风：《略论战争以来的诗》，《胡风论诗》，花城出版社，1988，第 29 页。

④ 胡风：《现实主义在今天》，《胡风评论集》（中），人民文学出版社，1984，第 319 页。

⑤ 胡风：《关于题材，关于"技巧"，关于接受遗产》，《胡风论诗》，花城出版社，1988，第 64 页。

的，不是从血肉的现实生活里面诞生的，死的形象了”。[1] 胡风的“主观战斗精神”论，其哲学文化基础应该说主要来自“五四”启蒙学说中的生命哲学与个性主义。通过厨川白村、弗洛伊德的思想学说和文艺学说，胡风将自己文艺思想的吸管伸进西方现代哲学的一个重要流派——生命哲学之中，从而能够在中国文学批评史上第一次明确地提出“主观战斗精神”“形象思维”等一系列建立在个体生命意识基础之上的文学命题，成为现代中国少有的重视生命感性形态的文艺理论家，并使其文艺思想具有一定的世界意义。[2]

胡风的“主客融合”论，类似于朱光潜的“情景相契”说，但胡风侧重于主观精神和客观生活的相激相荡，就“意”的方面讲，强调的是主观精神的“突击”，就“象”的方面讲，强调的是现实生活中的“事象”，二者的拥抱和化合构成了意与象的融合。这与朱光潜从带有共性的“情趣”和“意象”两方面来论述显然更多了几分特定时代的色彩和氛围。这当然是新诗创作的需要，也是新诗理论的需要。

那么从诗歌实践方面来审视，臧克家当时就对自己的创作进行了检讨。他说自己抗战后的歌颂悬在了半空：“这歌颂，你不能说它没有热情，但它是虚浮的，刹那的；这歌颂，你不能说它没有思想内容，但它是观念的，口号的。而且，写它们的时候，也来不及作内心和技巧上的压缩，精炼，切磨。而不幸的是，一个真正的好诗，却正需要深沉的情感化合了思想，观念，锻以艺术熔炉。”[3] 按照胡风“主客融合”的观点来看，臧克家检讨自己的诗歌创作有情感、有思想，但是诗人的情感和思想没有向所歌唱的对象“突击”，没有和现实生活“拥抱”，虽然臧克家过多强调的还是艺术熔炼和技术处理。当然，这是一位有成就的诗人对自己的严格要求——从思想、情感到艺术表达

---

① 胡风：《关于“诗的形象化”》，《胡风论诗》，花城出版社，1988，第76页。

② 范际燕、钱文亮：《胡风论：对胡风的文化与文学阐释》，湖北人民出版社，1999，第296页。

③ 臧克家：《〈十年诗选〉序》，《十年诗选》，现代出版社，1949，第13页。

等方面的一种更高的追求。实际上，早在30年代初，臧克家的描写苦难和底层生活的诗篇，其意象的运用就取得了很高的成就，只是到了新的历史时期，诗人不满足于那种空泛的歌唱，希望像过去那样在生活的熔炉和艺术的熔炉里捕捉到坚实的内容，并赋予“深沉的情感”。

第三节 意象与比、兴、象征和意境之间的关联

意象本身就有比喻、起兴和象征的功能。诗歌中意象的功能是发展的，是由最初的比喻、起兴向象征转化的。[①] 当代学者奚密比较分析了中国的“比”和西方的“隐喻”，认为中国的“比”强调类同、协调、关联，对比喻的理解建立在一元论世界观上，视万事万物为一有机体，而西方的隐喻则强调张力和矛盾，以二元论世界观作为前提，它将精神与肉体、理念与形式、自我与他人、能指与所指做对分。[②] 这意味着隐喻更具有包孕性，更具有张力。自20世纪20年代后期起，许多中国诗人对西方象征主义和现代主义发生了浓厚的兴趣，意象——特别是隐喻式的意象——便成为理解世界的必要方式。正如艾青所说，“诗人一面形象地理解世界，一面又借助于形象向人解说世界；诗人理解世界的深度，就表现在他所创造的形象的明确度上”，“形象塑造的过程，就是诗人认识现实的过程”。[③] 可见，意象与隐喻作为感受、理解和解释世界的重要途径，与诗的本质密切相关。

意象作为一种载体，可以用来比、兴或象征。而“比”“兴”“象征”等诗学术语在现代诗论家和诗评家的笔下似乎可以通用。周作人

① 曹万生：《现代派诗学与中西诗学》，人民出版社，2003，第67页。

② 〔美〕奚密：《现代汉诗：1917年以来的理论与实践》，〔美〕奚密、宋炳辉译，上海三联书店，2008，第86页。

③ 艾青：《诗论》，复旦大学出版社，2005，第24页。

就把“兴”和“象征”联系在一起。他在为刘半农的诗集《扬鞭集》作序时，首先对那些空洞的或说理的诗歌表示不满，而肯定了“兴”的写法：“新诗的手法我不很佩服白描，也不喜欢唠叨的叙事，不必说唠叨的说理，我只认抒情是诗的本分，而写法则觉得所谓‘兴’最有意思，用新名词来讲或可以说是象征。”周作人对中国文学革命以来的许多作品提出了批评，认为“一切作品都象是一个玻璃球，晶莹透澈得太厉害了，没有一点儿朦胧，因此也似乎缺少了一种余香与回味”。他认为诗歌正当的道路是抒情，而象征是其精义：“这是外国的新潮流，同时也是中国的旧手法；新诗如往这一路去，融合便可成功，真正的中国新诗也就可以产生出来了。”[①] 显然，周作人是在中国古代诗歌传统和西方象征主义诗歌潮流的背景下来谈中国新诗的，他拿来“兴”和“象征”这两个术语对当时的新诗提出了批评，对未来诗歌的发展做出了预期。这个前提当然是建立在诗歌“意象”的基础上的，他批评那些“空洞”或“说理”的诗歌，潜台词是那些诗歌缺少“意象”，而没有意象，就谈不上“兴”和“象征”手法的运用。周作人第一次把“兴”与“象征”联系起来，这实际上已经为现代诗歌运动提供了十分宝贵的理论支点：中国古典诗歌的基本思维获得了符合世界潮流的解释，外来的诗学理论也终于为本土文化所融解消化，于是，中国现代诗人尽可以凭借“象征”这一体面的现代化通道，重新回到“兴”的艺术世界中去。[②] 这也正如孙玉石所说的，周作人是为了寻求一种新的美学，企图从意象的创新和联结，来完成东西诗艺成功“融合”的使命。[③] 孙玉石同时也指出，周作人的这种见解并不一定全面和准确，中国传统诗中“赋比兴”中的“兴”的手法，本身的界定尚需斟酌，它是否就可以说成西方象征主义思潮中的“象征”，

---

① 周作人：《〈扬鞭集〉序》，杨匡汉、刘福春编《中国现代诗论》（上编），花城出版社，1985，第129~130页。

② 李怡：《中国现代新诗与古典诗歌传统》（增订版），北京大学出版社，2008，第30页。

③ 孙玉石：《中国现代主义诗潮史论》，北京大学出版社，1999，第52页。

更是一个很复杂的理论命题，周作人所做的只是直感的判断，而没有逻辑的说明，很难作为一个确论来看。不论怎样，周作人在看待诗歌的抒情本质以及诗歌的意象和兴、象征之间的关系等问题上的眼光是可取的。

闻一多更把象、兴和象征联系在一起。他在《说鱼》中认为《易》中的“象”与《诗》中的“兴”“本是一回事，所以后世批评家也称《诗》中的兴为‘兴象’。西洋人所谓意象，象征，都是同类的东西，而用中国术语说来，实在都是隐”。他又说：“隐语的作用，不仅是消极的解决困难，而且是积极的增加兴趣，困难愈大，活动愈秘密，兴趣愈浓厚，这里便是隐语的，也便是《易》与《诗》的魔力的泉源。”[①] 闻一多将“象”“兴”这两个古代诗学概念与“象征”相提并论，并将之总括在“隐”这一术语中，这一见解是极为深刻的，而且与象征主义诗学观念所说的暗示性和朦胧性相通。

与周作人的观点相似，梁宗岱认为象征和诗经里的“兴”颇近似。同样，梁宗岱的论述是以形象或意象作为前提的。在《象征主义》等文中，他对象征的含义做了精到的分析。首先他否认拟人和托物都属于象征。朱光潜认为“所谓象征就是以甲为乙的符号”，梁宗岱指出朱光潜“根本的错误就是把文艺上的‘象征’和修辞学上的‘比’混为一谈”。梁宗岱认为“比只是修辞学底局部事体而已”，现代象征“却应用于作品底整体”；比“只是把抽象的意义附加在形体上面，意自意，象自象，感人的力量往往便肤浅而有限”。[②] 这种区分是恰切的，他把“象征”与“比”剥离开来，将“象征”从修辞学的意义提升到诗歌的本体地位上来。他认为，象征和“兴”一样都是“依微拟义”，“一片自然风景映进我们眼帘的时候，我们猛然感到它和我们当时或喜，或忧，或哀伤，或恬适的心情相仿佛，相逼

① 闻一多：《说鱼》，《闻一多全集》（第三卷），四川文艺出版社，1987，第232页。
② 梁宗岱：《象征主义》，《诗与真》，中央编译出版社，2006，第69～71页。

肖，相会合。我们不摹拟我们底心情而把那片自然风景作传达心情的符号，或者，较准确一点，把我们底心情印上那片风景去，这就是象征”。[①] 他区分了情景配合的两种情况，一种是“景中有情，情中有景”，另一种是“景即是情，情即是景”。象征的最高境界是“景即是情，情即是景”，因为物我之间，或相看既久，或猝然相遇，心凝形释，物我两忘，而达于至境。梁宗岱总结了象征的两个特征：一是融洽或无间；二是含蓄或无限。“融洽是指一首诗底情与景，意与象底惝恍迷离，融成一片；含蓄是指它暗示给我们的意义和兴味底丰富和隽永。”[②] 梁宗岱认为真正的象征是物我两忘，主客融合，外物和诗人达到互为契合的境地。他补充和完善了象征主义诗人的一种普遍认识，即认为象征是用具体意象表达抽象的思想感情。他承认象征是意与象的契合，但并非意自意，象自象，而是意就包含、融会在象之中，二者不可分开。他认为象征“所赋予形的，蕴藏的，不是兴味索然的抽象观念，而是丰富、复杂、深邃的灵境”。象征就是一种“灵境”，一种境界，他强调的是主客融合，是整体的契合与和谐。

朱光潜在分析情趣与意象契合的分量时把意象和比兴、象征联系起来观照，并对比兴和象征进行了区分。他通过对《诗经》和汉魏诗歌的分析，认为比兴是意象运用中的手段和方法，或者说意象是比兴手法必须附丽的载体和前提，象征才是目的。他说：“《诗经》中比兴两类就是有意要拿意象来象征情趣，但是通常很少完全做到象征的地步，因为比兴只是一种引子，而本来要说的话终须直率说出。”[③] 他列举了诗经中的名句“昔我往矣，杨柳依依；今我来思，雨雪霏霏”，认为情趣恰隐寓于意象，可谓达到象征妙境，但在《诗经》中并不多见。在分析比兴时，朱光潜指出，有时候诗人受传统陈规的影响，把

① 梁宗岱：《象征主义》，《诗与真》，中央编译出版社，2006，第71页。

② 梁宗岱：《象征主义》，《诗与真》，中央编译出版社，2006，第75页。

③ 朱光潜：《诗论》，生活·读书·新知三联书店，1998，第71页。

比兴当成一种技巧，为比兴而比兴，用来比兴的意象与正文没有必然联系，成为一种“附赘悬瘤”[1]。这也就说明，诗歌创作中套用比兴，乱用比兴，造成了意象的不合时宜，使意象成为应付场面的“礼帽”。这是不可取的。就意象与比兴、象征的关联，朱光潜已经表达得很透彻，意象是载体和前提，比兴是手段和方法，象征是目的。朱光潜理解的象征，是从传统诗学资源出发的，并非像梁宗岱那样主要接受西方象征主义诗学观念的影响。

综合以上各家之说，我们可以看出，意象与比、兴和象征有紧密的联系。没有意象，比、兴和象征就失去了附丽之所；没有比、兴和象征，意象就是凝固的、静态的和无生命的。只有通过比、兴和象征的艺术手法或构思，意象在诗歌中才能获得重要的地位，才能走得更远，才具有丰富的精神内涵。

至于意象与意境的关系，则论述不多。宗白华在《中国艺术意境之诞生》中首先将人与世界的接触因关系的层次不同而分出五种境界：（1）功利境界，主于利；（2）伦理境界，主于爱；（3）政治境界，主于权；（4）学术境界，主于真；（5）宗教境界，主于神。之后推出“艺术境界”。艺术境界的形成，要以具象、意象和实景为基础：“以宇宙人生的具体为对象，赏玩它的色相、秩序、节奏、和谐，借以窥见自我的最深心灵的反映；化实景而为虚境，创形象以为象征，使人类最高的心灵具体化、肉身化，这就是‘艺术境界’，艺术境界主于美。”[2] 他认为艺术意境有三个层次：直观感相的摹写，活跃生命的传达，最高灵境的启示。[3] 从直观感相到最高灵境，其中就有比兴、象征手法的神奇运用，有诗人的醉和梦，诗人丰富的想象力和活跃的生命力。“诗人艺术家往往用象征的（比兴的）手法才能传神写照。诗人于此凭虚构象，象乃生生不穷；声调，色彩，景物，奔走笔端，

① 朱光潜：《诗论》，生活·读书·新知三联书店，1998，第73页。
② 宗白华：《中国艺术意境之诞生》，《艺境》，北京大学出版社，1987，第151页。
③ 宗白华：《中国艺术意境之诞生》，《艺境》，北京大学出版社，1987，第155页。

推陈出新，迥异常境。”“诗人善醒；但诗人更要能醉，能梦。”“所以最高的文艺表现，宁空毋实，宁醉毋醒。”[①] 可见，意境是一种美的艺术境界，它包含意象和比兴、象征等艺术元素和艺术手法的综合运用与表达；意象在诗人的多种艺术手法的运用和诗人异于常态的观照中，进行“活跃生命的传达”，通向艺术的最高灵境亦即意境。

① 宗白华：《略论文艺与象征》，《艺境》，北京大学出版社，1987，第185页。

第二章

意象功能论

第一节　诗美的传达

心物相契、情景相融的意象本身就是一种美的呈现，一种诗意的存在，这种美，在现代诗论家看来，主要体现为视觉美、听觉美和含蓄美。

一　意象具有图像美和音乐美

胡适说："凡是好诗，都是具体的；越偏向具体的，越有诗意诗味。凡是好诗，都能使我们脑子里发生一种——或许多种——明显逼人的影像。这便是诗的具体性。"[①] 意象以其感性的一面，给人一种审美的视觉冲击力，这是抽象的抒情和空洞的议论所无法达到的。当然，从诗歌中具体的意象到读者脑海中生动的影像，也需要读者的积极参与，需要读者敏锐的感知力和丰富的想象力，需要品味和把玩，需要

① 胡适：《谈新诗——八年来一件大事》，《中国新文学大系·建设理论集》（影印本），上海文艺出版社，1980，第 308 页。

还原和创造。意象在具有图像美的同时还具有音乐美。宗白华给诗下了这样的定义:“用一种美的文字……音律的绘画的文字……表写人的情绪中的意境。”[①] 可见,“美的文字”包含音律的美和意象的美。“所以我们对于诗,要使他的‘形’能得有图画的形式的美,使诗的‘质’(情绪思想)能成音乐式的情调。”[②] 这种音乐的美,来自诗质的内在呼唤,来自情感和情绪的诉求。早期的自由体新诗,在“五四”的特殊氛围里,用琳琅满目的意象传达时代的激情和个体自由的心声,诗人们有意识地追求意象的绘画美和声韵美。及至新格律诗和象征派诗出现,对意象的造型美和音韵美的重视程度就更甚了。穆木天用细腻的诗性语言进行了表述:“诗要兼造形与音乐之美。在人们神经上振动的可见而不可见可感而不可感的旋律的波,浓雾中若听见若听不见的远远的声音,夕暮里若飘动若不动的淡淡光线,若讲出若讲不出的情肠才是诗的世界。”[③] 要求诗歌意象在兼有造型美和音乐美的同时营造出一种朦胧、含蓄的诗性氛围,这是20世纪20年代中期后诗歌理论和诗歌创作的一种自觉追求和向往。

二 意象具有含蓄美

意象的含蓄美,不仅来自意象自身的包蕴性和不确定性,而且来自意象与意象的联络和组合。李健吾在分析浪漫派和象征派诗歌时,肯定了象征派诗人意象的含蓄美:“一者要力,从中国自然的语气(短简)寻找所需要的形式;一者要深,从意象的联络,企望完成诗的使命。一者是宏大,一者要纤丽;一者是流畅,一者是晦涩;一者是热情,一者是含蓄。不用说,前者是郭沫若领袖的一派,后者是李

① 宗白华:《新诗略谈》,《艺境》,北京大学出版社,1987,第20页。

② 宗白华:《新诗略谈》,《艺境》,北京大学出版社,1987,第21页。

③ 穆木天:《谭诗:寄沫若的一封信》,《创造月刊》第1卷第1期,1926年3月。

金发领袖的一派。”[①] 同样，李健吾从意象的暗示和象征功能出发给予卞之琳《鱼目集》以高度评价：“从正面来看，诗人好像雕绘一个故事的片段；然而从各面来看，光影那么匀称，却唤起你一个完美的想象的世界，在字句以外，在比喻以内，需要细心的体会，经过迷藏一样的捉摸，然后尽你联想的可能，启发你一种永久的诗的情绪。这不仅仅是‘言近而旨远’，这更是余音绕梁。言语在这里的功效，初看是陈述，再看是暗示，暗示而且象征。”[②] 意象的含蓄美，还体现在语言符号和意象比喻所组成的秩序和结构里。袁可嘉认为：“每个单字在诗中都代表复杂符号，而非日常应用时的单一符号；它的意义必须取决于行文的秩序；意象比喻都发生积极的作用如平面织锦；语调，节奏，神情，姿态更把一切的作用力调和综合使诗篇成为一个立体的建筑物；而诗的意义也就存在于全体的结构所最终获致的效果里。”[③]

第二节 力量的集聚

意象不仅蕴含着“情”和“意”，而且集聚着“力”。朱自清从情绪调动的角度论述了意象的“力”。他认为作为语言艺术的文艺作品，有别于绘画、音乐等他种艺术，想象的激发和情绪的调动全在意象。“但文艺之力就没有特殊的彩色么？我说有的，在于丰富而明了的意象（idea）。他种艺术都有特别的，复杂的外质，——绘画有形，线，色彩，音乐有声音，节奏——足以掀起深广的情澜在人们心里；而文艺的外质大都只是极简单的无变化的字形，与情潮的涨落无关的。文艺所恃以引起浓厚的情绪的，却全在那些文字里所含的意象与联想（association）（但在诗歌里，还有韵律）。文艺的主力自然仍在情绪，

① 李健吾：《新诗的演变》，《大公报》1935 年 7 月 20 日。

② 李健吾：《鱼目集——卞之琳先生》，《咀华集》，花城出版社，1984，第 111 页。

③ 袁可嘉：《诗与意义》，《论新诗现代化》，生活·读书·新知三联书店，1988，第 87 页。

但情绪是伴意象而起的。……他种艺术里也有意象，但没有文艺里的多而明白；情绪非由意象所引起，意象便易为情绪所蔽了。”[①] 可见，在诗歌中，除韵律外，意象也担当着重任，它能激发情绪。“我们阅读文艺，只能得着许多鲜活的意象（idea）罢了；这些意象是如此的鲜活，将相联的情绪也微微的带起在读者的心中了。”[②] 当然，从意象到情绪，离不开读者的想象和联想，但原发点仍是意象，意象引导着读者的想象和联想，从而带动起相关的情绪和情感。朱自清所要阐发的意象的“力”，实质上是伴随意象而生发的情感的“力”、情绪的“力”，是由意象所激发出来的读者的想象的“力”、联想的“力”。这也是由意象的二元性质所决定的。包蕴诗人的心性和审美性的意象，以及这种意象的客观性，必然会带动读者的情绪和想象。朱自清是以比较文艺和绘画、音乐等艺术门类所凭借的媒介来立论的，肯定了文艺作为语言的艺术其内在的“力”主要源自语言中的“意象”。可见，“意象”在文艺特别是诗歌中发挥着“核能”一般的作用，释放着巨大的潜能和力量。

徐迟把诗歌看作一个系统、一个生命体，故而意象是充满力感的、强健的、被赋予生命气息和内在精神的。徐迟在接受意象派的理论话语的同时，又用自己的理解来阐释“意象”。他在《现代》杂志上介绍英美意象派诗歌运动时说：“意象是坚硬，鲜明。Concrete 本质的而不是 Abstract 那样的抽象的。是像。石膏像或铜像，众目共见。是感觉能得到的。五官全部能感受到色香味触声的五法。……把新的声音，新的颜色，新的嗅觉，新的感触，新的辨味，渗入了诗，这是意象派诗的任务，也同时是意象派诗的目的。”可见，意象是感性的、立体的、向着人的五官全面开放的，给人一种全新的感觉和体验。徐迟还这样

---

① 朱自清：《文艺之力》，朱乔森编《朱自清全集》（第四卷），江苏教育出版社，1990，第 111 ~ 112 页。

② 朱自清：《文艺之力》，朱乔森编《朱自清全集》（第四卷），江苏教育出版社，1990，第 105 页。

进一步理解诗歌及其意象："诗应该生活在立体上。要强壮！要有肌肉！要有温度，有组织，有骨骼，有身体的系统！""意象派诗，所以，是一个意象的抒写或一串意象的抒写。意象派诗，所以，是有着一个力学的精神的，有着诗人的灵魂与生命的，'东西'的诗。"[①] 意象作为诗歌的重要元素，在诗歌这个"身体系统"和"生命组织"中，充当了关键的角色，发挥了重要的效能。徐迟强调的是意象的生气，他从立体的角度来把握这种生气，认为关键是要有生命感，是鲜活的、生动的。这与中国古代诗学强调的"气韵生动""兴象玲珑"在精神上是相通的，与庞德对意象美的描述也是一致的："意象是理智和感情刹那间的错综交合。……这种突如其来的'错综交合'状态会顿时产生无拘无束、不受时空限制的自由感，也会使人产生在一些最伟大的艺术作品面前所体验的那种豁然开朗、心胸舒展、精力弥满的感觉。哪怕一生只表现一个意象，也强似写下连篇累牍的冗作。"[②]

意象不仅带动人的情绪和想象，参与诗歌生命的组织，而且暗示出人的内生命的秘密。意象以其坚硬、饱满和力的精神，支撑起诗歌的生命体，而又以其幽玄、深蕴和神秘色彩直达人的内心世界。穆木天看到了这一点，他在强调诗的暗示功能时说："诗是要暗示出人的内生命的深秘。诗是要暗示的，诗最忌说明的。说明是散文的世界里的东西。诗的背后要有大的哲学，但诗不能说明哲学。"[③] 显然，新诗创作之初，诗歌的散文化写作倾向、诗歌哲理化的价值取向普遍存在，对此，他持反对态度；他强调诗必须用暗示，而这个暗示只有意象才能担当和胜任。穆木天是"五四"后第一个从"纯诗"和"先验"的角度谈"诗"的批评家，他从人的日常生活和普遍生命表现中剥离出"内生活"和"内生命"，而要求"诗"作为"内生活"和"内生

① 徐迟：《意象派的七个诗人》，《现代》第4卷第6期，1934年4月。

② 〔美〕庞德：《回顾》，郑敏译，〔英〕戴维·洛奇编《二十世纪文学评论》，上海译文出版社，1987，第109页。

③ 穆木天：《谭诗：寄沫若的一封信》，《创造月刊》第1卷第1期，1926年3月。

命”的表现，主要针对的是“五四”以来新诗观念上的“诗”与“散文”的混淆带来的诗歌创作整体上的散文化倾向。[①] 他的初衷是分辨诗和散文的界限，但由于对诗的暗示功能的强调，即对诗歌形象和意象的重视，打通了诗歌和人的“内生命”的通道。诗歌能接通人的生命世界和潜意识世界，主要是依靠意象的这种“暗示”效应，换句话说，没有意象，就没有直达人的心灵世界的通行证。他说：“我要深汲到最纤纤的潜在意识，听最深邃的最远的不死的而永远死的音乐。诗的内生命的反射，一般人找不着不可知的远的世界，深的大的最高生命。”[②] 显然，他受到了瓦雷里（也译作“瓦莱里”）的启发，瓦雷里认为诗的世界有令人惊奇的特征：“总是力图激起我们的某种幻觉或者对某种世界的幻想，——在这个幻想世界里，事件、形象、有生命的和无生命的东西都仍然像我们在日常生活的世界里所见的一样，但同时它们与我们的整个感觉领域存在着一种不可思议的内在联系。”[③] 对“人的内生命的深秘”的敏锐和探寻，对诗的“暗示”功能的确认和看重，必然导致穆木天诗歌创作的转向，即从浪漫主义诗风转向象征主义的试验。他的诗歌的成就与这种及时的转向和自我调整是分不开的。穆木天在回忆自己诗创作时说：“到日本后，即被捉入浪漫主义的空气了。但自己究竟不甘，并且也不能，在浪漫主义里讨生活。我于是盲目地，不顾社会地，步着法国文学的潮流往前走，结果，到了象征圈里了。”[④] 在诗歌创作中，正是象征诗派和现代诗派对意象的创造性运用，使意象超越了那些简单的自然物象和心造的幻影，抵达人的丰富的精神宇宙，乃至潜意识、无意识的宫殿。正如蓝棣之分析的那样，象征诗派和现代诗派用意象来暗示和隐喻内生命的

---

① 陈方竞：《文学史上的失踪者：穆木天》，北京大学出版社，2007，第 75 页。

② 穆木天：《谭诗：寄沫若的一封信》，《创造月刊》第 1 卷第 1 期，1926 年 3 月。

③ 〔法〕瓦莱里：《纯诗》，杨匡汉、刘福春编《西方现代诗论》，花城出版社，1988，第 218 页。

④ 穆木天：《我的文艺生活》，《穆木天文学评论选集》，北京师范大学出版社，2000，第 411 页。

深邃，又是对客观抒情的超越，凸显了新诗意象蕴含的丰富性。[①]

第三节　诗质的呈现

意象非诗歌所特有，但诗歌最富有意象。正是有了意象，有了坚硬、鲜明和富有生命气息的意象，诗歌才有别于其他艺术门类。可以说，意象是诗歌区别于其他艺术品种的内质的体现，是诗歌的一种最基本也是最重要的质素。把意象和诗质联系起来做深刻论述的是九叶派诗人的代表唐湜。在新诗走过将近30年的历程之后，九叶派诗人在意象的选择和运用上摒弃了过去的单一性和浅表性，开始走向多元、综合和凝定。唐湜在自身和同时代诗人创作实践的基础上，以一个理论家和诗论家的理论修养和智性眼光，对意象的实质和功能进行了多方面的考察和诗性的分析。

从胡适提出的“具体的做法”到闻一多的“幻象”说，再到胡风标举的“事象”，以及这些诗论家涉及的“意象”概念，都是从诗歌的艺术表达和写作技巧等方面来谈论“意象”的。以庞德为代表的意象主义诗派，也过于强调“意象”是一种手法和技巧，并未将“意象”上升到诗歌本体论的地位来思考。而唐湜对意象的作用和地位有了新的认识，提出了意象的诗质化的观念。意象的诗质化是指意象与意义的一元化以及意象与诗的内质的不可分性。他在《论意象》中说：“意象当然不是装饰品，它与诗质之间的关连不是一种外形的类似，而应该是一种内在精神的感应与融合，同感、同情心伸缩支点的合一。马克尼斯自己也说过，意象时常会廓清或确定诗的意义，而且意象与意义常常会结合得不可分离，象征主义者甚至把这定为一个法则。”[②] 他认为意象与意义

① 蓝棣之：《现代诗的情感与形式》，华夏出版社，1994，第256页。
② 唐湜：《论意象》，《新意度集》，生活·读书·新知三联书店，1990，第9页。

有不可分性，这就超越了修辞学中比喻的二元性，“意义的化入意象正是庄子在《齐物论》里所说的那个‘类与不类，相与为类，则与彼无以异’的境界”。意象不是摆设和装饰品，不是单纯的符号和比喻，而是意义本身，是诗的意义的呈示，是诗质的内在体现，和诗具有浑一性与同一性。意象能体现出这种诗质，在唐湜看来，除了意象自身富有意义外，还在于意象的“凝合”。“艺术的一个最高理想是凝合一切对立因素，如声音、色彩与意义，形象与思想，形式与内容，韵律与意境，现实与联想为一个和谐的生命，按着生命的内在旋律相互抗持又相互激动地进展前去。”这里分析的是艺术的最高理想即“凝合”，那么意象诗质功能的实现也源自这种“凝合”。他还区分了意象与意义间的对抗关系与形式和内容间的对抗关系，认为形式和内容的关系是手段和目的、从和主的关系，而意象与意义的关系“常是一种内在的平行又凝合的相互关连”，在纯真的诗里面，“手段与目的，意义与意象之间的分别实在并不是十分必要的”。[①] 他列举了波特莱尔的诗《契合》来进一步说明自己关于“凝合”的观点，他引申道：“诗正是这样的自然，这样的神殿，那些活的支柱，象征的森林正是意象，相互呼唤，相互应和，组成了全体的音响。”[②] 可见，凝合强调的是一种和谐关系、一种整体关系，提醒诗歌创作者力避意象安设和运用中的顾此失彼，只单纯追求意象的单一效果和局部效果，应上升到圆融的思考和整体的观照，使诗成为一个“深邃的神殿”，成为一个和谐的生命体。

第四节　中介的作用

意象是沟通感兴的中介。从接受和欣赏的角度看，怎样才能使读者从诗歌中得到感兴和美的享受呢？诗歌的情感、情绪和意境要为读

① 唐湜：《论意象》，《新意度集》，生活·读书·新知三联书店，1990，第9页。

② 唐湜：《论意象》，《新意度集》，生活·读书·新知三联书店，1990，第10页。

者所体验，必得有一个中介，这个中介就是意象。意象以其丰富性和多样性向人的五官开放，映之于目，得之于心，动之于情。诗人的感官向外部世界和内心世界打开，得到感兴，化为意象；读者由对意象的玩味而生发感兴。在诗歌文本的生成和实现其审美功能的链条中，意象充当着重要的角色。胡适讲用“具体的做法”唤起读者脑海中的“影像”，闻一多讲用“幻象”激发人的想象和情感，朱自清讲意象作为审美符号包蕴着一种“力量”，这些实际上都涉及意象的中介作用。不过，在这方面论述得最为具体和清楚的还是康白情。在白话新诗出现之初，康白情和其他诗人、诗论家一样，在与旧诗、散文的比较中来给新诗定位，论及诗歌的情感性、音乐性、具体化和理想化等问题。他给诗的定义是：“在文学上把情绪的想象的意境，音乐的刻绘出来，这种作品就叫做诗。”他特别强调“刻绘”，即具体化：“以热烈的感情浸润宇宙间底事事物物而令其理想化，再把这些心象具体化了而谱之于只有心能领受底音乐，正是新诗的本色呵。”[①] 这个具体化，当然就是意象化，意象化的结果就是得到“具体的印象”，即意象。他认为，读者的感兴和“我”的感兴一般来说处在同一层次，“我”的感兴深，读者的感兴自然也就深，反之亦然。“我底感兴所以这样深，是由于对于对象得了一个具体的印象；读的人是否能和我起同一的感兴，就看我是否能把我所得于对象底具体的印象具体的写出来。我们写声就要如闻其声；写色就要如见其色；写香若味若触若温若冷就要如感受其香若味若触若温若冷。我们把心底花蕊开在一个具体的印象上，以这个印象去勾引他底心；他得到这个东西，便内动的构成一个，引起他自己底官快；跟着他再由官快进而为神怡，得到美的享乐，而他的感兴起了。”[②]从诗人的感兴到读者的感兴，中间起作用的是“具体的印象”。当然这个“具体的印象”是经过了诗人的“心”的作用

① 康白情：《新诗底我见》，《少年中国》第1卷第9期，1920年3月。

② 康白情：《新诗底我见》，《少年中国》第1卷第9期，1920年3月。

的，即“把心底花蕊开在一个具体的印象上”，这个新的“印象”就是意象。意象有声有色，可感可触，且经过了诗人情感的浸润和审美的创造，故读者就能由此而得到感官的快乐并上升到精神的愉悦和美的享受。康白情还分析了诗人“感兴”的由来，他认为诗人的感兴的形成主要有三种途径：在自然中活动；在社会中活动；常做艺术的鉴赏。在自然中活动，因为“感兴就是诗人底心灵和自然底神秘互相接触时，感应而成的”；在社会中活动，因为“我们要和社会相感应而生浓厚的感兴，因以描写人生底断片，阐明人生底意义，指导人生底行为”；常做艺术的鉴赏，因为“非常事鉴赏，不足以高尚我们底思想，优美我们底感情”。[①] 可见，和自然、社会以及艺术的接触，能形成感兴，也能养成诗人健全的人格。宗白华在《新诗略谈》中也指出：“哲理研究，自然中活动，社会中活动……我觉得是养成健全诗人人格必由的途径。”[②] 这些都说明，在大自然中体验，在社会生活中实践，从艺术和哲学著作中吸取营养，是诗人培养人格、孕育诗心、引发感兴和发现诗意的必要之途。诗人愈有感兴，愈能用生动的意象传达，读者也就愈能领会，愈能感应，意象也就愈能发挥其中介作用。

意象不仅是沟通感兴的中介，也是创作中物我契合的中介。“意象”使物我的契合由难以捕捉的幽渺的神秘境界变成可以操作的具体切实的创作现实。唐湜认为，诗人需要处理的是两个世界即主观世界和客观世界的关系，而“意象”正是沟通这两个世界的桥梁。他说：“在诗人，意象的存在一方面是由于诗人对客观世界的真切的体贴，一种无痕迹的契合；另一方面又是客观世界在诗人心里的凝聚，万物皆备于我。”[③] 这就是“契合”的过程，意象是契合的中介，也是契合的结果。诗人主观世界向客观世界的融入以及客观世界向主观世界的内化构成了一种双向的流动，即“契合”，而两个世界契合的凭借和

---

① 康白情：《新诗底我见》，《少年中国》第1卷第9期，1920年3月。

② 宗白华：《新诗略谈》，《艺境》，北京大学出版社，1987，第22页。

③ 唐湜：《论意象》，《新意度集》，生活·读书·新知三联书店，1990，第12页。

标志就是“意象”。这也就是艾略特所说的寻求“客观对应物”，艾略特在《哈姆雷特》中指出：“艺术上的‘不可避免性’在于外界事物和情感之间的完全对应”，“用艺术形式表现情感的唯一方法是寻找一个‘客观对应物’；换句话说，是用一系列实物，场景，一联串事件来表现某种特定的情感；要做到最终形式必然是感觉经验的外部事实一旦出现，便能立刻唤起那种情感。”① 唐湜还进一步从创作心理的角度分析了意象的中介作用，他认为生命的核心、生命最大的“能”就是人的潜意识，“意象则是潜意识通往意识流的桥梁，潜意识的力量通过意象的媒介而奔涌前去，意识的理性的光也照耀了潜意识的深沉，给予它以解放的欢欣”。② 这与朱光潜谈意象和潜意识、意象和灵感的关系，在思致上是相通的，即意象伴随着灵感从潜意识中涌现，而物化，而美化，而诗化。

① 〔英〕艾略特：《艾略特诗学文集》，王恩衷编译，国际文化出版公司，1989，第13页。
② 唐湜：《论意象》，《新意度集》，生活·读书·新知三联书店，1990，第12页。

第三章

意象生成论

第一节　感觉生成论

感觉生成论是著名诗人艾青的观点。艾青的著作《诗论》虽然没有朱光潜的《诗论》理论的系统性和深刻性，但充满了睿智的眼光和灵感的火花，不少论述既是诗人自己的经验之谈，也是对诗歌创作的智性描述和理论提升，具有跨越时空的指导意义。

艾青赋予意象一种感性形态，认为意象的生成是感官的、感觉的。绘画出身的艾青，对创作主体感官和感觉的重视和强调在情理之中，诗歌中的意象如同绘画中的物象一样首先是要靠创作者去敏锐地观察、感知和捕捉的。他描述道："意象是从感觉到感觉的一些蜕化。""意象是纯感官的，意象是具体化了的感觉。""意象是诗人从感觉向他所采取的材料的拥抱，是诗人使人唤醒感官向题材的迫近。"[①] 在描述之外，他还用诗的形式来进一步形容："意象：/翻飞在花丛，在草间，/在泥沙的浅黄的路上，/在寂静而又炎热的阳光中……/它是蝴

① 艾青：《诗论》，复旦大学出版社，2005，第25页。

蝶——/当它终于被捉住，/而拍动翅膀之后，/真实的形体与璀璨的颜色，/伏贴在雪白的纸上。”[①] 这些论述形象地阐释了意象生成的过程性、具体性和心灵性，既强调诗人的感觉，又重视客观材料；既强调具体化的艺术表达，又重视诗人感觉和心灵对对象的拥抱和化入。这样从感觉中得来的意象，被诗人的感觉和生命温暖了的意象，就像“蝴蝶”一样是真实的、灵动的、形色兼备的，是富有生命力的。

既然意象是纯感官的，是具体化了的感觉，那么要生成意象，对创作主体的要求就是多方面的。从艾青的诗论中，至少可以归纳出以下五种能力。一是感觉能力：“诗人应该有和镜子一样迅速而确定的感觉能力——而且更应该有如画家一样的渗合自己情感的构图。”[②] 只有敏锐感知客观对象，获得具体而鲜明的印象，在这个基础上融合自己的情感，方能生成意象。二是感应能力：诗人“必须把自己全部的感应去感应那对象，他必须用社会学的、经济学的钢锤去锤炼那对象，他必须为那对象在自己心里起火，把自己的情感燃烧起来，再拿这火去熔化那对象，使它能在那激动着皮链与钢轮的机器——写作——里凝成一种形态……”[③]。感觉到的，还要去感应它；感应是用自己的“知”和“情”去锤炼和熔化对象，然后定格为“意象”。这里要求诗人具有广博的学识、丰富的情感和卓越的表达。三是理解力：“用正直而天真的眼看着世界，把你所理解的，所感觉的，用朴素的形象的语言表达出来。”“诗人必须比一般人更具体地把握事物的外形与本质。”“形象塑造的过程，就是诗人认识现实的过程。”[④] 感觉和感知到事物后，还必须上升到认识和理解；只有认识和理解，才能把握事物的整体和本质，从而塑造出美而且真的意象。理解是诗人对对象认识的加深，是对自己潜意识的一种理性的照耀，就如唐湜所说的在意象

① 艾青：《诗论》，复旦大学出版社，2005，第26页。

② 艾青：《诗论》，复旦大学出版社，2005，第20页。

③ 艾青：《诗论》，复旦大学出版社，2005，第23页。

④ 艾青：《诗论》，复旦大学出版社，2005，第22、24页。

的生成中有一种“意识的理性的光”。四是想象力：“想象是由此岸向彼岸的张帆远举，是经验的重新组织；想象是思维织成的锦彩。”“诗人愈能给事物以联系的思考与观察，愈能产生活的形象；诗人使各种分离着的事物寻找到形象的联系。”“联想和想象应该是从感觉到形象的必经的过程。没有丰富的联想和想象，是不可能有丰富的形象的。”[①] 这里，从主观方面讲，他强调了诗人的“经验”，想象是经验的重新组织；从客观方面讲，他强调了事物之间的“联系”，想象是打通事物内在关联的钥匙；从主客融合方面讲，想象是锻造丰富的意象的必经之途。可见，想象力是意象再造、变形和重组的催化剂和黏合剂，所以在创作中我们要唤醒自己的联想和想象。由此，他批评了诗歌创作中的“摄影主义”和浮面的描写。[②] 五是创造力：“诗人的劳役是：为新的现实创造新的形象；为新的主题创造新的形式，为新的形式与新的形象创造新的语言。”“在万象中，‘抛弃着，拣取着，拼凑着’，选择与自己的情感与思想能糅合的，塑造形体。”[③] 在诗人看来，只有创造，才能有新鲜的意象，才能走向完整，到达至美、至善、至真。这种创造，离不开诗人所生活的时代和现实，诗人只有敏感于现实，用诗歌感应、呼应现实，才能创造出新的意象，为时代和现实造型。这种创造，还体现出一种选择性，即在社会万象中选择，用自己的“情感与思想”去选择，“万取一收”，创造出既符合时代要求又灌注自己思想感情的“意象”。

艾青强调意象生成中感官和感觉的作用，是在强调诗人和外部世界的联系，强调诗人和时代的联系，希望诗人在风云变幻的时代面前敏锐地感知和感应，并从中受到感染和感动，用新鲜而饱含情感的意象谱写出时代的诗篇。在《诗与时代》一文中，他指出，诗人的感官比平常人更敏锐，“他生活在中国，是应该知道中国正在进行着怎样

---

① 艾青：《诗论》，复旦大学出版社，2005，第26、24、94页。

② 艾青：《诗论》，复旦大学出版社，2005，第41页。

③ 艾青：《诗论》，复旦大学出版社，2005，第37～38页。

伟大的事情的”，“每个日子所带给我们的启示、感受和激动，都在迫使诗人丰富地产生属于这时代的诗篇”，“这伟大而独特的时代，正在期待着、剔选着属于它自己的伟大而独特的诗人”。[①] 可见，艾青的意象感官论，不是局限于诗人个人的小感觉、小感受，不是从凡俗的世界中寻求感官的快乐和刺激，而是拥有大胸襟、大视野，把个人的感官和感觉升华到时代的高度，从而创造出属于时代的诗歌意象和诗章。这样我们就不难理解，艾青的诗歌，其意象具有浓郁的生活气息和强烈的时代感，他的抗战前后的“北方组诗”和“太阳组诗”，那些携带苦难和伤痛、充满热切向往和美好憧憬的诗作，是怎样从时代的血脉里产生，又怎样呼应着、激荡着一个时代的脉搏！

第二节　生活赐予论

臧克家认为意象是生活给予的。“生活”，是他创作的土壤和源泉，也是他论诗的出发点和立足点。他在80年代回顾自己写作的文艺随笔中谈到，由于对生活的认识、对文艺的看法，加上长期从事创作的一些经验，才有了个人对文艺、对诗歌的一些见解。而这些见解，从内容方面概括地说来就是：“新诗必须表现现实，表现人民的生活；必须与时代精神结合，富于现实意义和战斗作用。”[②] 可以说，这是他的文艺观，也是他的人生观。“生活”以其丰富的内涵被编织在他诗歌创作的锦缎里，闪耀着他诗格和人格的华彩；“生活”以其沉甸甸的分量贯穿在他诗论的字里行间，铸就了他诗论和文论的风骨。在《生活——诗的土壤》一文中，他从文字入手，谈到意象和意象的形成：“字句的推敲，意义不在它本身。换句话说，就是不单是在字句

① 艾青：《诗论》，复旦大学出版社，2005，第54～55页。

② 臧克家：《五十年间学论文》，吴嘉编《克家论诗》，文化艺术出版社，1985，第1页。

上追求漂亮，而是求其一丝不差地去表现诗人心中的意象，而这个意象，是生活给他的，活在他心上的，它生动、有色、有声，象满了月份的胎儿，非要求一个独立的生命不可。”[①] 他在《诗》一文中又说：“‘诗’，从生活里萌生出来，带着生活赋予的声音、光彩和意义，它再以它的声音号召，它再以它的光彩闪耀，它再以它的意义显示。”[②] 这些话至少包含这样几层意思：第一，意象是生活赐予的，带有外部世界的客观性和生动性；第二，这个意象是诗人“心中的意象”，“活在他心上的”，包含诗人的意念、愿望和情感；第三，由生活在诗人心中受孕而产生的意象，是一个独立的有声有色的生命体；第四，这个生命体又回归生活，发挥它的作用，显示它的意义和价值。这一切，“生活”是源头，是起点，离开了“生活”，就没有诗歌的意象，也就谈不上发挥诗歌的艺术作用和社会作用。可见，臧克家把“生活”摆在了至高无上的位置。

既然意象是生活给予的，那就必然牵涉到诗人对生活的态度问题。在诗人和诗与生活的关系问题上，臧克家看重的是“生活”：“诗人，他不是为了写诗活着，而是为了生活。以诗为生活的人，他没有诗（有，也只是他自己的），因为他没有生活。只有懂得生活的人才懂得诗，生活对他有多深，诗对他有多深。只有能把握生活的诗人，才能产生有意义有价值的诗。”[③] 这是对生活与艺术的辩证法的一种概括。要懂得生活、能把握生活，首先就得深入生活：“‘深入生活’，入到生活深处，去观察、体会、摄取。”[④] “一个诗人须得先具有一个伟大的灵魂，须得有极热的心肠，须得抛开个人的一切享受，去下地狱的最下层经验人生最深的各种辣味。还得有一双灵敏得就要发狂的眼睛，

① 臧克家：《生活——诗的土壤》，吴嘉编《克家论诗》，文化艺术出版社，1985，第43页。

② 臧克家：《诗》，吴嘉编《克家论诗》，文化艺术出版社，1985，第53页。

③ 臧克家：《生活——诗的土壤》，吴嘉编《克家论诗》，文化艺术出版社，1985，第38页。

④ 臧克家：《新诗常谈》，吴嘉编《克家论诗》，文化艺术出版社，1985，第67页。

一转之间便天上地下，地下而又天上。”[①] 这就对诗人提出了更高、更严格的要求，要求诗人在深入生活的过程中具有高尚的人格、火热的心肠、敏锐的眼光和能经受生活考验的胆识。臧克家还进一步要求诗人：“必须带着认真的、顽强的、严肃的生活态度和强烈的燃烧的感情。从一定的立脚点，从某个角度里去看人生，爱憎分明，善恶昭然，这样，客观的事物才能在感情、思想、感觉上，起剧烈的反应作用，而使诗人和客观的事物结合、拥抱、亲切，而不是立在漠然不关的情形之下。”[②] 在这样的人生观、价值观的支配下，诗人去深入生活，观察生活，体味生活，生活就会赐予他灵感和想象，赐予他缤纷的意象和动人的诗篇。他以自己的诗歌《难民》为例，说明自己由于对农村生活的贴近、熟悉和热爱，在创作中“一字之易”，结果使诗境大变。《难民》这首诗的头两句，最初是“日头坠在鸟巢里，/黄昏里还辨得出归鸦的翅膀”，诗人不满意第二句诗，因为他觉得还没有完全表达出他心中的诗意的“黄昏”，于是后来改为“黄昏还没溶尽归鸦的翅膀”，这样苦苦推敲，是“为了求其不‘隔’，求其恰切地表达出心中的意象，也就是自然与生活的真实情景”。[③] 这是艺术的推敲和打磨，更是生活赐予的神来之笔。

正因为意象是从生活中来的，所以他把“生活”作为衡量和评判诗歌的标准，批评了那些与生活隔离而躲在个人的小世界中歌唱的诗人。他认为徐志摩坏的影响多过好的，“他只从英国贩过一种形式来，而且把里边装满了闲情——爱和风花雪月。他那种轻灵的调子也只合适填恋歌，伟大的东西是装不下的”。他还批评了戴望舒的诗歌，“从法国搬来了所谓神秘派的诗的形式”，“我觉得这样的形式只好表现一种轻淡迷离的情感和意象”。他基本上肯定了闻一多的诗歌，“在内容

---

① 臧克家：《论新诗》，吴嘉编《克家论诗》，文化艺术出版社，1985，第9页。

② 臧克家：《新诗常谈》，吴嘉编《克家论诗》，文化艺术出版社，1985，第67页。

③ 臧克家：《生活——诗的土壤》，吴嘉编《克家论诗》，文化艺术出版社，1985，第44页。

上表现一种健康的姿态”。[①] 姑不论他对外国现代主义诗歌的态度，单从“生活”这个角度看待徐志摩、戴望舒和闻一多等诗人，这个评价应该说是比较中肯的。

第三节　心物契合论

梁宗岱认为意象是心物契合的结果。梁宗岱的新诗批评文章集中在《诗与真》和《诗与真二集》，分别出版于 1935 年和 1937 年。他 1924 年赴法留学，深受法国象征主义诗人尤其是瓦雷里的人格和诗学影响，诗学主题是捍卫和发扬诗的纯粹性。梁宗岱论诗时视野开阔，感觉细腻，文辞华美，可以说，他的诗论，是诗之论，是论之诗，是诗论中的散文和美文，是散文和美文中的诗论。“梁是诗人，他是以诗笔的触须去探涉理论问题的，因而整个论述过程，意象纷披，元气淋漓，甚至颜色妩媚，姿态招展，显得既华美又铺张。”[②] 他所理解和追求的“纯诗”，就是“摒除一切客观的写景，叙事，说理以至感伤的情调，而纯粹凭借那构成它底形体的原素——音乐和色彩——产生一种符咒似的暗示力，以唤起我们感官与想像底感应，而超度我们底灵魂到一种神游物表的光明极乐的境域”。[③] 纯诗与象征的联系就在于“暗示”这一点上。这种象征不是一种传统的修辞手法，而是作为一种创作方法、一种艺术思维渗透在整体创作中。在这种象征中，诗人力求捕捉的，并不是单纯的主观情感，也不是纯粹的客观表象，而是主客相融的境界。[④] “而且这大宇宙底亲挚的呼声，又不单是在春花的炫熳，流泉底欢笑，彩虹底灵幻，日月星辰底光华，或云雀底喜歌与

---

① 臧克家：《论新诗》，吴嘉编《克家论诗》，文化艺术出版社，1985，第 6 页。
② 李振声：《编后记》，李振声编《梁宗岱批评文集》，珠海出版社，1998，第 296 页。
③ 梁宗岱：《谈诗》，《诗与真》，中央编译出版社，2006，第 100 页。
④ 许霆：《中国现代主义诗学论稿》，上海文化出版社，2005，第 60 页。

夜莺底哀曲里可以听见。即一口断井，一只田鼠，一堆腐草，一片碎瓦……一切最渺小，最卑微，最颓废甚至最猥亵的事物，倘若你有清澈的心耳去谛听，玲珑的心机去细认，无不随在合奏着钧天的妙乐，透露给你一个深微的宇宙消息。”[①] 这可理解为宇宙万象与诗人心灵契合而产生的艺术意象或意境。

梁宗岱心物感应和契合的观念，受到了法国象征主义诗人特别是波特莱尔的影响。“契合”（又译作“对应”“交响”），原为波特莱尔的一首诗名，是“象征派的宪章”，集中体现了象征主义诗学的核心内容。宇宙间的一切事物，包括客体和主体之间，都处于一种互相交流、互相契合的状态。波特莱尔的《契合》就是这种观念的形象说明。梁宗岱准确地把握住“契合”论的要质，认为这首诗带来了近代美学的福音：“启示给我们一个玄学上的深沉的基本原理，由这真理波特莱尔与十七世纪一位大哲学家莱宾尼兹遥遥握手。即是：‘生存不过是一片大和谐。’”[②]

而这种和谐之景，常人是难以看到和难以感应到的。因为常人在生活的尘土里辗转挣扎，“宇宙底普遍完整的景象支离了，破碎了，甚至完全消失于我们目前了”；“只有醉里的人们——以酒，以德，以爱或以诗，随你底便——才能够在陶然忘机的顷间瞥见这一切都浸在‘幽暗与深沉’的大和谐中的境界”。[③] 诗是另一种醉态，带领人进入另一种精神状态，并渐渐沉入一种“恍惚非意识，近于空虚”的境界，在对外界有所放弃的同时又有所得、有所悟，正像老子所说的“将欲取之，必先予之”。这时候，“再没有什么阻碍或扰乱我们和世界底密切的，虽然是隐潜的息息沟通了：一种超越了灵与肉，梦与醒，生与死，过去与未来的同情韵律在中间充沛流动着。我们内在的真与外界底真调协了，混合了。我们消失，但是与万化冥合了。我们在宇

① 梁宗岱：《象征主义》，《诗与真》，中央编译出版社，2006，第 86 页。
② 梁宗岱：《象征主义》，《诗与真》，中央编译出版社，2006，第 80 页。
③ 梁宗岱：《象征主义》，《诗与真》，中央编译出版社，2006，第 81 页。

宙里，宇宙也在我们里：宇宙和我们底自我只合成一体，反映着同一的荫影和反应着同一的回声”。[①] 这样，物我同一，万化冥合，意象乃生。实际上，这时候诗人放弃了理性与意志的权威，把自我完全交付给事物的本性，“站在我们面前的已经不是一粒细沙，一朵野花或一片碎瓦，而是一颗自由活泼的灵魂与我们底灵魂偶然的相遇：两个相同的命运，在那一刹那间，互相点头，默契和微笑”。[②] 梁宗岱在论述心物相契的心理机制时有大量的细微而诗性的表述，也列举了许多例证。

心与物的感应和契合，要求诗人是两重观察者：“他底视线一方面要内倾，一方面又要外向。对内的省察愈深微，对外的认识也愈透澈。正如风底方向和动静全靠草木底摇动或云浪底起伏才显露，心灵底活动也得受形于外物才能启示和完成自己：最幽玄最缥缈的灵境要借最鲜明最具体的意象表现出来。”“进一步说，二者不独相成，并且相生：洞观心体后，万象自然都展示一副充满意义的面孔；对外界的认识愈准确，愈真切，心灵也愈开朗，愈活跃，愈丰富，愈自由。”[③] 心与物、意与象相成相生，互相彰显，互相深化。这涉及他文艺思想的重要话题，即“诗与真”。他自己说诗论集的名称是受了歌德的自传暗示，歌德是指回忆中诗与真即幻想与事实之不可分解的混合，是二元对立的。梁氏说自己毕生追求的是对象的两面：“真是诗底唯一深固的始基，诗是真底最高与最终的实现。”[④] 一般论梁氏诗论，都注意到他内倾的一面，由他提倡纯诗主张抒写心灵世界而认为他的诗论是唯心的。其实，他非常重视诗人的生活，重视对客观现实的认识。

心物契合而产生诗歌的意象和象征的灵境，梁宗岱也拿这个标准来衡量诗人和作品。他指出莫里哀、拜伦、歌德、莎士比亚等人的作

---

① 梁宗岱：《象征主义》，《诗与真》，中央编译出版社，2006，第82~83页。

② 梁宗岱：《象征主义》，《诗与真》，中央编译出版社，2006，第87页。

③ 梁宗岱：《谈诗》，《诗与真》，中央编译出版社，2006，第96页。

④ 梁宗岱：《诗与真·序》，《诗与真》，中央编译出版社，2006，第5页。

品是文学史上伟大的象征主义作品，但又不仅仅是因为它们象征一种永久的人性，“实在因为它们包含作者伟大的灵魂种种内在的印象”。这种浸润了作者灵魂的印象，即意象，“在我们心灵里激起无数的回声和涟漪”。[①] 他还比较分析了屈原的《橘颂》和《山鬼》，认为《橘颂》是寓言，《山鬼》是象征，因为在《山鬼》中，诗人和山鬼“移动于一种灵幻飘渺的氛围中”，作品的意义“完全濡浸和溶解在形体里面，如太阳底光和热之不能分离”。[②]

既然诗歌的意象和灵境来自心物相契，那么对诗人来讲，就得从多方面加强修养和陶冶性情，他除了像康白情和宗白华等人那样强调到外部生活中亲历、感悟之外，更注重自身的体验和精神涵养。“我以为中国今日的诗人，如要有重大的贡献，一方面要注重艺术底修养，一方面还要热热烈烈地生活，到民间去，到自然去，到爱人底怀里去，到你自己底灵魂里去……”[③] 在诗学观念上，梁宗岱反对灵感说，反对自我表现说，而赞同瓦雷里等象征主义诗人的经验说。他十分强调经验对创作的作用，说“单要写一句诗，我们得要观察过许多城许多人许多物，得要认识走兽，得要感到鸟儿怎样飞翔和知道小花清晨舒展底姿势”[④]。生活经验愈丰富，愈有利于诗人创作，创作是经验的结晶。他从象征主义的经验论出发，强调回忆、忘记，“当它们太拥挤的时候；还要有很大的忍耐去期待它们回来。因为回忆本身还不是这个，必要等到它们变成我们底血液，眼色和姿势了，等到它们没有了名字而且不能别于我们自己了”[⑤]。在这个基础上诗人在创作时需要“纵任想象，醉心形相，要将宇宙间的千红万紫，渲染出他那把真善美都融作一片的创造来”。

---

① 梁宗岱：《象征主义》，《诗与真》，中央编译出版社，2006，第 76 页。
② 梁宗岱：《象征主义》，《诗与真》，中央编译出版社，2006，第 77 页。
③ 梁宗岱：《论诗》，《诗与真》，中央编译出版社，2006，第 33 页。
④ 梁宗岱：《论诗》，《诗与真》，中央编译出版社，2006，第 32～33 页。
⑤ 梁宗岱：《论诗》，《诗与真》，中央编译出版社，2006，第 33 页。

第四节　想象创造论

朱光潜着重从想象方面展开分析了意象的生成。他谈的想象，主要是“创造的想象”。他认为创造的想象含有三种成分，即理智的、情感的和潜意识的。就理智的成分来讲，根据“分想作用”和“联想作用”这两种心理作用，创造的想象对意象加以选择和综合。“分想作用”是选择所必需的，能够把某意象和其他相关的意象分裂开，“艺术的意象有许多并不是综合的结果，只是在一种混乱的情境中把用得着的成分单提出来，把用不着的成分丢去，有时也能造成很完美的意象，好比在一块顽石中雕出一座像一样”。[①] 可见，“分想作用”也能造成新的意象，是一种创造。但文艺上的意象大多数还是起于“联想作用”，特别是其中的类似联想。类似联想可以把许多毫不相关的事物联系起来，生发出某种关系，产生新的意象。朱光潜用大量的诗句对“拟人”、“托物”和“变形”三种类似联想进行了分析，指出其在文学创作中的重要性。同时，朱光潜还谈到象征，“‘象征’就是以甲为乙的符号，也可以说是一种引申义，它也是根据类似联想”[②]。由于象征大半是拿具体的东西代替抽象的性质，所以体现在文艺作品中就是以具体的意象来象征抽象的概念，不过“在文艺中概念应完全溶解在意象里，使意象虽是象征概念而却不流露概念的痕迹”[③]。朱光潜指出，“分想作用”和“联想作用”只能解释意象的发生如何可能，却不能解释在许多可能的意象之中何以某意象独被选择。这样，他就从“理智的”分析转入“情感的”分析。“情感触境界而

---

① 《朱光潜美学文集》（第一卷），上海文艺出版社，1982，第 194 页。

② 《朱光潜美学文集》（第一卷），上海文艺出版社，1982，第 195 页。

③ 《朱光潜美学文集》（第一卷），上海文艺出版社，1982，第 196 页。

发生，境界不同，情感也随之变迁，情感迁变，意象也随之更换。”[①]从境界到情感，从情感到意象，情感是“某意象独被选择”的深层原因之所在。情感不仅能够生发与之相谐的意象，而且能够“把原来散漫零乱的意象融成整体”[②]。正因为情感生发意象，连缀意象，情感是意象得以被选择、被贯通的内因，没有情感当然也就没有新鲜的意象，也就没有完整的意象，所以朱光潜反对沿用和剽窃意象，“意象可剽窃而情感则不能假托。前人由真情感所发出的美意象，经过后人沿用，便变成俗滥浮靡，就是有意象而无情感的缘故”[③]。

“理智的”和“情感的”两种成分属于意识的范畴，朱光潜还从“灵感”的角度，即从潜意识的角度对意象的生发进行了分析。依照近代心理学家的说法，灵感大半是由于在潜意识中所酝酿成的东西猛然涌现于意识，那么，“有时苦心搜索而不能得的，在无意识中得到灵感，顿时寻求许久的意象便涌上心头”[④]。这就足见意象和灵感以及二者和潜意识的密切关系。他分析说，在潜意识活动中，想象更丰富，情感的支配力更大，这样在意识中得不到的东西往往可以在潜意识中酝酿成功。在指出意象是凭借潜意识酝酿而成的这一现象之后，他接着分析了意象为什么会在某一时刻涌现于意识。其主要原因就在于，意识作用弛懈时，潜意识中的意象最易涌现；而创作时的心境往往“有如梦境”[⑤]，当然意象也就最容易涌现。关于这点，梁宗岱在论述意象的生成时也看到了，即诗人有别于常人，诗境有别于常境。正因如此，艺术家为了招邀灵感，或听音乐，或饮美酒，或喝咖啡，意在造成一种“梦境”，使潜意识中的意象得以涌现。潜意识的酝酿作用，还能带来“意象的旁通”[⑥]。即诗人和艺术家寻求灵感，往往不在自己

① 《朱光潜美学文集》（第一卷），上海文艺出版社，1982，第 197 页。
② 《朱光潜美学文集》（第一卷），上海文艺出版社，1982，第 198 页。
③ 《朱光潜美学文集》（第一卷），上海文艺出版社，1982，第 198 页。
④ 《朱光潜美学文集》（第一卷），上海文艺出版社，1982，第 202 页。
⑤ 《朱光潜美学文集》（第一卷），上海文艺出版社，1982，第 205 页。
⑥ 《朱光潜美学文集》（第一卷），上海文艺出版社，1982，第 206 页。

“本行”的范围之内而走到别种艺术范围里去。在别种艺术范围之中得到一种意象，让它在潜意识中酝酿一番，然后再用自己的特别的艺术将其“翻译”出来。朱光潜用剑术和书画等之间意象的旁通进行了说明，并认为艺术家不宜专在“本行”之内做功夫，应该处处玩索，在对灵感的培养中获取生动的意象。

朱光潜从想象方面来阐释意象的生成，是建立在心理分析的基础之上的，这与艾青、臧克家和梁宗岱对意象形成的分析有所不同。艾青的感觉生成论和臧克家的生活赐予论有些类似，都侧重人与生活、人与时代的关系，强调人的主动性、创造性和对生活的感受能力与感应能力，强调人的生活态度和情感态度，这也是他们诗歌创作中的现实主义精神在诗论中的体现。而梁宗岱接受的是波特莱尔、瓦雷里和里尔克等象征派诗人诗学观念的影响，他的心物契合论是建立在象征主义“契合”论的哲学基础上的，更多地强调个人的经验和内心体验，强调人的潜意识、梦境和醉态。在对人的心理特别是人的潜意识的关注方面，梁宗岱和朱光潜是相通的。

第四章

意象鉴赏论

第一节　意象鉴赏的标准

一　新颖

追求新颖是人们的一种普遍心理，就诗歌欣赏而言，更是如此。胡适明确反对“陈陈相因的套语”，他所说的“套语”，实际上就是指“意象”；朱光潜说意象是伴随情感而生的，主张意象应是诗人触景生情的产物，反对意象的沿用和剽窃。这些都是为了强调诗歌意象的创新，唯有创新，才能吸引和感染读者。艾青在《诗论》中说：“好的诗篇，常是产生于我们被新鲜的意象和新鲜的语言如此适合地溶化在自己的思想里的，这一机会里，猛烈地袭击我们却被我们获得的时候。”① 可见，只有新鲜的意象，才能被我们所接受，溶化在我们自己的思想和血液里；在这种溶化的过程中，深深地打动和感染我们，并给我们留下鲜明的印象。冯文炳在谈新诗时，首先强调的是由感发而

① 艾青：《诗论》，复旦大学出版社，2005，第47页。

来的情思，这种情思能够使读者感到“切切实实”；他尤其强调的是新鲜和朝气。他肯定沈尹默的《月夜》里有“朝气”，肯定康白情的《草儿》是“新鲜的诗”。他由衷赞赏湖畔诗派的诗，认为这些新诗虽是最不成熟的，“可是当时谁也没有他们的新鲜，他们写诗的文字在他们以前是没有人写过的，他们写来是活泼自由的白话文字”[①]。他高度评价卞之琳的《车站》，“本来身如逆旅，古今同有此情，而卞之琳说得太新鲜了，太可爱了，太切实了”，“他的诗所以空灵之故。而感情那么切实”。[②] 这里，冯文炳就是从意象的新鲜和感情的切实两个方面来评价新诗的，这种“新鲜”虽然也包含题材、表达和主题等，但其中着重强调的还是诗歌的意象和语言。这种“新鲜”是从比较中得来的：一是横向和他人比较，“当时谁也没有他们的新鲜”；二是纵向和过去比较，“他们写诗的文字在他们以前是没有人写过的”。这就为“新鲜”标准的确立找到了坐标点，便于读者在对诗歌意象的欣赏和把玩中去细细寻思。

梁宗岱则把意象放在与“社会意识”的表现和“人生体验”的传达的比较中来评判，他强调意象的运用，强调用意象节制意识和用意象来传达经验，其中特别强调意象的新巧、流丽和活泼。他在《试论直觉与表现》中比较分析道：“最能吸引大众的是艾青，因为他不独怀抱着极热烈的社会意识，并且能运用文字加以恰当的节奏的表现，如《火把》里有些部分所显示给我们的。只可惜不能抑制这意识底泛滥，因而往往流于一些不很深刻的随笔。最成熟的，或者不如说，最投合我趣味的，是《十年诗草》和《十四行集》。这两部诗集大体上都是卸却铅华的白描：前者文字底运用和意象底构成似乎更活泼更流丽更新巧，后者则在朴素的有时生涩的形式下蕴藏着深厚的人生的体验和自然的观感或二者底交融。”[③] 这种分析不一定准确，的确带有作

① 冯文炳：《谈新诗》，人民文学出版社，1984，第5页。

② 冯文炳：《谈新诗》，人民文学出版社，1984，第175～176页。

③ 梁宗岱：《试论直觉与表现》，《诗与真续编》，中央编译出版社，2006，第185页。

者个人的“趣味”，但就突出强调“意象”以及“意象”的新巧等审美内涵这一点来说，是可取的。诗歌只有贴切地运用意象，才能“抑制这意识底泛滥”，走向情感的切实和思想的深刻。其实艾青的诗歌，其“热烈的社会意识”不仅能运用“恰当的节奏”表现，而且能用富有时代感的新颖的意象来传达，读者在阅读和欣赏他的诗作时总是能够顺着意象的“路标”走进时代的广场和真善美的寓所，感应到心灵的震颤，得到灵魂的净化。冯至的《十四行集》在抒写个人的经验和感悟时，其实也很注重意象的经营，但和艾青的表达方式相比有很大的不同，意象更具有日常生活的色彩和诗人内心体验的神秘。艾青和冯至的诗歌意象应该说都很“新巧”，只不过一个主要通向外面的世界，一个主要迎合内心的体验。梁宗岱赞赏卞之琳的《十年诗草》“意象”活泼、流丽和新巧，更是放在当时整个新诗创作的背景下来评价的，我们把这当作鉴赏诗歌意象的一些标准或许更合适，更能获得启迪。

二　丰富

意象是否丰富，也是鉴赏诗歌的一个标准。丰富，在新诗论者的笔下至少包含这样三个方面的内容：一是一首诗作的意象是否丰富；二是和同时代的诗歌创作相比意象是否有所超越和创新；三是诗歌意象本身的内涵是否丰富、厚重。

李健吾在评价李金发的诗歌时指出，“他有一点可贵，就是意象的创造”，这种意象的创造也是 30 年代一批年轻诗人的共同追求：“对于好些人，特别是反对音乐成分的诗作者，意象是他们的首务。……内在的繁复要求繁复的表现，而这内在，类似梦的进行，无声，有色，无形，朦胧；不可触摸，可以意会；是深致，是涵蓄，不是流放，不是一泄无余。……他们运用许多意象，给你一个复杂的感觉，一个，然而复杂。”[①] 李健吾肯定了包括李金发在内的一批象征派、现代派诗人意象的创造，在他们的诗作中，意象是丰富的、繁复的，适应了内在情绪的需要，给读者带来的审美效果是朦胧、含蓄和感觉的复杂。“许多意象”带给读者的是“一个复杂的感觉”，在这个看似矛盾的判断背后，李健吾要表达的意思很清楚，“一个”强调的是感觉的向度，即意象唤起的感觉朝一个方向、一个中心汇聚和强化；“复杂”是指纷繁的意象带给人的具体、细微而丰富的感觉，统合在“一个”之中而达成感觉的浑融效果。

在新诗创作中，存在意象趋同的现象，即意象单一、单调甚至雷同。对这种现象，不少诗评家提出了批评。如宗白华就对那些自命为“唯我派诗人”“象征派诗人”的意象表达和抒情表示反感，说他们只知道“蔷薇呀！”“玫瑰呀！”“我的爱呀！”，坐在“象牙之塔”里，咀嚼着“轻烟般的烦恼”。[②] 应该说这种批评是切合当时诗歌创作的实际的，部分诗作确实存在意象单调、雷同而且浓艳、自我的倾向，表达的感情也极其狭窄和封闭，这带给读者的当然是审美疲劳和厌倦。检索新诗中的意象，还不仅仅是这样，在某一时段或某些诗歌流派，意象运用单一趋同、枯燥乏味的现象比较普遍，这些都应该归因于诗人缺乏审美创造力和想象力。

丰富的意象，不仅指诗歌创作中纷繁意象的运用，意象本身也应具有丰富性和包蕴性。唐湜在读了杜运燮的《诗四十首》后说，它“给我们的主要印象则是意象丰富，分量沉重，有透彻的哲理思索，自然又多样，简赅又精博，有意味深长的含蓄，可以作多样的解释，有我们读者自己作独特探索的余地，稳重而矜持的风格里有大胆的肯定，流利的文句里有透明的感悟。意象跳跃着在眼前闪过，像一个个键子叮当地响过去，急速如旋风，有一种重甸甸的力量，又有明朗的

---

① 李健吾：《李健吾文学评论选》，宁夏人民出版社，1983，第84页。

② 宗白华：《唐人诗歌中所表现的民族精神》，《建国月刊》第1卷第6期，1935年。

内在节奏，像一个有规律的乐谱”①。唐湜分析杜运燮的诗歌，立足点就是意象，分析和鉴赏的准则就是意象的“丰富”与否，在这里，“丰富”被赋予两个方面的含义，即意象的多样性和意象自身的含蕴性。唐湜特别肯定了意象自身的丰富和厚重，有“分量”的意象以其含蓄的表达给了读者“作独特探索的余地”，能激发和激活读者的探索欲与创造欲，更好地满足读者的审美期待。从唐湜的这段话中，我们还可以解读出，意象的丰富性带来的含蓄的风格，也包括意象之间的奇妙的组合和联络所产生的美感效果。

三　浑融

意象的浑融，不单是指意象自身的完整性和浑一性，更是一种组合关系带来的和谐与凝合。新诗论者主要是从意象与意象的浑融、意象与情绪的浑融以及意象与其他诗歌元素的浑融三个方面来论述的。

袁可嘉在分析由意象的联结方式带来的结构类型时，实际上涉及意象与意象的关系问题。他认为，“客观对应物”因意象联结方式可分为两种类型：一是从一个单一的基点出发，逐渐向深处、广处、远处推去，合乎逻辑发展的相关意象一一展开，每个意象不仅是前一个意象的连续，而且是它们的加深和推进，读者通过诗人笔下的暗示、联想以及本身的记忆，进入作者的创造氛围里；二是诗人从许多方面来接近主题，同样地通过暗示、联想、记忆、感觉的综合，把感情思想结晶在由众多意象伴随的一两个核心意象上。前者被称为“诗境的扩展”，它可以造成氛围，“增加了诗底戏剧性，扩大并复杂化了人类的感觉能力”；后者被称为“诗境的结晶”，它可以造成感觉强度，加

① 唐湜：《杜运燮的〈诗四十首〉》，《新意度集》，生活·读书·新知三联书店，1990，第51～52页。

强诗的戏剧性。[①] 在袁可嘉的表述中，我们从意象的关系来探寻，他所说的两种类型，其实也是意象浑融的两种方式：一种是意象的扩展式，即众多意象在加深和推进的过程中达到一种浑融的效果；另一种是意象的聚合式，即众多意象在向某种思想感情结晶的过程中所产生的浑融关系。这两种方式为我们鉴赏诗歌意象是否浑融提供了具体的思路和方法。

意象与情绪的浑融，是指诗歌意象和情绪是统一的、和谐交融的。20年代的穆木天对诗的思维提出了统一性和持续性结合的要求，统一性即一首诗只表达一个思想；持续性即诗中“心情的流动的内生活是动转的，而它们的流动动转是有秩序的，是有持续的”。[②] 这实际上也是对意象、意象思维提出的要求，即要求所有的意象是为了表达“一个思想”，即袁可嘉所说的向着某种思想感情“结晶”，同时意象和情绪能够流贯而下，内在地交织在一起。冯文炳提出了“新诗之必有诗的完全性而后能成为好诗”的诗学观念。他认为早期新诗写得“不完全”主要表现在：一是诗情泛滥；二是情绪和感觉驳杂缺乏内在联系，提起笔来只写自己的诗，如李金发的诗“尽是感官的涂鸦，而没有一个诗的统一性”；三是由以上两点引起的语言的破碎。[③] 这里指出的情绪和感觉的驳杂，就是讲意象和情绪没有浑融为一体，有悖于“统一性”和“持续性”的要求。他指出，尤其是20年代的浪漫主义诗人脱出了“做”诗的束缚，诗情自由滋长，诗中形象缺乏统一性和持续性，成了“不完全”的诗。这就为我们从意象与情绪之间的内在关联来鉴赏诗歌提供了新的思维和观察视点。

意象的浑融还意味着意象和其他诗歌元素的融合。是融合，而不

---

① 袁可嘉：《论诗境的扩展与结晶》，《论新诗现代化》，生活·读书·新知三联书店，1988，第127、131页。

② 穆木天：《谭诗——寄郭沫若的一封信》，《穆木天文学评论选集》，北京师范大学出版社，2000，第138页。

③ 冯文炳：《谈新诗》，人民文学出版社，1984，第132页。

是混合，正如袁可嘉提倡“综合”而反对“混合”一样。袁可嘉认为：“在创作方法上综合的作者多数采取间接的引发，混合的作者则多用有‘力’的刺激。理由十分简单：间接导引的效果完全依赖多种因素（意象，节奏，思想，感觉，文字的明面与暗面，联想，记忆等）的适度配合；对于根本缺少其中若干因素，或无能力把它们配合运用的作者，自然只有选威胁，叫嚣，捶胸，怒号的刺激方法。”① 他讲的“综合”就是意象和其他“多种因素”的适度配合，这种适度配合能带来意象和其他元素的浑融，达到“间接导引”的效果；而“混合”是一种杂糅，甚至分裂，作者无力把意象和其他因素配合运用，当然就只能直接喊叫了。可见，对诗歌意象的欣赏，除了玩味诗歌意象本身外，还得兼顾诗歌中的多种因素，以及意象与其他多种因素的配合情况。

第二节　意象鉴赏对读者的要求

一　想象力

因为诗歌中的意象具有暗示和象征功能，所以会造成模糊性和多义性，需要读者创造性想象的参与。朱自清认为诗是多义的，诗的表达是“不完全”的，“诗虽不如一般人所说的难懂，但表达时，不是完全的”，如诗“用暗示，可以用经济的字句，表示或传达出多种的意义来，也就是可以增加情感的强度”，“用比喻是最经济的办法，一个比喻可以表达好几层意思”。② 其中提到的“暗示”“比喻”等就涉

① 袁可嘉：《综合与混合——真假艺术底分野》，《论新诗现代化》，生活·读书·新知三联书店，1988，第205页。

② 朱自清：《诗的语言》，朱乔森编《朱自清全集》（第八卷），江苏教育出版社，1993，第345页。

及意象的功能和运用问题。朱自清还说，诗歌可以通过多种方式达到传达的不完全，呈示暗示性、模糊性、多义性和跳跃性，这给欣赏者带来了困难，也为欣赏者发挥想象做多种解释提供了可能。李健吾也表达了类似的看法，他直接从意象入手，来谈暗示和象征带给读者的想象和联想。他指出，由“具体地描绘”所构成的“意象”，“从各面来看，光影那样匀衬，却唤起你一个完美的想象的世界，在字句以外，在比喻以内，需要细心的体会，经过迷藏一样的捉摸，然后尽你联想的可能，启发你一种永久的诗的情绪。这不仅仅是‘言近而旨远’；这更是余音绕梁。言语在这里的功效，初看是陈述，再看是暗示，暗示而且象征”。[①] 可见读者想象和联想的发挥，可以打开暗示和象征的宝盒，获得诗情的青睐。

意象除了暗示和象征，还有意象和意象、意象和观念等之间形成的空白，这也需要读者想象的加入。朱自清在《诗的语言》和《新诗杂话》中讲到古代和现代有些诗在意象和观念间留下空白，形成断裂，“理解整个儿的意思，这里需要读者自己来搭桥梁”，这个“桥梁”就是读者的想象。李健吾在论废名诗时也请读者注意“句与句间的空白”，这种空白“往往是句与句间缺乏一道明显的‘桥’的结果”，解读的方法是“读者不得不在这里逗留，因为它供你过长的思维”。[②] 这种表述也与朱自清相仿佛，都是强调读者的想象力。对诗歌意象的欣赏，正如诗歌创作中对意象的观察和捕捉一样，都需要有丰富的超常的想象力，唯其如此，才能领略诗歌意象以及诗歌语言所传达出来的深意和奥妙。

二　分析力

对诗歌包括意象的鉴赏，除了要求读者的想象力外，还要求读者

---

① 李健吾：《鱼目集——卞之琳先生》，《咀华集》，花城出版社，1984，第 110 ~ 111 页。

② 李健吾：《画梦录——何其芳先生作》，《咀华集》，花城出版社，1984，第 192 页。

有一定的分析能力和理解能力。想象伴随着直觉和情感，而分析则建立在规范、秩序、组织等理性原则之上，从意象欣赏的角度讲，就要求读者对诗歌语言的组织和特点有所了解，特别是对意象所传达出来的比喻、暗喻、象征等功能要加以细细品读和思考。这方面，朱自清有比较详细的论述。朱自清解诗的具体方法就是从语言分析入手进行细读，在细读中思索和玩味。在《诗的语言》中，他从缘情和组织两个角度探讨了诗的语言特点，在他看来，诗歌是精粹的语言，暗示是它的生命。他指出解诗重在分析言外之意，具体的方法就是通过对比喻的背景、文义的分析以及联想力来细细品味和了解。他在《解诗》中说："诗人的譬喻要创新，至少变故为新，组织也总要新，要变。因此就觉得不习惯，难懂了。其实大部分的诗，细心看几遍，也便可明白的。"[①] 他在《古诗十九首释》中又说："解释比喻，不但要顾到当句当篇的文义和背景，还要顾到那比喻本身的背景。"[②] 这里他谈到的细读法就是读者分析能力的体现。他提出解诗要体现两个统一：尊重诗人和超越诗人的统一；文本分析和背景分析的统一。他指出，阅读是一种"还原"现象，即到"原来的程序走一过"，包括两点：一是前表现程序，即诗人认识生活、构思作品的过程；二是传达程序，即诗人在作品中从头至尾语言形象展开的过程。这种阅读还原，是对读者想象力和分析力的一种考验。

朱光潜在《谈读诗与趣味的培养》中回顾了自己读诗由"不明白"到"明白"的心理过程，意在说明对诗歌意象等元素的欣赏是需要理解力和分析力的，他说："记得我第一次读外国诗，所读的是《古舟子咏》，简直不明白那位老船夫因射杀海鸟而受天谴的故事有什么好处，现在回想起来这种蒙昧真是可笑，但是在当时我实在不觉到这诗有趣味。后来明白作者在意象、音调和奇思幻想上所做的功夫，

---

① 朱自清：《解诗》，《朱自清全集》（第二卷），江苏教育出版社，1988，第 322 页。

② 朱自清：《古诗十九首释》，《朱自清全集》（第七卷），江苏教育出版社，1988，第 197 页。

才觉得这真是一首可爱的杰作。”[①] 朱光潜特别强调诗人和读者在“见”方面的重要性，这个“见”就是敏锐的观察力、细致的分析力，也包括丰富的想象力：“诗人的本领就在见出常人之所不能见，读诗的用处也就在随着诗人所指点的方向，见出我们所不能见；这就是说，觉到我们所素认为平凡的实在新鲜有趣。”[②]

三 领悟力

对诗意的表达和领悟离不开“感觉”的丰富。王独清强调：“诗，作者不要为作而作，须要为感觉而作，读者也不要为读而读，须要为感觉而读。”[③] 读者对诗歌的鉴赏应具有这样的感受力和领悟力。梁宗岱认为文艺的欣赏是读者与作者间精神的交流和密契，诗的阅读和欣赏在“妙悟”：“一切伟大的诗都是直接诉诸我们的整体，灵与肉，心灵与官能的。它不独要使我们得到美感的悦乐，并且要指引我们去参悟宇宙和人生的奥义。而所谓参悟，又不独间接解释给我们的理智而已，并且要直接诉诸我们的感觉和想象，使我们全人格受它感化与陶熔。”[④] 所谓“妙悟”和“参悟”，都是强调读者的悟性，这种悟性并非理智能够驯化而来，而是诗歌阅读过程中的感性积淀和心性孕育。袁可嘉在《诗与晦涩》中详尽分析了“晦涩”的五种原因，其中第三、四种成因主要涉及诗歌创作的一些具体手段和技巧，如“情绪的渗透”，“构造意象或运用隐喻明喻的特殊法则”等。对这类诗歌的鉴赏，需要读者的勇气，“他们诚然提供了极多极大的困难，但这些困

---

① 朱光潜：《谈读诗与趣味的培养》，《朱光潜美学文集》（第二卷），上海文艺出版社，1982，第488页。

② 朱光潜：《谈读诗与趣味的培养》，《朱光潜美学文集》（第二卷），上海文艺出版社，1982，第493页。

③ 王独清：《再谭诗——寄给木天、伯奇》，杨匡汉、刘福春编《中国现代诗论》（上编），花城出版社，1985，第109页。

④ 梁宗岱：《谈诗》，《诗与真》，中央编译出版社，2006，第114页。

难的克服方法并无异于充分领悟其他艺术作品的途径，向它接近，争取熟悉，时时不忘作品的有机性与整体性。作为一个读者，我们恐怕只有以忍耐和努力去争取那么一个了解的奇迹……”[①]。这里还是强调读者的“领悟”，在作品的“有机性与整体性”中领悟，最后达到“了解”。

其实，对读者来讲，鉴赏诗歌及其意象，更多的时候是一种综合能力的体现，需要读者既具有敏锐的感受力和领悟力，又具有非凡的想象力和联想力，还需要有超乎寻常的分析力和理解力。金克木强调读懂诗要求读者和作者有同样的“智慧程度”[②]，朱光潜强调读者的“了解程度”[③]。这些都对读者的鉴赏能力提出了很高的要求。朱自清于30年代评述李金发的诗的时候，曾说：“他的诗没有寻常的章法，一部分一部分可以懂，合起来却没有意思。他要表现的不是意思而是感觉或情感；仿佛大大小小红红绿绿一串珠子，他却藏起那串儿，你得自己穿着瞧。这就是法国象征诗人的手法。”[④]“你得自己穿着瞧”，这就是对读者综合鉴赏能力的检验。

“一件艺术作品对于欣赏者的效力是一种特殊的经验，和任何非艺术的经验根本不同，它可以由一种感情所造成，或者是几种感情的结合；因作者特别的词汇、语句，或意象而产生的各种感觉，也可以加上去造成最后的结果。……诗人的心灵实在是一种贮藏器，收藏着无数种感觉、词句、意象，搁在那儿，直等到能组成新化合物的各分子到齐了。”[⑤] 读者的心灵也应该是这样一种“贮藏器”，贮藏着鉴赏诗歌及其意象的各种经验、能力和素质。

---

① 袁可嘉：《诗与晦涩》，《益世报·文学周刊》1946年11月30日。

② 柯可（金克木）：《论中国新诗的新途径》，《新诗》第1卷第4期，1937年1月。

③ 朱光潜：《心理上个别的差异与诗的欣赏》，《大公报》1936年11月1日。

④ 朱自清：《〈中国新文学大系〉诗集导言》，朱乔森编《朱自清全集》（第四卷），江苏教育出版社，1990。

⑤ 〔英〕托·斯·艾略特：《传统与个人才能》，卞之琳译，〔英〕戴维·洛奇编《二十世纪文学评论》（上册），上海译文出版社，1987，第134～135页。

下　篇

新诗经典意象解读

第一章

闻一多："古典"与"现代"两类意象的运用

闻一多在诗歌创作中非常重视诗歌意象的运用。近年来，有学者对他的诗歌意象进行了分析，但显得较为零散，有的只是抓出一两个意象去论证某个观点，迄今还没有文章上升到对他的诗歌意象做整体观照和系统研究。当我们手持"意象"这张入场券，走进闻一多用歌与哭、血与火构筑的诗歌宫殿时，发现他的诗歌呈现出两大意象群落：一类充满"古典"气息，笼罩着华宴的芬芳和沉醉的诗意；另一类裹挟"现代"色彩，流转着天地之间变幻的风云。从这里出发，我们不仅可以更好地解读出这些诗歌意象自身的魅力，进而对闻一多的诗歌艺术、诗学理论有新的领悟，而且可以在这条意象汇成的河流里更好地触摸诗人思想情感的源流。

第一节　两类意象的对照

闻一多诗歌的两类意象展示出两种不同的生活情景。一边是在花香浮动的记忆深处摆上"丰盛的宴席"：一支千古不灭的"红烛"辉映着满桌的月光和酒香，诗人手抚着至善至美的艺术剑匣，时而吟唱屈原、李白和杜甫，时而默数青春的花瓣和红豆的相思。就这样沉醉，沉醉！一双醉眼看到的是中华民族5000年的历史文化横卧在记忆天空的“绚缦的长虹”……一边是呈现在“窗口”之外的“憔悴的世界”：远处的废墟荒村，近处的蛛丝鼠矢；遍地的落叶和烂果，满耳众生的喧嚣；噩梦挂着悬崖，烟雾笼罩四野……诗人抚剑痛哭，倚窗悲叹：“这是一沟绝望的死水！”

这种对比性意象镶嵌在闻一多的两部诗集《红烛》和《死水》甚至他的每一首诗作中。从整体观照，《红烛》重在展示“美”，《死水》重在揭露“丑”，美丑以及它们附丽的具体意象构成了鲜明的对照和映衬。而分开来看，《红烛》和《死水》并不是“美”或“丑”的简单集合，诗人摒弃了单色单面的意象描写，他的每一首诗几乎都是两重意象的组合。《西岸》在“无涯的苦雾”中苦苦寻找，终于看见小岛“戴着一头的花草”，隐含着一种社会批判；《美与爱》写“心鸟”在星月的辉光里倾听“无声的天乐”，而“监牢”和“凄风”使心的两翅滴着“鲜血”，寄寓着人生诗意的追求；《深夜的泪》一边是憔悴的颜容、温热的泪，一边是“宇宙的生命之酒”“酌进上帝的金樽”，痛苦地追问生活的意义；《我是一个流囚》一边是“幸福的朱扉”和“壮阁的飞檐”，一边是“没尽头的黑道”和“脚下的枯草”，伤心地感叹“我是快乐的罪人”；《也许》将“一伞松荫”下蚯蚓、水草的音乐和人间“咒骂的人声”进行对比，在对死者的怀念中减轻了内心的伤痛；《荒村》将人烟断绝的荒凉和花自摇红的美景穿插在一起，加倍地表现了战争背景下的凄凉与悲哀……

从整个诗歌的楼阁到一砖一瓦，都呈现出两类意象的鲜明对照。如果从意象属性来看，这种对照又寄寓在三种意象之中：自然意象、人文意象和生命意象。

自然意象以其无限多样性和隐喻的深层意旨，给人丰富的感觉和联想。明月和黑夜、新春和残冬、香雨和阴风、红豆和烂果……这类自然意象在闻一多诗歌中比比皆是，在意味深长的诗歌情境中被嵌进具体的社会现实语境和诗人内心感悟的天空，令人把玩不已，回味再三。

人文意象比自然意象有更多的历史文化内涵。在闻一多笔下，人文意象主要体现为"人物类"和"器物类"。在艺术世界里，不仅自然物象在诗意观照中生成意象，而且一切具体的感性的东西包括"人"自身在审美的天地里都是一种意象化的存在，都是一种符号和象征。当我们用这种眼光来看待闻一多诗歌中那些活动的历史人影和浮现的器物时就能获得更多的理解。诗人在《长城下之哀歌》中这样呼喊："哦，鸿荒的远祖——神农，黄帝！/哦，先秦的圣哲——老聃，宣尼！/吟着美人香草的爱国诗人！/饿死西山和悲歌易水的壮士！/哦，二十四史里一切的英灵！"这是对一个民族的神圣和尊严、智慧和人格的高歌。这种歌唱以其铿锵之声响彻在他的诗歌天宇，因而这些歌唱中的"人物"就成为情思飞扬的"意象"，获得了一种灵性和底蕴。而那些剑匣、红烛、朱扉一类古色古香的意象同样表现了一个民族的精神气质和诗意情怀。郭沫若曾说闻一多迷恋"超人"，迷恋"高古""神圣""古铜古玉"[①]，这可以看作他钟情人文意象的动因。这类人文意象作为一种已然逝去的美丽风景成为诗人的追怀，并构成与现实生活的对照。因此，就在《长城下之哀歌》这首诗中，诗人又发出这样的悲叹："庶祖列宗啊！我要请问你们：/这纷纷的四万万走肉行尸，/你们还相信是你们的血裔？/你们还相信是你们的子孙？"显然在人文意象的背后隐含着鲜明的对比和强烈的忧愤。还有一类地理意象也可纳入人文意象的范围：北京城、清华园、长城、故宫、香港、澳门……在诗人含泪泣血的歌吟中，包孕着深厚而复杂的思想情感。

生命意象以其对人自身和生存环境的打量，发出对生命、心灵和命运的追问。《雪》一诗用白雪中袅袅的"青烟"比喻"诗人向上的灵魂"，赋予"憔悴的世界"以一线生命的活力；《睡者》以月儿照着

---

① 郭沫若：《〈闻一多全集〉序》，季镇淮主编《闻一多研究四十年》，清华大学出版社，1988，第93页。

的睡者的可爱姿态反衬现实人生的冷酷；《志愿》在“珊瑚似的鲜血”和“腥秽的躯壳”的对照中祈盼着灵魂的“幽香”；《忘掉她》在“忘掉她，像一朵忘掉的花”的反复咏叹中寄寓着心灵的隐痛和对人生的彻悟；而《春光》《罪过》等诗歌在人与环境的不协调和求生的艰难中包含着诗人的人道主义同情。这种生命意象中还包含“死亡意象”，如《李白之死》《死者》《烂果》《末日》《死》《奇迹》等诗作中都涉及死亡、腐烂和毁灭，涉及“生”的最神秘、最肃穆的“一刹那”。闻一多描写死亡，往往从生/死、死/生的临界点落笔，意在从死亡中写出新生和永恒，或者如他自己说的是要表现“宇宙底大谜题”（《致吴景超》）。孙玉石曾撰文论述闻一多对新诗神秘美的建构[①]，这种“神秘美”如果从意象的角度考察主要体现在这一类生命意象中，其中包括对死亡的描写。

在闻一多笔下的两类对比意象中如果要分别寻找代表性意象的话，笔者认为应当是“红烛”和“荒村”。“红烛”在“静夜”中悄悄燃烧、发光，在与黑暗的对抗中流着泪，在热情的奉献中守住内心的激情和骄傲；它与月华、星辉、美酒一起构成了明亮、芳香的世界；它与“红荷”“红豆”一起用红红的颜色、赤热的情思渲染出一派高雅脱俗的境界；它用向上的、乐观的火苗托出“红荷之魂”，照亮了我们“如花的祖国”……“红烛”实际上是诗人打量心中美好事物的一缕多情的“诗魂”。而“荒村”是一片荒凉景象，它收容着凋敝、衰朽、残破和死亡，成为20世纪人类“荒原”景象的“一角”。如果从创作和时间的先后关系来看，随着诗人的人生经历和中国现实的变化，“红烛”逐渐点燃了诗人“心中的灵火”，为火山爆发蓄积着能量；“荒村”逐渐走向毁灭，意味着在废墟中再造新的世界。这也就是说，在现实生活的“窗口”诗人渐渐熄灭了烛火，进而举起火把，擂响战

① 孙玉石：《论闻一多对新诗神秘美的构建》，《中国现代、当代文学研究》2000年第3期。

鼓，于是两类意象渐渐融合在时代的风雨和激情之中。可以想见，30年代以后他如果还创作诗歌的话，他也一定会像被他所称道的田间一样成为时代的"鼓手诗人"。

闻一多笔下意象的对照首先是在感觉化、知觉化的层面上展开的，然后在此基础上深化为一种智性的、哲理的对照。深谙绘画艺术的闻一多，对大千世界有敏锐细腻的感知，声色光影一一被他巧妙地剪贴在纸上，繁富的意象构成了一系列对照：明亮与黯淡，完美与残破，宁静与骚动，飘逸与凝滞，高举与沉落……一边是古典风情，一边是现代风雨；一边是梦幻中的烛光月影，一边是现实里的残枝败叶。诗人的一颗心就在体现这两种情景和氛围的"意象"之间来回穿行，并升华为一种更深更高的人生体验和感悟：美与丑，真与假，善与恶，生与死，灵与肉，自由与禁锢，希望与绝望，快乐与痛苦……这些无一不包含着深刻的矛盾和冲突，并孕育着转化的契机。

第二节 两类意象凝聚的矛盾心境

闻一多诗歌中两类不同的意象，凝聚着诗人的矛盾心境。这种矛盾，实质上就是诗人的理想和他所处的现实之间的矛盾。在风起云涌的20世纪初期，作为一个知识分子，作为一个诗人，选择怎样的精神幻象和生活图景作为自己的理想追求，这与其接受的文化影响以及其性情人格是分不开的。闻一多没有像郭沫若那样在捣毁现实的狂放中渴望一个新中国的瞬间建立，没有像徐志摩那样在对康桥理想的膜拜中一味构筑自己心中的乐园，也没有像蒋光慈那样在"哀中国"的悲愤中迅速走向生活的坚实地面，而是把目光投向过去，投向跨越5000年历史的中华民族，投向心中烛光摇曳、诗情缭绕的丰盛的"宴席"。看起来不可理喻，也与"五四"时期的思想主潮不相调和，但放在闻一多身上，这种怀旧、恋旧的情绪实际上表现了个人的也是社会的一种理想怀抱。

这种理想在闻一多的诗歌意象中至少包含三层含义。一是文化理想。闻一多曾提出“中国本位文化”一说，指出一个作家“要的是对本国历史与文化的普遍而深刻的认识，与由这种认识而生的一种热烈的追怀”[①]，谈的是在“西化的狂热”中文学艺术的价值取向问题。臧克家说闻一多的创作与研究是“要为我们衰颓的民族开一个起死回生的文化良方”[②]。可见，闻一多的文化理想是在两种思路中建立起来的，即在与西方文化的对照和与现代中国文化的比较中构筑一种完美的文化形态，既古典而又能为现代人所接纳，既定格为往日的斑斓和辉煌而又具有鲜活的生命力。《忆菊》一诗可以说通过民族记忆中一系列美丽的意象写尽了诗人理想文化的绚丽姿态：“啊！东方的花，骚人逸士的花呀！/那东方的诗魂陶元亮/不是你的灵魂的化身罢？/那祖国的登高饮酒的重九/不又是你诞生的吉辰吗?”东方文化的浪漫诗意、逸雅情怀以及和谐精神在这丰富、瑰丽的联想中得到了鲜明体现。而这一美丽花瓣的绽放，在西方文化背景的衬托下显得格外赏心悦目：“你不像这里的热欲的蔷薇，/那微贱的紫罗兰更比不上你。”闻一多曾论述中西文化的区别，指出“东方的文化是绝对的美的，是韵雅的”，而西方文化“是同我国的文化根本背道而驰的”[③]，于是他通过他的诗歌意象表达了对东方文化的眷恋。不仅如此，诗人的文化理想中还包含一种东方民族的精神气质和人格尊严。在《我是中国人》一诗中，诗人歌吟道：“我是中国人，我是支那人，/我的心里有尧舜的心/我的血是荆轲聂政的血，/我是神农黄帝的遗孽。”这和《长城下之哀歌》中对先哲圣贤的高歌是一致的，都是有感于今天黄河那“消沉的脉搏”，有感于今天“睡锈了我们的筋骨”“睡忘了我们

① 闻一多：《悼玮德》，《晨报》1935年6月11日。

② 臧克家：《我心里的话——写在闻一多学术讨论会举行之日》，《人民日报》1983年10月10日。

③ 闻一多：《〈女神〉之地方色彩》，《闻一多论新诗》，武汉大学出版社，1985，第66页。

的理想"的中华子孙，希望用文化的良方、民族的激情拯救国人的精神，激发民众的壮志豪情。在诗歌中诗人常常透过意象托出"灵魂"的花瓣：红荷的灵魂、菊花的灵魂、诗人的灵魂乃至他在《悼玮德》一文中提到的"国家的灵魂"，这个汲天地之精华、凝古今之神韵的"灵魂"可以看作诗人文化理想的代名词。当然这个理想并不完美，诗人后来发现了"这民族、这文化"的病症，并起而研究，渴望加以改造。

二是社会理想。假如说诗人的文化理想构成了一个民族生活的流动不息的灵魂的话，那么社会理想则成为诗人描画今日生活情形的模本。诗人理想中的社会生活是诗情画意、宁静和谐的。在《长城下之哀歌》中，诗人在回溯历史文化的同时，还描绘了这样一幅生活图景："那有窗外的一树寒梅，万竿斜竹，/窗里的幽人抚着焦桐独奏？/再那有荷锄的农夫踏着夕阳，/歌声响在山前，人影没入山后？/又有那柳荫下系着的渔舟，/和细雨斜风催不回去的渔叟？"在《孤雁》中还写到东方"霜染的芦林""温柔的港溆"。在《大暑》中又写到"月下乘凉听打稻，/卧看星斗坐吹箫"。这一系列意象编织出一派古雅的田园风光，成为一方理想社会的蓝图和缩影。看起来带有小农经济社会的自足和自满，但在支离破碎、烽火四起的现实面前不失为一种自慰性的心理回瞻和理想寄托。这一点从他笔下的中心意象"红烛"和"荒村"也可看出，"红烛"映照的是一方古典的诗意图景，而"荒村"则在对现实乡土中国的逼视中希望建造一个美丽的"乡村世界"。

三是生命理想。在这样一种理想的文化氛围和生活情形里，人都应当是美好的。人应当有追求、有向往，《园内》一诗从清晨写到夕阳、从月夜写到曙光，用"水木清华"串起新鲜活泼的意象，表现了少年们不息的奋斗精神。人应当有高洁的灵魂，有完美的内心，《红荷之魂》借花魂比附"爱美的诗人"："看那颗颗袒张的荷钱啊！/可敬的——向上的虔诚，/可爱的——圆满的个性。/花魂啊！佑他们充分地发育罢!”人应当有真挚热烈的爱情，有燃烧自己照亮对方的热力和赤诚，《红豆》一诗以“坠进生命的瓷坛”的红豆作为主意象，串起一束有关爱情与相思的又美丽又忧伤的意象珠子，经纬交错，满纸飘香。人应当有高尚的人格，有不屈的精神，《李白之死》借诗、酒、星、月描画“诗人的人格”，《雪》借雪中“缕缕蜿蜒的青烟”表现人“向上的灵魂”和斗霜傲雪的精神。

而诗人的种种理想，在20世纪初期中国社会动荡不安的现实面前是无法实现的。这种矛盾冲突，实质上是时代转折时期昔日古典诗意和急遽变化的社会现实之间的矛盾冲突。诗人的全部理想都是古典诗意的凝结与再现，他就带着这种理想落座在心灵的宴席旁。而窗外的“荒村”景象使他捶胸顿足、痛哭流涕。就这样，诗人迈步在“宴席”和“窗口”之间，进退在心灵和现实之间，那些缤纷若虹、舒展如风的意象，是幻化在酒杯中的美丽花朵，成为诗人浮游在《诗经》、《楚辞》、唐风宋韵中的心灵小舟；而那些黯淡如漆、沉重似铁的意象，是飘落在残枝败叶间的一声声叹息，负载着诗人“无边的痛苦”。这就是闻一多。和他同时代的许多人相比，他不是沉醉在个人的小天地里，即使坐在心灵的宴席旁，也在构想理想的社会形态和文化精神；同时他也不是奔走在怒吼的人群里，而是和他所处的社会现实还隔着一扇窗。但是，他毕竟站到了窗前。他推开了这样一扇锈蚀千年的窗，看到了令他“心跳”的一幕幕场景，并寻求突围：“静夜！我不能，不能受你的贿赂。/谁希罕你这墙内尺方的和平！/我的世界还有更辽阔的边境。”(《心跳》) 这样我们也就不难理解后来闻一多的思想感情和人生道路发生的变化了。

表现这种理想与现实的矛盾，并不意味着诗人要退回到古代社会中去。诗人侧身回望，昔日中国的馨香和斑斓凝聚着民族的骄傲和自豪，于是举杯畅饮，希望把沉醉的身影和芬芳的心灵带进现实的怀抱。诗人“恋旧”是为了“拓新”。有学者分析闻一多的文化心态，指出他的“恋旧情结”和“五四”时期封建复古派的恋旧有根本区别，他的恋旧是要张扬中国传统中的"德"文化与"美"文化。[①] 可见，他的恋旧是源于他对祖国的深爱。正如朱自清所说的，"他爱的是一个理想的完整的中国，也是一个理想的完美的中国"。爱，是他诗歌意象的黏合剂。无论是退而坐在宴席边沉醉于一派古典的诗境，还是起而站在窗口痛心于一树诗意的凋零，镇守在诗人情感河床深处的都是一块不可翻转的"爱"的巨石。在"今日"中国的残破面前，爱"昨日"中国的完美；在"西岸"的骚动和血腥面前，爱"东方"文明古国的宁静淡泊。诗人摆放在心灵宴席上的不仅仅是流泪的红烛、烈情的红豆这些映红了古中国天空的纯美之物，还有中华民族悠久的历史、灿烂的文化和诗人热爱自由、正义和生命的理想怀抱。大欢大喜与大忧大患是爱的两种表现方式。在"荒村"般的现实面前，诗人的轻吟小唱就变成了忧患之声。正如有的学者所说的，"这万斛流泉似的诗情之中乃蕴含着博爱众生的深沉忧患"[②]。这种忧思的孕积，又渐渐扩大和演变为他心里的火焰，一触即发。所以诗人后来就一方面"迸着血泪"呼喊"这不是我的中华，不对，不对！"（《发现》）；另一方面又抚着"长夜"哭泣："熟睡的神狮呀，你还不醒来？/醒呀！我们都等候得心焦了！"（《醒呀！》）这种内心的悲痛和焦灼决定了诗人从"古典宴席"走到"现实窗口"，然后破窗而出，加入"神狮"的怒吼中去，心中的忧郁与悲啼终于爆裂为熊熊燃烧的大火。

第三节　两类意象的艺术渊源

在《律诗底研究》一文中，闻一多谈到中国艺术的均齐、浑括、

① 许祖华：《新时代的恋旧情结——闻一多的文化心态研究》，《南都学坛》2001年第5期。

② 时萌：《瑰丽丰富的心灵世界》，季镇淮主编《闻一多研究四十年》，清华大学出版社，1988，第213页。

蕴藉、圆满等特点，并一一予以阐释。他认为：我们的祖先早已养成“中正整肃”的观念，并且影响到他们的“意象”里去；中国诗歌“不独内含多物，并且这些物又能各相调和而不失个性”；中国人“尚直觉”，所以“其思想，制度，动作，每在理智的眼光里为可解不可解之间”；律诗的组织、音节“无不合圆满之义”，而这种“圆满”又是我国“民族性之表现”，圆满“于义则为理想”。这种对中国艺术敏锐细微的解析，也是他接受中国艺术观念影响的结果。在文艺思想和诗歌创作都受到欧化狂潮影响的当时，闻一多对中国诗歌艺术特质和精神的检视，无疑是为了给新诗创作注射一剂充满民族特色和活力的新鲜激素。那么，他专注于对两类意象的捕捉和描写，就体现了他对中国艺术精神的理解。他的诗歌意象，就情态和色彩来看两相映衬，呈“均齐”之势，各种意象在思想感情基调方面又能“调和”，且不失个性，意象的“直觉”中“蕴藉”着丰富的含义，而多种意象又向心中的理想辐射，呈现出一种“圆满”之态。沈从文在评价《死水》时指出：“一片霞，一园花，有各样的颜色与姿态，具各样香味，作各种变化，是那么细碎，又是那么整个的美。”[①] 何其芳说闻一多“写出了一些形式上颇为完整的诗”（《关于现代格律诗》）。应该说闻一多的诗歌意象也体现了这种“整个的美”和“完整”感。

古代高人雅士浪漫诗魂的淘洗，楚地血脉的浇灌和流注，中国古典文学和英国浪漫主义诗歌的熏染，使闻一多获得了一种诗意眼光和细腻、丰富的内心体验。他从庄子的“道”和文思中悟出了智慧和阔大的境界，从屈原的“文采”和“行义”中承续了想象的翅膀和正义的旗帜，从李白的美酒、诗篇和人格中涵养了多情奔放的胸襟，从李商隐的“暖玉”和“烛泪”的光焰以及济慈的“美即是真，真即是美”的艺术信仰中镀上了唯美主义的色彩；与此同时，又从白居易的“惟歌生民病”的字里行间汲取了直面现实的勇气，从陆游的“泪洒

① 沈从文：《论闻一多的〈死水〉》，《新月》第3卷第2期，1930年4月。

龙床请北征"的爱国激情中找到了抒情的火种。这样，闻一多就尽情托举两类意象以表现浪漫主义激情和现实主义激愤。在《诗人》一诗中他一方面说"春风把我吹燃，是火样的薇花"，另一方面又说"叶儿像铁甲，刺儿像蜂针"，可见通过两类意象来实现诗人的审美追求是他的一种自觉意识。在中国艺术精神以及哲学思想的启迪下，闻一多养成了一种辩证的艺术思维方式。他早在1921年写的《评本学年〈周刊〉里的新诗》一文中就将诗美分为内的元素和外的元素，内的元素包括幻象和情感，外的元素包括声与色，其中声即音乐性又分为内在质素和外在质素，亦即情调和音调。可见闻一多的诗学理论中已渗透这样一种两两并举的对称性思维方式，即使他后来提出的"三美"诗歌主张，也呈现一种平衡照应之势。而作为画家，他对明暗、浓淡、远近、疏密等审美关系的把握，在长期的艺术实践中化为一种思维方式和艺术眼光。

这样我们就不难理解在大千世界中诗人捕捉并创造于笔下的"幻象"何以呈现出两个彼此对照、映衬的意象系统。闻一多不满当时的新诗"弱于或竟完全缺乏幻想力"而导致缺少"浓丽繁密而且具体的意象"（《〈冬夜〉评论》）的现状，他认为"作诗决不能还死死地贴在平凡琐俗的境域里"（《〈冬夜〉评论》），"太琐碎，太写实"（《给左明先生》）就会失去诗美。于是在列举诗美的元素时说"诗中首重情感，次则幻象。幻象真挚，则无景不肖，无情不达"（《手稿》）。这个"幻象"应该说就是诗人在想象力的推动下浮现于眼前呈现于笔端的艺术形象，即"意象"。不仅如此，诗人还希望新诗能够"意象奇警"。当然，对意象的推重，也是他走近中国古典诗歌和英美意象派诗歌的结果。由此可以看出，诗人对意象的选择和组织，是基于诗美的一种理性自觉，也是对初期白话新诗散文化、口语化的一种反思和反拨。阅读闻一多的诗歌，我们也会伴随着两类意象，一会儿与诗人举杯对饮，美景共赏；一会儿与诗人伫立窗前，惆怅满腹。感情腾挪跌宕，思绪飘转起伏。愈到后来，随着诗人在窗前久久伫立和凝望，在诗人的恶咒、哭诉和疾呼面前，我们也会身临其境，拂袖而起，拔剑而歌。由“坐着吟咏”到“站着高歌”，这就是闻一多的诗歌在“地火”的蓄积中带给我们心灵的强烈的震撼。正如诗人当年在“神秘的静夜”听到时代的风雨之声而禁不住“心跳”一样，今天我们坐在静夜捧读闻一多的诗歌，同样禁不住“心跳”。我们在他诗歌斑斓的意象里沿着淙淙溪流读出了长江的奔涌、黄河的咆哮，读出了时代的心声和民族的激情。而从审美感知来看，闻一多构筑的两类意象给了我们一种视觉和心理上的匀称感和均衡感。正如他追求音节的悦耳、词采的艳丽和结构的工整一样，他用繁富的意象——诗歌最珍贵的元件结撰了一幢美丽的诗歌建筑，体现了中国古代文化一种特有的审美观念，即“要求和谐、对称、统一、均齐又有变化”[①]。这同时就带给我们这样一个审美心理的空间：不是一味地被包裹在心灵的恬适和静美之中，也不是单纯地被裹挟在时代的风雷和激情里。当然更重要的是闻一多的诗给我们一种民族精神的感召和激励。虽然诗人也汲取了西方诗歌艺术的营养，但他的诗歌从营构的两类意象以及传达的内在精神来说，带有鲜明的民族特色和印记，是“民族意识、民族精神生活的花朵和果实”（别林斯基语）。诗人在抚弄中华民族山川地理、烟雨风云和历史文化的琴弦时，一再高呼：“伟大的民族，伟大的民族！”直抒胸襟，有如日之东升，钟鸣旷野，令人格外振奋。而诗人写火山的“缄默”、神狮的“沉睡”、地火的“燃烧”，更加鲜明地刻画了东方民族的个性和气质。“五千年的历史”赋予诗人创作的灵感和激情，也带给我们一次心灵的漫步和精神的洗礼。王瑶曾这样评价闻一多的创作和人生：“不只他的作品，他的一生，整个是一首诗——一首壮丽的史诗。”[②] 朱自清曾这样礼赞闻一多的生命和人格：“他要的是热

① 刘烜：《闻一多评传》，北京大学出版社，1983，第177页。

② 王瑶：《念闻一多先生》，季镇淮主编《闻一多研究四十年》，清华大学出版社，1988，第115页。

情，是力量，是火一样的生命。"[①] 今天，时代虽然发生了变化，但闻一多的诗歌及其诗歌意象所包含的理想怀抱和现实精神启示着我们：无论何时，都应当拒绝平庸，远离颓唐，在流动不息的生活面前，永远怀抱美好的理想和"火一样"的激情。

① 朱自清：《中国学术的大损失——悼闻一多先生》，《文艺复兴》第 2 卷第 1 期，1946 年 8 月。

第二章

徐志摩：永远的“风花雪月”

在以往相当长一段时间内，人们习惯于用阶级的、政治的眼光看待作家作品，即使那些独具性灵的诗人也往往被纳入模式化、静态化的分析。徐志摩这样一道破空而来的“跳着溅着”的“生命水”（朱自清语），其与山水自然、心灵感悟同在的歌吟，那种充满了“豪华富贵的天上的情调”[①] 的音律也被人用某种固定的尺子去衡量，所以诗人就长时间受到冷落或者误解。每一个诗人与他的歌唱都构成一个完整的艺术世界。正如有的论者指出的那样，“细腻敏锐的感受自然的能力和虔信圣洁的自然神圣的美学观，构成志摩自然——艺术——人生三位一体的独特自然观，自然融入崭新的生命，升华为由暗示、象征组成的意象世界”[②]。确切地说，徐志摩的诗歌空间在自然神性中隐藏着一组最富诗意最具包孕性的审美意象——风花雪月。这是一个容易产生歧义的话题。过去甚至今天一谈到风花雪月，就有人立刻联想到风流的爱情以及闲适的人生态度乃至低俗的自我吟唱。这其实是一种思维惰性，也是一种审美偏见。虽然文学史上确有吟风弄月、思想感情庸俗浅薄之作，但不能就此谈风花雪月而色变。当我们打开徐志摩的诗歌，在风花雪月营造的诗意境界中漫步时，就找到了解读徐志摩诗歌

---

① 谢冕：《中国现代诗人论》，重庆出版社，1986，第 58 页。

② 张文荣：《公正的“诗魂”与“诗评”的公正——徐志摩其人其诗新辩》，《甘肃社会科学》1994 年第 6 期，第 26 ~ 28 页。

的一种新思维、新眼光。

第一节　风花雪月：作为审美意象的象征意蕴

一　整体而言，风花雪月作为诗美象征，传达出诗人的美丽情怀和人生信仰

正如胡适所言，徐志摩的人生观是一种“单纯的信仰”：“这里面只有三个大字：一个是爱，一个是自由，一个是美。”① 徐志摩带着这种“单纯的信仰”打量世界时，看到的是这个世界最诗意的一面，“风花雪月”便在他指间散作“缤纷的花雨”，成为他人生的梦境和心灵的寓所。这四样景物在他诗歌中分开来看，内含的情思和营造的意境有所不同，但合而观之，则浑然一体构成诗美的象征。这种“诗美”，是诗人提纯世界后的一种浪漫眼光和心性，是诗人聆听自我心声后的一种美妙感受，是诗人用花之基、雪之砖、风之窗、月之瓦搭建的一座超尘脱俗美轮美奂的“房子”。一颗异于常人的诗心就住在这所房子里，整日里佛教徒般虔诚地默数着“爱”“自由”“美”这样一粒粒念珠。

而诗人生活的现实世界并非如此诗情画意。诗人意在通过风花雪月投入美丽的大自然的怀抱，远离充满险恶的“人间”。在《诗》中，诗人把自己比作“自然的婴孩”，野花与清露、香风与春蝶、飞星与流萤，构筑为“快乐之园”，最后诗人请求光明引领到“天庭”，走出“城围之困”。由此就可以理解风花雪月在其诗歌中扮演的角色绝不仅仅是对爱情的歌咏，而首先是一颗童心，一颗诗意之心，一颗走出“人间峻险的围城”而飞向清风明月、鸟语花香的爱美、寻美、创美

① 胡适：《追悼志摩》，《新月》第 4 卷第 1 期，1932 年 8 月。

之心。有了这样一种理解，就找到了一个走向徐志摩诗歌诗美宫殿的起点和入口。

二 分开来说，“风”和“雪”构成情意象征，“花”和“月”上升为哲理象征

风和雪，在徐志摩诗笔下构成了迷离和坚定的两极情态。在《夜半松风》中诗人将风比喻为“怒叫”“狂啸”“幽诉”“私慕”，潮水似的淹没了“彷徨的梦魂”；在《海韵》中写沙滩上的女郎在“晚风”里徘徊复徘徊，在“凉风”里高吟、低哦。其实在徐诗中，“风”不仅是一种外在于自我的自然之物，而且在其流转飘忽中被情态化、神秘化和心灵化。诗人在风中感悟生的焦虑、爱的困惑、前途的迷茫和命运的莫测。这样我们就能在《为谁》《问谁》《变与不变》《起造一座墙》等诗篇中更好地读懂“风”的含义。特别是在《我不知道风是在哪一个方向吹》这一首令人困惑的诗歌中，握住“风”的手就能更好地进入诗人的内心：六个诗节，六次对风的咏叹，贯穿在“迷醉”和“悲哀”两种不同的梦境里，风因此也获得两种色彩、两种基调，或者说来自现实而又融会了心灵感受的“风”构成了两种力量的交汇，在交汇中诗人一面品尝“温存”和“甜美”，一面抚摸“伤悲”和“黯淡”，一颗心就由欢乐无限坠入伤痛无极。这首“风之歌”绝不像有人分析的那样是一首“政治歌”，而是一首“心灵曲”，包含像心灵自身一样丰富而复杂的内容。在风的乐曲中唱响的心韵，如果不能很好地把握自己人生的节拍，就有可能由“黯淡”走向“破碎”。在《残破》一诗中，诗人借“挟着灰土，在大街上小巷里奔跑”的“风”，抒写“一种残破的残破的音调”。至此，诗人的灵魂在风中由迷离彷徨和痛苦哀伤走向了破碎和虚无。

同时也要看到，在心灵的园子里诗人曾经做过怎样的努力。“雪”以其明亮的色彩和坚定的步伐，在诗中表现出诗人情感的另一端。被

誉为“全本诗中最完美的一首诗”[①] 的《雪花的快乐》，通篇用“雪”来贯穿：雪是执着的，“认清”方向向着地面飞扬；雪是情有独钟的，“认明”住处向着花园飘落；雪是一往情深的，向着“她柔波似的心胸”消融。全诗又用“假如”开头，在虚拟的情景中表达了诗人一种坚定的人生态度，理解为对美的向往也好，对爱的坚贞也好，对理想的追求也好，总之“雪”成为诗人诗化情感的象征。在徐诗中，雪的意象运用得较少，有时是作为诗画背景出现的，没有太多的含义。也许是诗人更多地生活在迷离与梦想之中，风花雪月四种意象中其他几种比雪的意象要密集得多。在诗人心中，下这样一场纷纷扬扬潇潇洒洒的雪是难得的，而风起风灭、花开花谢、月缺月圆，更符合他的性格和性情。

花和月则构成了完满或残缺的象征形态，并进而由诗意化上升到哲理化的层面。

有时候，花和月在诗人眼中是完满的，花以其盛开之姿、月以其完美之态直接成为诗人美好心境的投射。这种完满，可能是爱情的甜蜜和美好，可能是心情的欢愉和恬适，可能是梦境的幻美和真实，也可能是抵达完满的一个过程，是希望和等待即将实现的一个瞬间。在《最后那一天》《我等候你》《车上》《月下雷峰影片》《望月》《天神似的英雄》《两地相思》等一系列诗作中，花月以现实的或者比喻的面孔出现，展露出浪漫、圣洁、高贵的一瓣或一隅，牵动人美好的想象。《两个月亮》写到天上的月和心中的月，天上的月虽则玲珑和美，但“老爱向瘦小里耗”，这反衬出心中的月是那样“完美”而又“永不残缺”。实际上诗人的心就在完美和残缺之间摆动，这样就不难理解花和月的另一层含义了。

有时候，花和月在诗人眼中又是残缺的。爱情的凋谢、希望的破碎、人生的短暂常常寄寓在落花与残月之中。在《朝雾里的小草花》

① 朱湘：《评徐君〈志摩的诗〉》，《小说月报》第17卷第1期，1926年1月。

《翡冷翠的一夜》《残春》《半夜深巷琵琶》等诗歌中，都由花月写到人生。正如在《两个月亮》一诗中描写的那样，残缺和完满常常相对而出，而且就其内涵来说已经远远地超出了诗人个人的体验和吟唱。残缺与完满，引发诗人对人自身以及世事万物的理性思考和辩证思考，因此诗人也就不会因残缺而放弃对完满的追求，或者固守完满而看不到变动中的残缺。

迷离与坚定、完满和残缺，构成了诗人及其诗歌的真实性和丰富性。单纯的坚定和完满不是徐志摩，一味迷离与残缺也不是徐志摩。这种坚定与完满、迷离与残缺，既传达出诗人个人的情感和心态，又渗透了历史的、时代的内容。诗人满怀信仰的追求、追求而不得的迷惘以及在迷惘中挣扎而陷入残破的心境，都不仅仅源自个体的单纯的情感追求和生命体验，也与诗人的生存处境、社会理想和历史思考息息相关。比如：《对月》借“月”感叹“新鲜的变旧，少壮的亡”，“民族的兴衰，人类的疯癫与荒谬”；《“这年头活着不易”》写在“连绵的雨，外加风”的恶劣环境下“访桂”，结果看到“到处是憔悴”，于是痛苦地叹息：“这年头活着不易！”这些诗歌在月的面孔、风的颜色和花的斑痕里写着人事的变迁和时代的风云。可见在徐志摩用风花雪月搭建的城堡里，一颗心是与“时代”和“人间”维系在一起的。

如果从美感形态来看，风和雪以其飘摇之态带给诗歌一种动态美，而花和月则以其处子之姿带给诗歌一种静态美。合而观之，则动静结合、婀娜多姿。从感情色彩来看，诗人在对风花雪月的吟唱中，既带着欢乐，又含着忧郁。而他的轻灵飘逸和“柔美流丽”（陈梦家语）的诗风，在很大程度上与他亲昵于风花雪月是分不开的。

第二节　风花雪月：诗人人格精神和文艺观念的投射

一个诗人在其诗歌创作中选择怎样的中心意象，或构筑怎样的意象系统，除了与诗人生活的时代、地域、写作心境以及接受的文艺影响有关外，在很大程度上受诗人的人格精神和文艺观念的制约。徐志摩没有郭沫若“火”一样的歌喉，没有闻一多对“死水”和“烂果”的诅咒，没有戴望舒在“雨巷”中的悠闲漫步，而是移情于“风花雪月”，这不能不说与诗人的个性差异和审美眼光有很大的关系。

徐志摩的人格精神中首要的一点就是自然性。通体透脱像一个婴孩，与山水相守融入花鸟的清香和歌唱，对现实丑恶的挣脱和对人的纯真天性的皈依，把人生的理想寄托在大自然的一草一木上，这就是徐志摩及其诗歌。林徽因曾说徐志摩“只是比我们近情，近理，比我们热诚，比我们天真，比我们对万物都更有信仰，对神，对人，对灵，对自然，对艺术”①。徐志摩曾把诗人喻为“痴鸟”，在《猛虎集序文》中写道：“记得有一种天教歌唱的鸟不到呕血不住口，它的歌里有它独自知道的别一个世界的愉快，也有它独自知道的悲哀与伤痛的鲜明；诗人也是一种痴鸟，他把他的柔软的心窝紧抵着蔷薇的花刺，口里不住的唱着星月的光辉与人类的希望，非到他的心血滴出来把白花染成大红他不住口。他的痛苦与快乐是浑成的一片。”从这一段话中可以看出诗人徐志摩人性中的真纯以及人性与自然性的相接相通，在这里，人性即自然性，自然性即人性，这样“从性灵暖处来的诗句”就如同痴鸟的歌唱，有快乐也有痛苦。诗人在《自剖》中又说：“爱和平是我的生性。在怨毒、猜忌、残杀的空气中，我的神经每每感受一种不可名状的压迫。”可见诗人人格中的“自然性”来自一个世界的挤迫和另一个世界的召唤。在《乡村里的音籁》一诗中他写道：“回复我纯朴的，美丽的童心：/像山谷里的冷泉一勺，/像晓风里的白头乳鹊，/像池畔的草花，自然的鲜明。”童心、诗心与大自然的契合交融必然导致诗人对风花雪月一类诗意化景物的一咏再咏。

浪漫性是徐志摩人格气质的又一体现。对山水自然的忘情流连，

---

① 林徽因：《悼志摩》，《北平晨报》1931 年 12 月 7 日。

对康桥文化的深深膜拜，对19世纪英国浪漫诗风的潜心领会，是造就江南才子徐志摩浪漫性格的主要原因。康桥，那样一方波光云影，如天上虹彩凝聚自由与理想的辉光，成为他一生美丽的仰望。而对英国浪漫诗派的走近，无疑给他的浪漫个性涂上了浓重的一笔。卞之琳说徐志摩："他的诗思、诗艺几乎没有越出过十九世纪英国浪漫派雷池一步。"[①] 徐志摩喜欢济慈"一想着了鲜花，他的全身就变成了鲜花"的诗意境界，欣赏雪莱在创作《悲歌》时是"雪莱变了云，还是云变了雪莱"（《济慈的夜莺歌》）的人与自然相融合的缥缈思绪。这样一个具有浪漫气质的诗人，围城一样险峻的现实不可能容纳得下他那一颗自由自在毫无拘束的心，逼仄的空间不可能装载得了他的想象和梦幻的翅膀，单调的事物和情境不可能寄托得了他的复杂的思想和飞扬的诗情。于是他老是幻想着飞，幻想着突围，大自然、天庭和那些遥远的神秘的地方便成为他的梦与爱的寓所和生活的乐园。徐志摩生活在想象的天空里，借助心灵的小舟在青山绿水、梦海情天中"云游"。这就不难理解徐志摩总是那样临风感叹、对月抒怀、抚花生情、把雪吟唱了。

徐志摩的人格性情中还有一种"绅士气"。有人从绅士风情的角度分析了新月派诗人共同的个性气质，认为"追求高雅、和谐的人格""怡养通脱、幽雅的性情""显示忍耐、宽容的风度"是新月派诗人绅士品格的具体体现。[②] 这种分析是符合实际情形的，而且可以说以徐志摩最具有代表性。徐志摩曾对泰戈尔"那高超和谐的人格"[③] 仰慕不已。于是诗人总是挣脱黑暗和平庸，转而在大自然的怀抱里涵养自己的性情："我爱动，爱看动的事物，爱活泼的人，爱水，爱空中的飞鸟，爱车窗外掣过的田野山水。星光的闪动，草叶上露珠的颤动，花须在微风中的摇动，雷雨时云空的变动，大海中波涛的汹涌，

---

① 卞之琳：《徐志摩诗重读志感》，《诗刊》1979年第9期，第42～45页。

② 朱寿桐：《新月派的绅士风情》，江苏文艺出版社，1995，第25页。

③ 徐志摩：《泰戈尔访华》，《小说月报》第14卷第9期，1923年9月。

都是在在触动我感兴的情景。”但同时他又渴望“静”，“我要孤寂的要一个静极了的地方”，“在山林清幽处与一如意友人共处”，“是我理想的幸福”。[①] 对山水自然的倾慕，对动与静两种生活情态的同时接纳，表明了诗人对世俗生活的超越和对和谐精神的追求。于是风花雪月以其诗意形态以及风和雪以其动、花和月以其静频频闪现在诗人笔端。归根结底，高超也好，和谐也好，幽雅也好，在徐志摩身上都体现为一种心灵性的东西，都是对怡情养性的高雅的精神生活的追求，而风花雪月是直接对应和作用于人的心灵的，甚至可以说就是心灵本身，因而他对风花雪月的青睐实际上是对自我性情和心境的营造。

徐志摩身上这种率真自然的天性、浪漫放歌的情怀、高雅脱俗的绅士品格，说到底是一种个性精神的体现。只是和他同时代的诗人相比，他不是把这种个性精神放在和现实世界尖锐的对立上，在诅咒、破坏和捣毁中宣泄自己激昂高亢的感情，而是投映到大自然的和谐与恬适之中，在对风花雪月的歌吟中希望建造“别一个世界”，一个供心灵“云游”的自由、幸福的世界。

同时，风花雪月意象系统的构筑，与他的文艺观念也分不开。“诗化生活”是他的文艺审美观：“使我们的精神生活，取得不可否认的实在，使我们生命的自觉心，像大雪天滚雪球一般的愈滚愈大，不但在生活里能同化极伟大极深沉与极隐奥的情感，并且能领悟到大自然一草一木的精神，是我们的理想。”[②] 生活、生命、心灵、情感同美丽的大自然是渗透在一起的，生活因向着“理想”追寻而变得诗意盎然。正如他自己所说的，“奇异的风”和“奇异的月”启开了他的“诗魂”。也可以引申说，这种生活诗意化、艺术化的追求使他钟情于花的妩媚和雪的飞扬。这种诗化生活的观念，体现到作品中思想感情也必须诗化，“不论思想怎样高尚，情绪怎样热烈”，都得拿来彻底诗

① 徐志摩：《致陆小曼》，《徐志摩全集·书信集》，香港商务印书馆，1983，第14页。

② 徐志摩：《落叶》，北新书局，1926，第57～58页。

化，“要不然思想自思想，情绪自情绪，却不能说是诗”[1]。同时，徐志摩认为诗歌是最具灵性的，他指出艺术“是激发乃至赋予灵性的一种法术”[2]，又说，“诗是最高尚最愉快的心灵经历了最愉快最高尚的俄顷所遗留的痕迹”[3]。这种对自我的强调和对主体的崇尚，实际上是他作为一个具有自然人性和浪漫个性的诗人的一种艺术表达，或者说是他的艺术观念与他的个性心理的一种完美契合，这驱使他去寻找并表现那些能供他抵达“最愉快最高尚的俄顷”的美好事物。

第三节　风花雪月：永恒的诗意存在

风花雪月是诗意宇宙的精魂，历来就是中国人心灵驰骋的乐园和精神的避难所。深受儒、道两种文化影响的知识分子，更是在“兼济”与“独善”、“入世”与“出世”之间天然地保留着一方充满风花雪月的天地。而从思维与感觉的方式看，中国人不像西方人那样重理性思辨和逻辑推理，更多的是一种充满禅机和佛性的直感和领悟，大自然包括风花雪月便成为领略世事变迁、人生沧桑的智慧之源。而从中国人追求的最高人生境界来看，在尘世中追求欢乐、在物我交融的和谐与轻松中享受自由与幸福是一代又一代人的诗意梦境。这种精神追求早已上升为一种哲学境界，即古人讲的“天人合一”。对中国人而言，尘世和短暂人生中最大的快乐就是享受花雪情趣，领略无边风月。

由此，风花雪月构成了中国文化的一部分。“如果没有中国人举世无双的诗意灵魂对原生态的大自然的发现、提炼和创造，‘风花雪月’就不可能具有如此撼人心魄的巨大魅力……对‘风花雪月’的提

① 徐志摩：《诗刊放假》，《晨报副刊》1926 年 6 月 10 日。

② 徐志摩：《剧刊始业》，《晨报副刊》1926 年 6 月 17 日。

③ 徐志摩：《征译诗启》，《小说月报》第 15 卷第 3 期，1924 年 3 月，第 36 ~ 38 页。

炼，是中国文化最伟大的四大精神发明，这四大精神发明比之四大技术发明，其伟大程度有过之无不及。”① 风花雪月不仅走进了人的生活和内心，成为人精神生活的一部分和人打量世界的一种诗性眼光，而且带着无尽的风情和无穷的意味走进了文学世界尤其是诗歌长廊。《诗经》以降，一部诗歌史就是一部充满流风回雪、花香月影的心灵史、情感史，特别是唐诗宋词更是把风花雪月装扮得流光溢彩、仪态万方。及至今天，人们对古典诗歌的亲近，更多的是在尘世的劳累和牵系中沿着典雅优美的意境走进无边的风月和畅快的心灵世界。

新文学以来，时代的必然要求迫使文学以一种新的面孔去表现生活，对“风月”的吟咏让位于对“风云”的展示，“花雪”情韵让位于“雷雨”精神。由此形成一种单一的审美尺度，激情飞扬的时代之作才是上乘之品，闲适的心灵小唱纳入低调之列。徐志摩的诗歌以及其他许多吟咏性情、表现人性的作品在很长一段时间内受到冷落，原因即在此。实际上徐志摩以及那个时代的一些作家、诗人虽没有过多正面地表现时代的激情，但是在对风花雪月的眷顾中寄寓了对美、对人生和社会理想的执着追求，其价值也是应当受到肯定的。

如果说，在特殊的历史时期，对风花雪月的拒斥还可以被理解的话，那么当生活愈来愈丰富多彩，愈来愈宁静、恬适，人们对审美的需求愈来愈多样化时，文学艺术对风花雪月的表现则不仅不能视为异端，而且应该看作人类文明进步的标志。革命也好，建设也好，发展也好，其终极目的都是改善人的生活境况并引导人的心灵进入自由和谐的境界。那么对风花雪月的歌吟实际上是对人类理想生活的一种向往和坚守。从这个方面说，徐志摩的诗歌在20世纪初期风云际会的中国土地上，用“风花雪月”这一串美丽的钥匙开启了幸福生活的乐园。

今天，功名与金钱过多地束缚了人的性灵，狭小封闭的空间看不

① 张远山：《永远的风花雪月 永远的附庸风雅》，上海三联书店，1999，第7页。

到星光月影。这就更需要包括诗歌在内的文学作品把鸟语花香和诗意宇宙引领到人的心灵深处。从这一点来看，徐志摩诗歌的价值又是超越时空而永存的。徐志摩诗歌的最大魅力，就在于他对“风花雪月”这一串自然符号和诗意符号的钟爱和艺术表现，就在于他对自我的也是人类社会的梦幻和理想的一次诗意挖掘和托举。

第三章

戴望舒："残损"类意象及其审美表达

对于"雨巷诗人"戴望舒，人们更多地看到他诗歌美丽和寂寞的一面，感受那种纯净的抒情气息和风格，领悟对爱情的吟唱带来的朦胧诗意和向往，而对他诗歌河床中的另一类意象以及由此带来的斑驳的色彩和深沉的内涵缺乏必要的解读和分析。有别于"雨巷"式意象的典雅和悠长的韵味，戴望舒诗歌中的"残损"类意象以其现实的残缺感和心灵的伤痛感，更逼近生活的真实和心灵的真实，更具有现代色彩。这是戴望舒诗歌中值得我们注意并加以剖析的一类诗歌意象，唯有这样，我们才能还原一个完整的诗人戴望舒，也才能体味现代派诗人戴望舒的诗歌文本的丰富内涵和艺术感染力。

第一节　"残损"类意象的类型

戴望舒诗歌中的"残损"类意象主要有三类：自然类残损意象、人生类残损意象和社会类残损意象。

自然类残损意象主要体现在戴望舒的早期诗歌创作中。在戴望舒早期诗歌的锦词妙句中，处处可见残月、残阳、残叶、枯枝、残碑断碣这一类意象，就连《雨巷》这样纯美得近于天上仙乐的诗歌，在"油纸伞"的背后也隐现着"颓圮的篱墙"；有些诗歌就干脆在题目中贴上“残损”的标签：《残花的泪》《残叶之歌》……翻开他前期的诗作，映入我们眼帘的，几乎全是泣哭的残月、寂寞的古园、幽暗的树林、微茫的山径、抛残的泪珠和青色的魂灵，这些意象无不反映了戴望舒前期创作心态中的烦忧苦恼意识之深重。“我们细读他前期诗作，可以明显地感到戴望舒对现实人生充满了苦恼和失望，并企望在自造的幻觉中为破碎的生活寻求一个新的支点。”[①] 这类抒情意象在戴望舒的诗作中，多半是一种“点缀式”“镶嵌式”的意象结构，即在写景抒情的过程中，因情赋景，借景写情，随意而恰到好处地穿插一些自然意象的残片，借其破碎、枯槁和黯淡的一面抒发和营造一种失意、苦闷乃至悲凉的情绪和氛围。

人生类残损意象则直指生命的存在和感受。当遭遇爱情的失意、婚姻的波折和社会的动荡时，诗人就把先前赋予自然万物以残损之形的眼光挪移到人自身，写人的生命的破碎、凋残和精神的痛苦。在戴望舒的诗作中随手可拈来这样的诗句：“我的唇已枯，我的眼已枯，/我呼吸着火焰，我听见幽灵低诉”（《Spleen》）；“泪珠儿已抛残，/只剩了悲思”（《生涯》）；“它存在在喝了一半的酒瓶上，/在撕碎的往日的诗稿上”（《我底记忆》）；“我说，我是担忧着怕老去，/怕这些记忆凋残了，/一片一片地，像花一样；/只留着垂枯的枝条，孤独地”（《老之将至》）。那首短小而充满智性的诗作《白蝴蝶》，看起来表现的是一个完美的意象——蝴蝶，实际上在这个完美意象的翅翼下，包含着大的残缺和不完美。那只小小的白蝴蝶，“翻开了空白之页，/合上了空白之页”，在“开”与“合”之间，隐含人生的大通脱、大智慧：生命不就是那只“白蝴蝶”吗？变幻不定、飘忽无常、空虚寂寞，种种不完美不就拼成了人生残缺的图景吗？荣格说，一件伟大的艺术作品就像一场梦，它并不给人以解说或提示，但以其幻象标示着

① 龙泉明：《中国新诗流变论》，人民文学出版社，1999，第326页。

一种诗意的存在。[①] 这首《白蝴蝶》虽算不上"伟大的艺术作品"，但包含令人遐想和咀嚼的诗性内容。

被视为戴望舒的代表作之一的《断指》，在对生命的审视中具有了更丰富、更切实的人生内涵。这首诗用"他者"的眼光，既表现了"断指"和"爱情"的牵连，"为我保存着这可笑又可怜的恋爱的纪念吧……"，同时又将"断指"与"革命"联系起来，"这断指上还染着油墨底痕迹，/是赤色的，是可爱的，光辉的赤色的"。"断指"储存着爱情的悲哀的记忆，更浸染着现实的风云和革命者的人格光辉。正因为这样，在诗人看来，"断指"就成为人生的"珍品"，因而残损的生命就成为生命走向完美和崇高的一种激励："每当为了一件琐事而颓丧的时候，我会说：/'好，让我拿出那个玻璃瓶来吧。'"这首诗在写实的基础上加进了个人的生命体验和感悟，因而显得格外真切和动人。难怪艾青称赞《断指》是戴望舒"在抗战前所写的诗中最有现实意义的一首诗"[②]。孙玉石也认为："比起《雨巷》的惆怅迷茫来，《断指》则展示了诗人另一番内心世界的景象。这里没有彷徨者的苦闷，而别有一种在宁静中激励自己奋斗的情怀。"[③] 这首诗虽然涉及人生的社会意义，但还保留着爱情的神秘面纱和朦胧意绪，有一种试图融爱情和革命于一体的写作冲动，显然带有一种过渡的性质。到后来的《元日祝福》《我用残损的手掌》等诗作中，诗人则在对生命的注目中融进了更多的社会内涵和现实意义。

有关社会类残损意象，可以把《元日祝福》视作一个起点。这首诗创作于1939年的元旦日。可以说这是戴望舒第一次把目光聚焦于苦难的土地："血染的土地，焦裂的土地，/更坚强的生命将从而滋长。"显然，《元日祝福》是戴望舒诗歌创作的转折点。诗人把"生命"和

① 〔奥地利〕卡·古·荣格：《心理学和文学》，陈焘宇译，〔英〕戴维·洛奇编《二十世纪文学评论》（上册），上海译文出版社，1987，第336页。

② 艾青：《望舒的诗》，《戴望舒诗集》，四川人民出版社，1981，第4页。

③ 孙玉石主编《戴望舒名作欣赏》，中国和平出版社，1993，第65页。

“土地”联系在一起，从过去对“残损”的生命的怜悯、追怀转到对“焦裂”的土地的审视、哭诉，并把生命的命脉和土地的生存、民族的自由解放融为一体，从而超越了简单的对生命的叩问和对社会的抽象的抒情。“写这样的诗，对望舒来说，真是一个了不起的变化。我们在他的诗中发现了‘人民’、‘自由’、‘解放’等等的字眼了。”①“……诗人戴望舒同他的伤痕累累的祖国，同他的满目疮痍的民族，同他的饱经忧患的同胞一起，迎来了1939年的元旦。……我们的诗人从时代的良心出发，以更加阔大的胸怀向着广袤的祖国母土，向着广大的中华同胞，吟诵着出自肺腑的《元日祝福》。”②

当身陷囹圄写下《狱中题壁》的时候，诗人已经完全超越个人的苦难和不幸，做好了用“伤残”乃至牺牲迎接新生活的思想准备：“当你们回来，从泥土/掘起他伤损的肢体，/用你们胜利的欢呼/把他的灵魂高高扬起……”和《断指》相比，与人的生命牵连的神秘爱情以及由此带来的小小悲欢退隐了，诗人完全把生命交给了“泥土”和“山峰”，交给了现实的苦役和对未来所怀抱的“美梦”，生命的篇章由此得到了改写和升华。到著名诗篇《我用残损的手掌》，则完全主客融合，诗人把生命的残损、心灵的疼痛和祖国山河的破碎、民族的苦难紧紧联系在一起，完成了诗歌境界的拓展和提升。因此，这首诗被孙玉石称为“抗战诗中不朽的名篇”。在诗人生命的最后岁月，他多次向听众朗诵这首诗作，足以见出这首诗作在他整个诗歌作品中的地位。

由上面的分析可见，在戴望舒的数量不多的诗歌作品中，“残损”类意象不仅构成了一道特殊的审美景观，而且其自身也有一个内涵扩大和转换的过程。诗人从把苦闷寂寞的情绪投射到自然外物之上，赋予自然“残损”之姿态和“忧郁”之情状，到凝望生命，进入生命的

---

① 艾青：《望舒的诗》，《戴望舒诗集》，四川人民出版社，1981，第5页。

② 孙玉石主编《戴望舒名作欣赏》，中国和平出版社，1993，第209页。

残缺和疼痛，彰显生命的意蕴和方向，再到将生命的敏锐感受和社会现实的风云变幻紧紧联系在一起，这一线索既表现了诗歌境界的丰富和拓展，更表现了诗人人格的锤炼和精神境界的提升。"残损"的酒杯，置于20世纪初期杯盘狼藉的桌面上，漫溢出来的是诗人寂寞、挣扎和奋进的心声，是生命由破碎臻于完整、由黯淡转入光辉的缕缕韵律，是生命个体逐渐融入社会和民族命运的倾诉和呐喊。

第二节　"残损"类意象的成因

任何审美意象的反复呈现都是有因可循的。戴望舒诗歌中大量"残损"类意象的出现并非诗人一时兴之所至，而是有诗人自身生理、心理、情感以及社会和文学思潮等多种因素的影响。正是这些因素相互渗透从而内化为一种审美思维和艺术眼光，引导着诗人的意象选择和营构。

一　在身体的病残面前，诗人借"残损"类意象惺惺相惜以释放内心的忧郁和痛苦

有关资料记载，戴望舒童年时染上了天花，虽经悉心照料和治疗，病愈后却在脸上留下了瘢痕，这给他的童年乃至一生都蒙上了阴影。"这场纯粹生理上的不幸，很快就在小伙伴们的嘲笑声中内化为心理上的创伤，诗人后来维持一生的忧郁的根源就在这里，即使是在成名以后，敏感而自卑的气质也无法改变。"[①] 这里对"忧郁的根源"的分析未免有些绝对，但从生理的角度指出了戴望舒忧郁气质形成的一个原因。另外，戴望舒还患有哮喘症，并因此而过早地离开了人世：

① 刘保昌：《戴望舒传》，崇文书局，2007，第6页。

“同时他常年患着哮喘症，也就是他一生不幸的根源。”[①] 虽然戴望舒有魁梧的身材、潇洒的风度，有一个抒情诗人的浪漫多情，有美丽与忧郁的文字所成就的“雨巷诗人”的头衔和美誉，但身体的病残势必影响到他的心理和人格的形成，影响到他对自然和人生的态度。在诗歌《我的素描》中他这样表达：“我是寂寞的生物。/……我是青春和衰老的集合体，/我有健康的身体和病的心。”青春和衰老、温存和胆怯、谈笑和沉默、健康和病残纠结在一起，构成了一个自信而又自卑、奔放而又内敛的戴望舒。这种气质和心理性格的形成，不仅影响了他对诗歌意象的选择，更影响了他对生活的态度，包括他对爱情的态度。他那种极度渴望爱情而又不能、不敢表白的矛盾心理，给他带来的忧郁和痛苦，更甚于身体上的缺陷所带来的。“真的，我是一个寂寞的夜行人，/而且又是一个可怜的单恋者。”（《单恋者》）一旦人的身体上的缺陷导致心理上的变异，他的生活就会被改写，包括他所从事的艺术。于是，因残生残，以残写残，就成为戴望舒艺术构思和艺术表达中的一种自然而然的现象。

二　在爱情和婚姻的残缺面前，诗人借“残损”类意象宣泄心底“沉哀”的感情

戴望舒短暂的一生写下了数量不多但美若珍珠的诗篇，他是快乐而幸福的；可是在爱情和婚姻的诗行中，他却步履艰难，甚至章法凌乱。列维-斯特劳斯说，两性关系是人类社会的深层语法。戴望舒个性中的弱点，导致他的家庭中的“语法”常常不顺，终致阻塞不通。从施绛年、穆丽娟到杨静，三位年轻漂亮的女性，围绕着他，给他带来了爱情的滋润和诗歌的灵感，但最终又都绝情地离开了他。正如他在《雨巷》中所写的：“在雨的哀曲里，/消了她的颜色，/散了她的

---

① 刘保昌：《戴望舒传》，崇文书局，2007，第8页。

芬芳，/消散了，甚至她的/太息般的眼光，/她丁香般的惆怅。"有学者指出，戴望舒在诗歌中四次使用"沉哀"一词，两次是施绛年给他的，两次是穆丽娟给他的。[①] 这"沉哀"，应该说就是"残损"的琴弦所弹奏出来的伤痛之音。爱而不得的遗憾，得而复失的苦闷，失而再失的无奈，爱情和婚姻这个双面镜，一损又损，一破再破，在刺伤他多情而敏锐的心灵的同时，无疑也散落为他诗歌中无处不在的"残损"的艺术意象，散射着忧郁而寂寞的光。"而这里，鲜红并寂静得/与你的嘴唇一样的枫林间，/虽然残秋的风还未来到，/但我已经从你的缄默里，/觉出了它的寒冷。"（《款步二》）这首小诗，用"残"作结，从"残秋"而至"残心"——"寒冷"就是戴望舒爱情婚姻的琴弦上演奏出来的"沉哀"的音符。

三　在山河破碎的社会现实面前，诗人借"残损"类意象表达对国家、民族命运的忧思

20 世纪 20 年代末期到 30 年代初期，"从黑茫茫的雾，/到黑茫茫的雾"（《夜行者》），社会环境的窒息带给诗人戴望舒的是一种压抑、苦闷的思想情绪，诗人在相对封闭的个人生活的圈子里，更多地沉湎于爱情的悲欢和对人生前途的寂寞的守望中，于是见月月残，观花花谢，用一双忧郁悲切的眼睛打量着世界的荒芜和内心的苍凉。待到 1935 年戴望舒从法国游学归来，目睹抗日的烽火，山河破碎、民族危亡的现实使诗人渐次从爱情"小曲"的"音的小灵魂""香的小灵魂"中走出来，把山河的破碎和自身的残损、祖国的伤痛和个人的命运联系在一起，有如深山涓涓溪流的爱情吟咏之作也逐渐被饱含民族忧患意识的血泪之声所替代，"残月的泪""残花的泪"被"残损的手掌"上的"血和泥"所置换。而在 40 年代初，流落到香港的戴望舒

① 王文彬：《中西诗学交汇中的戴望舒》，安徽教育出版社，2003，第 164 页。

被关进日军的监狱，诗人更是以一种生命的切身感受从那“黑暗潮湿的土牢”领略了现实的残酷，继而在“梦”的世界里打开了通向“胜利”的窗子。吕进指出，戴望舒的诗集《灾难的岁月》写作于中国多灾多难的岁月，所以“其中的作品与以前的诗相比有更开阔的意识，对国家、民族命运的关注代替了对个人迷茫、失望情绪的表达”。[①] 有人认为，30 年代是戴望舒思想最为复杂的时期，他也一度摇摆于无产阶级革命和自由主义道路之间。直到外族入侵、民族危亡的惨痛时刻，他才感觉到这个“大政治”的意义，才起来做文化上的抗战，才向往解放区。“作为一个文化人，他不再把文学尤其是诗歌当作另外一种人生，而是使自己的诗歌汇入时代抗战的主旋律中。”[②] 正是社会现实的巨变促使诗人把目光投向巨变的社会现实，克服内心的“摇摆”，走出精神的“迷茫”，在家残国破的惨痛现实面前，举起自己“残损的手掌”，在“残损的手掌”里紧紧攥住祖国和人民的大哀大痛、大期待和大呼唤。也正是从这里，显示了一个文化人的胸襟、风骨和殷殷爱国之情。

四　在 20 世纪初的诗歌“荒原”冲击波面前，诗人借“残损”类意象表达自己对人生、宇宙和社会的体味与感受

作为现代派诗人，戴望舒上承浪漫主义诗派和新月诗派的精神余绪，并带有象征派诗人李金发诗歌的某些艺术痕迹。而中国 20 世纪初期的诗歌，处在一种开放的文学视野里，曾经广泛接受世界文学潮流特别是西方现代主义诗歌的影响。20 世纪初期即传入中国的 T. S. 艾略特及其诗歌代表作《荒原》，作为一种“冲击波”影响了那个时代的许多诗人。孙玉石在他的相关论述中列举了不少诗人的名字，如闻

① 吕进主编《文化转型与中国新诗》，重庆出版社，2000，第 321 页。

② 杨四平：《20 世纪中国新诗主流》，安徽教育出版社，2004，第 129 页。

一多、徐志摩、孙大雨、卞之琳、何其芳等，并着重提到戴望舒，指出他的《深闭的园子》《致萤火》等诗作，"是'荒原'意识在中国诗人心头的回声，是经过艺术过滤之后的意象凝聚与创造"[①]。这是通过一些具体的诗歌作品或诗句来指认中国诗人所接受的西方现代诗潮的影响，特别是那种已经中国化了的"荒原"意识的影响。而当我们从诗歌意象入手，梳理出戴望舒诗歌中的"残损"类意象的时候，就会发现，戴望舒接受"荒原"意识的影响并非仅仅通过个别的字词或诗句表达出来，更是把"荒原"意识内化为一种审美思维方式和艺术表达方式。确切地说，戴望舒是将"荒原"意识转化为"残损"意识，通过"残损"类意象表达其对人生和社会的独特体味与感受的。戴望舒对"荒原"意识的这种接受和转换是有其现实土壤和心理基础的。戴望舒和他同时代的诗人，他们生活的现实离"五四"时代那样理想的氛围越来越遥远，"大革命失败后破败荒凉的中国社会现实裸露无遗地呈现于诗人面前。幻灭感和绝望感占据了许多青年的心。这种现实和心理激起的对于社会、人生与宇宙的思考，同第一次世界大战后的 T. S. 艾略特代表的现代主义诗潮中弥漫的虚无思想和绝望情绪有了相通之处"[②]。另外，如前所述，戴望舒自身的身体缺陷、婚恋阴影等所导致的自卑心理和忧郁气质也更契合"荒原"意识的精神内核。所以戴望舒接受"荒原"意识并在诗歌中用"残损"类意象来表达自己的感受和思考就是顺理成章的了。

第三节 "残损"类意象的审美作用

"残损"类意象的大量运用，使戴望舒的诗歌呈现出一种更为丰

① 孙玉石：《中国现代诗歌艺术》，长江文艺出版社，2007，第 219 页。
② 孙玉石：《中国现代诗歌艺术》，长江文艺出版社，2007，第 216 页。

富的艺术形态和更为坚实硬朗的质地，因而摒弃了早期诗歌单一的抒情风格和清浅的歌唱，开始走向诗艺的综合和内涵的丰盈。

“残损”类意象的大量引入，在对自然、社会现实的生命感受和象征表达中，超越了纯浪漫主义的抒情风格和纯象征诗派的玄奥与晦涩，使戴望舒的诗歌开始出现一种融写实、抒情和象征于一体的诗美景观。早期浪漫主义诗歌中的“天上的市街”、“夜晚的明月”以及种种对风花雪月的缠绵的歌唱，在戴望舒的笔下，大都演变为“荒芜的园子”、“残月的泪”和对风花雪月的哀婉的咏叹。“残损”类抒情意象的大量出现，犹如在昔日浪漫的抒情河流中抛下一块又一块破碎而尖锐的石头，固然也溅起美丽的浪花，但诗歌的指掌已触摸到坚实的泥土，在抒情河道的内部展开了一个更加真实、更加丰富和更加沉郁的诗性宇宙。即使是写爱情，戴望舒的抒情笔法也迥异于徐志摩的轻灵和烂漫，那沾着“油墨”的“断指”在诗人伤痛的追忆和祭奠中显示出生命的重量，完全没有了徐志摩“我挥一挥衣袖，不带走一片云彩”的那种人生的洒脱。尽管戴望舒很明显地受到徐志摩、闻一多等新月派诗人诗风的影响，但在对意象的选用方面，徐志摩主要选取的是“雪花”“明月”一类轻盈明丽的意象，表达自己的梦和理想情怀，闻一多主要选取“死水”“烂果”等意象抒发自己对现实的诅咒和愤激之情，戴望舒则把自己对人生和现实的感怀和忧患更集中地通过“残损”类意象来表达，在“黑茫茫的雾”的世界里，一边抚摸伤残和疼痛，一边渴望介入现实、改变现实。

戴望舒笔下“残损”类意象也并非完全写实，并不完全是某种情绪的客观对应和投射，在有的时候已经虚拟化，成为某种象征的诗性表达。这一点在他 40 年代的诗作中体现得尤为明显。《狱中题壁》中的“掘起他伤损的肢体”一句，是为了表达诗人在残酷的现实处境中的宁死不屈和人格坚守。更不用说，在诗歌《我用残损的手掌》中，“残损的手掌”不能做具形的理解，而是战争背景下祖国山河的微型缩影和掌上地图，是民族伤痛和个人命运水乳交融的象征化表达。这是在写实的基础上的象征，不是那种缥缈虚幻不知所云的象征，因而我们能真切地把握其所蕴含的意义。

戴望舒的诗歌综合了浪漫的抒情、现实的描写和象征的表达等多种艺术手段，这对新诗早期毫无节制的浪漫抒情风格和晦涩难懂的象征派诗风是一种矫正，从而使戴望舒成为30年代现代派诗人的领军人物。正如苏珊娜·贝尔纳所说："对戴望舒这类诗人而言，诗歌首先是对客观世界的再创造，通过再创世界，给予读者以新的形象和感觉。正如法国诗人兰波一样：他既不认为做诗时要达到'意识紊乱'的地步，而又要把幻想作为伴侣、轴心和依据。这种梦幻不断与现实交融，并超越甚至压倒了现实，诗歌创作就存在于这种辩证关系中。"①

戴望舒诗歌"残损"类意象的大量运用，使其所要表达的诗意既具有生命的感觉，又被赋予社会的内涵。"残损"是人的一种生命化的感觉，它来自人对外界以及人对自身的敏锐的感应和感受；生命、自然、历史以及社会现实在这里被打通，并得以渗透和融合为一种生命的触须、生命的状态和生命的疼痛，因而自然、社会现实被赋予生命之情状，生命亦被赋予社会历史之内涵。在戴望舒的笔下，残花、残月、残阳，乃至于残破的山河、焦裂的土地，以及人生命方面的诸如断指、伤残的身体等，都是诗人精心选用的审美意象，按照诗人内心的旨趣和指令一一呈现，传达出一种感时伤世的情怀，一种生命的大悲悯、大忧患与大疼痛。当诗人描写"残损"类客体意象时，将客观事物生命化、情态化，赋予物象一种生命的感觉和气息；而描写"残损"类主体意象时，将生命社会化、现实化，赋予生命一种深厚的意蕴。这可以戴望舒的经典之作《我用残损的手掌》为例来说明。"残损的手掌"是诗人个人的生命写照，也是广大受难同胞的生命写照；生命的"残损"来自祖国大地的"残损"，"这一角已变成灰烬，/那一角只是血和泥"，可见个人的生命和祖国的命运是合二为一

① 江弱水：《中西同步与位移——现代诗人论丛》，安徽教育出版社，2003，第65页。

的存在，祖国存则个人存，祖国损则生命损。这是社会意识、民族意识的一种生命化表达、疼痛化表达，也是生命的一种最富有时代感和现实感的表达。比起那些直抒胸臆的“政治诗歌”“抗战诗歌”更增添了生命的感性力量和艺术的感染力量，比起那些单纯轻灵的“生命歌唱”更增添了宽阔的视野和厚重的笔力。在这里，诗歌所传达的情绪既是内敛的，又是外溢的，既是个人的，又是普遍的，如 T. S. 艾略特所说的，诗人追求诗歌达到“把一个人的成分都溶混于非个人的和普遍之中”，且变得更丰富更完全，因为“变得更不是自己就更成为自己”。①

诗人借“残损”类意象还表达了对理想世界的追求和对另一种生活的热切向往。描写残破之景象和残损之生命并非其写作的目的。作为一个才情横溢富于想象的抒情诗人，他所要到达的绝不是眼前之所见，残破之景象和残损之生命只是他漂流在抒情的海洋里顺手捡起的残楫断帆，他所要真正抵达的是一个更远的地方，是一个美的世界、爱的世界、梦的世界，是一个日月齐辉的光明世界。因此，拨开“残损”的花叶，拂去手掌上的“血和泥”，我们看到的是诗人所向往、所钟情的爱情的宇宙、生活的乐园、梦幻的世界和光明的胜境。在那里，有花繁叶满的“五月的园子”，有充满泥土芳香的“家乡的小园”，有沉浸在“而我是你，/因而我是我”的爱情甜蜜中所带来的生命的美妙、惬意和完整，有“自己成一个宇宙”而乐在其中的自由、快乐和烂漫，有作为爱的见证的闲花野草、流水白云，有纯朴如清泉、自然若垂柳的恋爱中的“村姑”……特别是戴望舒一再写到“梦”，这个“梦”就是超越了人生的局限和社会的束缚而到达的一种理想境界。《寻梦者》一诗虽然强调了过程的漫长和艰难，但诗人坚信“梦会开出花来的，/梦会开出娇妍的花来的”。当然，梦境是和残酷的现实相伴随的：“于是我的梦是静静地来了，/但却载着沉重的昔日”

---

① 〔英〕T. S. 艾略特：《诗与宣传》，周煦良译，《新诗》第 1 卷第 1 期，1936 年 10 月。

(《秋天的梦》)；"采撷黑色大眼睛的凝视/去织最绮丽的梦网！/手指所触的地方：/火凝作冰焰，/花幻为枯枝"（《灯》）。这种矛盾和对抗，更衬托出现实的沉重，也更显示出梦境的珍贵。

在戴望舒的笔下，实际上存在两个世界：残损之世界与完美之世界。这两个世界或互渗互融，彼此衬托，或在一个世界的背后隐含着另外一个世界。因为"残损"，"完美"才显得弥足珍贵；因为"完美"，"残损"才必将为人所抛弃和远离。二者是辩证统一的。当然，在戴望舒的诗歌创作中，对"完美"的表达有一个从朦胧、抽象到清晰、具体的演进过程。早期的诗歌，诗人在"残损"的背后所寻觅的主要是爱情的完美、个人生活的美满；随着社会生活的急遽变化，诗人个人宁静生活的被打破，诗人在"残损"的背后，把目光投向灵魂得到升华的"山峰"和心灵得以安放的"远方"。与"残损"相伴随的"完美"，也随着"残损"类意象内涵的拓展而丰富、提升自身的含义。这一点在《狱中题壁》等诗作特别是在《我用残损的手掌》中得到了极好的体现。"然后把他的白骨放在山峰，/曝着太阳，沐着飘风：/在那暗黑潮湿的土牢，/这曾是他惟一的美梦。"（《狱中题壁》）在这里，"山峰"就是一种"完美"，就是诗人梦想的天堂和人生期望达到的高度，诗人表达了肉体残损乃至消亡之后的一种至上的追求——一种超越人生苦难和家国不幸的心灵梦想。在《我用残损的手掌》一诗中，当诗人用"残损的手掌"摸索"广大的土地"之后，在"手指沾了血和灰，手掌沾了阴暗"之后，突然急转直下，把手掌伸入那遥远而光明的一角："只有那辽远的一角依然完整，/温暖，明朗，坚固而蓬勃生春。/……因为只有那里是太阳，是春，/将驱逐阴暗，带来苏生，/因为只有那里我们不像牲口一样活，/蝼蚁一样死……那里，永恒的中国！"至此，戴望舒的诗歌在含着血泪的歌唱中，进入一个最高音，进入一个把个人命运黏附在祖国命运之上的阔大的境界和完美的梦境，在"残损"的背后，开掘出一份具有社会意义的"完美"，一份永恒的"情结"。

第四章

卞之琳:“路”意象与人生之旅

上承“新月”、下启“九叶”的现代派诗人卞之琳，其苦心结撰的诗歌的确像一座迷宫。袁可嘉曾撰文肯定他在新诗流派发展中承上启下的地位，“他和其他诗人一起推动新诗从早期的浪漫主义，经过象征主义，到达中国式的现代主义”①。也正因如此，就如有的论者指出的那样，卞之琳的诗歌“是个充满诱惑而又难缠的话题”，从没有哪个诗人如此“让人评说起来倍感艰难，歧见迭出”②。这也就说明了卞之琳的诗歌文本具有一种内在的丰富性和艺术魅力，让人们可以做多种解读。卞之琳自己说“借景抒情，借物抒情，借人抒情，借事抒情”③，这里的景、物、人、事在诗歌中就生成了“意象”。当我们从“意象”的通道进入卞之琳的诗歌世界时，似乎有一种柳暗花明、豁然贯通的感觉，卞之琳的诗中出现了许多意象，有的论者曾将他的诗歌意象分为古典型、日常型和现代自然科学型三大类④，这是一种比较系统的归类分析。那么这个意象系统中有没有中心意象呢？当我们在卞之琳诗歌的意象中搜寻时，惊喜地发现诗人醉心于这样一个充满

---

① 袁可嘉:《略论卞之琳对新诗艺术的贡献》,《文艺研究》1990 年第 1 期，第 82 页。

② 罗振亚:《“反传统”的歌唱——卞之琳诗歌的艺术新质》,《文学评论》2000 年第 2 期。

③ 卞之琳:《雕虫纪历》(增订版)，香港三联书店，1982，第 4 页。

④ 龙泉明、汪云霞:《中国现代诗歌的智性建构——论卞之琳的诗歌艺术》,《武汉大学学报》(人文社会科学版) 2000 年第 4 期，第 556 页。

古典气息而又具有现代意味、缠绕人的外部生活而又直指人的心灵深处的意象——路。横亘而出，绵延而来，"路"和它的同一形象"街""桥"，以及大量的衍生意象如足迹、身影、车站、家园等便拼贴出"人"的生存境遇和生命体验。"路"与"人"构成的人生道路、心灵归宿问题成为卞之琳诗歌的最重要的主题表达，这是他区别于他同时代诗人的独特之处。

第一节　"路"意象的含义

在卞之琳的诗歌中，"路"的意象主要包含以下三种含义。

一　人生苦闷的"路"

孤独、寂寞、空虚、迷惘，如影随形，在人生的路途上堆积、蔓延，使人感到压抑甚至窒息。这种种内心情绪的体味和铺排，既是那个时代的社会环境对人生道路的限定，又是生命本源中的哀感伤痛在人生旅程上的涌动。

这样一种情绪基调，决定了人脚下的"路"是黯淡、凄清和荒凉的，而且环绕周围的也往往是寒风冷雨、黄昏夕照。于是我们看到诗人在"冷清清的街衢"撑着伞"走向东，走向西"（《一城雨》），在"夜雨"中"灵魂踯躅在街头"（《夜雨》）眼含着热泪；我们听到诗人无限伤心的叹息："伸向黄昏的路像一段灰心"（《归》），"秋风已经在道上走厌"（《落》）。而有时候是在"戏剧化的情境"中客观展示现实生活中的种种人生：有秋风里"冷静的街头"胡琴的哀愁伴着的"行人"（《胡琴》），有"在街路旁边，深一脚，浅一脚"消磨着时光的"闲人"（《一个闲人》），有"在荒街上沉思"（《几个人》）的年轻人，有"在夜心里的街心"（《夜心里的街心》）彷徨的梦游者。这样，既写出了诗人的独自沉吟和彷徨，又刻画了芸芸众生的普遍的生存图景；既有对自己心灵和前景的凝视，又有对底层社会小人物的关注。

不仅如此，深刻的痛苦还来自对“生命旅程”的打量。诗人常常把诗歌情境安设在“秋天”和“黄昏”，在徘徊中由眼前的“路”想到生命的渺茫、虚弱和负重，因而生出无限的哀怜和痛楚。在《长途》一诗中诗人写道：“一条白热的长途/伸向旷野的边上，/像一条重的扁担/压上挑夫的肩膀。”这条“路”浓缩了生活的全部艰辛和生命的所有负荷，与漫无边际的生命历程纠结在一起。在《长的是》《西长安街》等诗歌中诗人一再感叹这“道儿”“觉得是长的”，于是不得不从内心深处迸发出“好累啊!”（《距离的组织》）的哀叹。这一声叹息有如落叶，既是对“冷清的秋”的回应，也是对“灰色的路”的抚摸，因而人生苦闷中融进了社会的和生命自身的深刻内涵。

二　心灵追寻的“路”

诗人不是在“好累啊!”的感叹中倒下，而是“倚着一丛芦苇”（《落》）坚持，怀抱着“远方”，怀抱着“家”赶路、疾行。如地下涌泉，似山间潜流，诗人心中始终流淌着“梦”的乳汁。“不用管能不能梦见绿洲”，诗人仍在辛苦地“远行”（《远行》）。《夜雨》中写道：“他还驮着梦这娇娃，/走一步掉下来一点泪，/还不曾找着老家呢，/雨啊，他已经太累了，/但怎好在路上歇下呢?”这个“远方”、这个“家”是什么呢？诗人没有也无法明言，只是在某些诗篇中将其描绘得更形象生动。“就是此刻我也得像一只迷羊，/带着一身灰沙，幸亏还有蔚蓝，/还有仿佛的云峰浮在缥渺间，/倒可以抬头望望这一个仙乡。”（《望》）这一片“蔚蓝”，这一个“仙乡”，与其说是世俗生活的幸福住所，不如说是心灵世界的美好家园。正是这种现代人对精神家园的寻找，才使得诗人在“夜雨”中“驮着梦”跋涉。这样，“回家""还乡"在卞之琳诗歌中被赋予了特别的含义。

正因为这样，诗人在抵达家园的道路上就渴望留下"足迹"。短诗《足迹》由蜜蜂想到自己的足迹，为没有在人生的道路上留下深深的印迹而责问自己。而在《路》中，诗人这样表白道："路啊，足印的延长，/如音调成于音符，/无声有声我重弄，/像细数一串念珠。"通向"家园"的"路"是美好的，也是艰辛的。诗人不仅渴盼在"路"上一步一步留下足印，而且深知要到达远方就必须具备足够的耐心和韧性。这也就不难理解为何在卞诗中一再出现"骆驼"的形象。《夜心里的街心》借"街心"对彷徨的人倾吐："我最爱/耐苦的骆驼/一抚/便留下大花儿几朵。"《远行》中写"乘一线骆驼的波纹/涌上了沉睡的大漠"。"骆驼"成为诗人走出"沙漠"接近"家园"的理想形象。

有了这样的分析，我们就可以换一种思路来看待卞之琳的某些诗歌。比如被视作经典的袖珍诗歌《断章》，一般人们认为其表现的是一种相对意识，但笔者认为它传达的是人生旅途上的"家园意识"。"桥"——"路"的另一种更雅致的形态；"风景"，可以解作卞诗中出现过的"仙乡"即美好的精神家园；"明月"和"梦"以其明媚轻柔的光辉照亮了人的心灵世界。于是一切都变得这样美好，这样诗情画意。人和自然之间、人和人之间显得温馨浪漫，呈现一派大的和谐。人们已经步入人类历史长河中这样一个美丽的"断章"，这样一个诗意的"瞬间"。

那种认为卞之琳的诗歌"呈现为生活的无意义、灵魂的无归宿"① 的观点应该说没有很好地把握卞诗内心的节律和脉搏的跳动。卞之琳虽然写了人生道路上的彷徨、迷惘和苦闷，但是传达出的并不是混乱无序和消极颓废，诗人的手指直指苍穹的"蔚蓝"，诗人的眼睛凝望

① 张同道：《探险的风旗——论20世纪中国现代主义诗潮》，安徽教育出版社，1998，第213页。

远方的“仙乡”，有“明月”装饰心灵的窗子，有“绿洲”出现在梦中。诗人久久地等待、苦苦地跋涉和寻找，就是因为生活以其光亮穿透了黯淡，心灵的追寻以其朦胧的诗意映照着“灰色的路”，诗人确信在这个风雨世界的背后有一个云蒸霞蔚的天空。

三　慧心深蕴的“路”

金克木在1937年的一篇新诗批评中称20世纪30年代崛起的“以智慧为主脑”的主智诗潮为“新的智慧诗”。[①]新智慧诗的突出代表是隶属于现代派群体的卞之琳、废名、曹葆华等。他们的诗歌以冷静的哲思与深邃的智慧的凝聚追求诗与哲学的融会而与其他现代派诗人形成鲜明的区别，开辟了中国现代主义诗歌探索的一条新途径。其中以卞之琳的诗歌最具代表性，艺术成就最高。[②] 作为“主智”的诗人，卞之琳诗歌中智性成分大大增加了。就意象来看，“路”不仅成为诗人思索人生道路、心灵归宿的载体，而且成为诗人视通万里、思接千载的智慧的“桥梁”。从时间中浮现，在空间上伸展，与人的生存、归依和走向息息相关，“路”因此由实在而虚化，由此刻的足音传导出历史的“音尘”，由梦的铺设和延展组接出生命和灵魂的斑斓与沧桑。

从“路”引出对生命的思考。生命在尘世的出现和行走，是一种偶然，是一段过程。《投》把初始的生命——“小孩儿”安设在“山坡”上，而“山坡”又意味着人生道路的坎坷和回旋，“小孩儿”的出现或者说生命的诞生，就像“小孩儿”或者冥冥之中谁的手捡起的一块“小石头”，“向山谷一投”“向尘世一投”，偶然之中带来必然，空幻之中产生神秘。

从“路”引出对命运的思考。《古镇的梦》其实是写人生的梦，

① 柯可（金克木）：《论中国新诗的新途径》，《新诗》第1卷第4期，1937年1月。

② 王泽龙：《论卞之琳的新智慧诗》，《文艺研究》1996年第2期，第102页。

写人的命运的神秘莫测。命运是在"时间"的流转中展开的，于是诗人把命运和时间化为两种形象，一个是敲着算命锣"在街上走"的盲人，一个是敲着梆子"在街上走"的更夫，白天与黑夜交替，命运在时间的手掌里演绎和轮回，一种先天的命定感、梦一样的神秘感和深刻的悲剧感在人生的"路"上伴着锣声与梆声弥漫。

从"路"引出对理想生活的思考。诗人在《圆宝盒》中幻想捞到一只圆宝盒："你看我的圆宝盒/跟了我的船顺流/而行了，虽然舱里人/永远在蓝天的怀里。"圆宝盒是一种完满、理想生活的象征，在人生的"航程"上，依傍着诗意的心灵。"是桥——是桥！可是桥/也搭在我的圆宝盒里"，通向水银一般"晶莹"、灯火一般"金黄"、雨点一般"新鲜"的美好生活，要依靠人生道路和桥梁上的艰难行走。

从路引出对爱情的思考。卞之琳是一个很少写爱情诗的诗人，但他的五首《无题》诗应看作对爱情的隐秘歌唱。有的论者指出："《无题》写的是一粒种子的突然萌发，以至含苞，预感到最终会落空的这样一段情事。"① 这一段爱情和"路"息息相关：《无题一》借"水路"写爱情如春潮奔涌，《无题二》写等待的心盼望听到爱情的"脚步声"，《无题三》写纯洁的爱情不能沾上"路上的尘土"，《无题四》写欲在对"交通史"的研究中从四面八方向爱情辐射，《无题五》写在"散步"中恍然觉悟世界包括爱情都是空的，这一条爱情的路串起了遇合、等待、喜悦和哀愁，其间又渗透着佛门的空幻感，正如诗人后来自称的"故寻禅悟"。

第二节　"路"意象传导的矛盾心理

这条"路"不是单色的，不是一览无余的，而是交织着夜雨和晨

---

① 蓝棣之：《论卞之琳诗创作的脉络》，袁可嘉等主编《卞之琳与诗艺术》，河北教育出版社，1990。

光、现实和梦境、远行和还乡，千头万绪，峰回路转。“路”已穿过暮鼓昏鸦，穿过人的身影和足迹到达精神的腹地和心灵的后方，进而传导出人的种种矛盾心理和错综复杂的内心体验。

一　“路”——倾听自己的足音和疏隔外面的世界带来的精神孤独

卞之琳没有像闻一多那样站出来宣判当时的现实“是一沟绝望的死水”，没有像蒋光慈那样满腔义愤高唱“哀中国”，更没有像殷夫那样刻绘人生路上因为抗争用鲜血书写人的庄严。他与他生活的时代保持着距离，或者如他所说的是“小处敏感，大处茫然”。他的诗，“展示了一位多思者在历史风云摇曳里的孤独和寂寞，更揭示了一位现代人在‘寒夜’和‘苦雨’的人生‘长途’中深重的叹息和深沉的思索。精心磨砺而又客观冷静的诗歌语言，化腐朽为神奇的诗歌意象，都凝聚着他对人的生命本体的追问和对自然、宇宙人生的形上探索”。[①] 于是他用诗歌给自己建造了一座避风挡雨的心灵围城，他当然听不到他那个时代的呐喊和怒吼。

这样我们就不难理解他把人生的图景和心灵的寓所往往置放在“荒街”上，这是些找不到出路的“荒街”，包裹它的是“古城”“古镇”，徘徊的心嗅到的是感伤、古旧的历史气息。不能与现实接通的心当然是孤独的。这种孤独是不能面对现实而又不愿消泯自我的孤独，是投映着现实的影子而又上升到生命层面的孤独。因此从一种更深层的意义上讲，卞之琳通过描写人生道路上的寂寞、苦闷和荒凉，实际上传达出了20世纪初人类共有的精神的“荒原感”和“孤独感”。

① 龙泉明、汪云霞：《中国现代诗歌的智性建构——论卞之琳的诗歌艺术》，《武汉大学学报》（人文社会科学版）2000年第4期，第555页。

二　"路"——无所作为和有所期待带来的生存焦虑

在封闭的世界里，诗人为自己的碌碌无为而烦躁、痛心。《记录》一诗记录的是自己在"街上"无所事事，从白天到晚上空耗着时光；《夜心里的街心》借梦写自己在"街心"乱迈着脚步，一声叹息惊破了梦境。更多的时候诗人描写的是周围人事的空虚、无聊。有人"把所有的日子/就过在做做梦，看看墙，/墙头草长了又黄了"（《墙头草》）；有人在"街路"上手里拿着两颗小核桃"轧轧的轧轧的磨着，磨着……/唉！磨掉了多少时光"（《一个闲人》）。这种客观的描摹如同主观的内心记录一样，都寄寓对人生的无所作为的不满、厌弃，渴望一种更有意义的生活。于是在人生的路途上出现了"车站"，"古人在江边叹潮来潮去；/ 我却像广告纸贴在车站旁"，"我何尝愿意做梦的车站"（《车站》）。"车站"的意象传达出诗人满怀期待、渴盼远行的心情。而在《睡车》中诗人写自己清醒地睁着双眼，表明他不愿昏睡而有所期待。于是我们也就不难在诗歌中看到那些赶路、疾行的身影，虽然要到达的目的地也许是一个模糊、抽象的"远方"或"家园"。

三　"路"——生命的突围和归宿的茫然带来的灵魂的诘问

鲁迅笔下的"铁屋子"同样出现在卞之琳的笔下："闷人的房间/渐渐，又渐渐/小了，又小，/ 缩得像一所/半空的坟墓。""炉火饿死了，/昏暗把持了/一屋冷气，/我四顾苍茫，/像在荒野上/不辨东西。"（《黄昏》）人生的出路在哪里呢？在《奈何》一诗中，一个人与黄昏对话："'你该知道吧，我先是在街路边，/不知怎的。回到了更清冷的庭院，/又到了屋子里，又挨近了墙跟前，/你替我想想看，我哪儿去好呢？'/'真的，你哪儿去好呢？'"如同一个梦游者，在

"屋子"和"道路"之间徘徊。心灵的一再发问，其实是内心矛盾和痛苦的表现。而《道旁》一诗，表现了30年代"倦行人"深层的精神状态。这种灵魂的诘问，本身就是一种自审自察，一种大彻大悟，一种源自心灵而又回响在天空的纯净的声音。应该说这既是对个人出路的发问和寻找，也是对生活在"闷房子"里的芸芸众生的归宿的发问和探求。虽然还有些茫然，但毕竟有了面对生活的勇气，做好了毅然前行的心理准备。这样也就不难理解30年代后期卞之琳的诗歌在内容上开始发生的变化。

第三节 "路"意象的成因及意义

"路"这一意象出现在卞之琳的笔下有多方面的原因。第一，现实原因。"坟墓"一样的现实环境，迫使诗人在压抑和忧郁之中俯视脚下的"道路"，寻求人生的"出路"。而"总怕出头露面，安于在人群里默默无闻"[①] 的卞之琳，就敏感并执着地表现脚下的也是心中的"路"，因为这条路可以让诗人在苦闷中进进出出，进退自如，成为一种调节心灵、排遣忧烦、追求梦境的生之通道、心之隧道。况且这条"路"又从历史深处蜿蜒而来，它连接着过去的"废园"和"旧痕"，这正契合了诗人在现实生活中的处境和心境。第二，文学方面的原因。一是中国传统诗歌中"路"的意象成为诗人托物言志、借景抒情的一个重要载体。屈原的"路漫漫其修远兮，吾将上下而求索"也好，李白的"行路难，行路难，多歧路，今安在"也好，都是对人生道路的思索，更不用说记游诗、田园诗、送别诗和边塞诗等多关联到"路"这一意象，表现了丰富的内涵。可以说"路"的意象串起了古往今来文人士子心灵的感叹和追求。古典诗词修养深厚的卞之琳在现实窘迫、

① 卞之琳：《雕虫纪历》(增订版)，香港三联书店，1982，第4页。

前途渺茫的处境中有意无意地接过了这一情思包孕的意象，抒发其作为一个现代人的思想感情。二是卞之琳接受西方现代主义诗潮的影响。卞之琳曾说自己"一见如故"的还是"二十年代西方'现代主义'文学"。[①] 他的那些表现自我精神苦闷的作品，就"明显渗入了西方现代派文学表现现代人生命困境的笔调"[②]。他笔下的"荒街"以及那些在荒街上走动的小人物、灰色人物，无疑借鉴了波特莱尔的"审美"眼光；把自己的感慨和思考借助意象表达出来，又活用了艾略特寻找"客观对应物"的创作方法，他的《归》中的"伸向黄昏的路像一段灰心"就化自艾略特的"街连着街，像一场冗长的辩论/带着阴险的意图/要把你引向一个重大的问题"（《普鲁费洛克的情歌》）；他还受到了魏尔伦以及后期象征主义诗人叶芝、里尔克、瓦雷里等人的影响。尽管卞之琳的诗歌渗透了现代主义诗潮的因子，但他对"路"以及相关意象的选择并由此带来的对现实人生的关注和体验，决定了他的诗歌在内在精神上还是现实主义的。

从诗歌中盘旋而出的这条"路"，既带有文学的诗性，又带有现实人生的硬度和厚度。"路"作为意象是存在于文学艺术之中的一个意味深长的符号，也是对人的经验世界和理性世界的一种抽象和概括，它关涉时事风云、历史沧桑，但更直指人的生活道路、心路历程和命运归宿。从这方面理解，诗歌对"路"的关注和咏叹就具有了一种超越时代更迭、人事兴废的普遍意义。"路"可以看作人生、历史和宇宙的"根"，它敏感于岁月的步履和世事的变迁，关联到社会的神经和心灵的变幻，而且常常伴随着生与死、灵与肉、起与伏、有限与无限、时间与空间等这样一些哲学命题。"卞诗的智性表现与哲理意味有一种'大智若愚''大巧若朴'的风格之美。"[③] 这样说来，诗人虽然着墨于具体物象但又超越了其表层意义，进入对事物和世界根由和

① 卞之琳：《雕虫纪历》（增订版），香港三联书店，1982，第 3 页。

② 陈丙莹：《卞之琳评传》，重庆出版社，1998，第 80 页。

③ 王泽龙：《论卞之琳的新智慧诗》，《文艺研究》1996 年第 2 期，第 104 页。

本质的谛听与触摸。中国新诗自发端以来存在两个极端，一个是排拒“小我”而专注于社会群体的抒情，一个是远离大众退回到个人内心的呓语，前者具有时代标本的意义但有时未免失之浮浅，后者显得很艺术化但往往又神秘莫测。那么可以说，卞之琳因执着于人生“道路”的描写和表达，把个人生活的城堡和生命的突围、内心的苦闷和时代的阴影、个人对美景仙乡的凝眸和人类共同的精神追求联系起来，表达了既是个人的在很大程度上也是社会的一种处境和心境。这就在诗歌艺术传达上对“小我”与“大我”的关系进行了一次很好的融合。

今天，人文精神、心灵关怀、家园意识普遍缺乏。几十年前卞之琳的“我要上哪儿去”的诘问，仍似一线悲怆的箫声引发我们不尽的思绪。文学的“路”，生活的“路”，该怎样走才好呢？

第五章

昌耀：“高原”意象与诗歌的精神维度

聚敛太阳的激情，摄取冰峰的圣洁，采摘内心深处孤独、沉默、忧伤的花瓣，酿成诗歌的虹彩；以驼峰为舟，以鹰翼为帆，穿行在历史与现实、生命与灵魂的高原；既有古代边塞诗人的雄放和苍凉，又有现代西部诗歌的厚重和幽深；用具有神性的诗歌语言歌唱和哭泣，所有的光芒凝成雨夜一道惊空的闪电，生命的脚步又如奔马匆匆远去……这就是昌耀，这就是从洞庭湖滨来到西部高原的昌耀。昌耀逝世后，他的诗歌被当作一种“诗歌现象”，格外引人注目。著名诗人邵燕祥认为“昌耀是以自己的语言、韵律唱自己的歌的为数不多的诗人之一”，“昌耀不是那种善于推销自己的人。他甘于寂寞，远离官场和尘世”。[①] 诗评家燎原认为昌耀峥嵘奇崛的艺术个性“像青藏高原一样”，“由于一般人难以企及的海拔高度，反而成了幽闭自己的关隘”。[②] 骆一禾等人认为“昌耀先生的诗歌作品是中国新诗运动里那些最主要的实绩和财富之一”。[③] 我们透过昌耀生前出版的《昌耀抒情诗集》《命运之书——昌耀四十年诗作精品》《昌耀的诗》等诗集以及他

① 邵燕祥：《有个诗人叫昌耀》，《命运之书——昌耀四十年诗作精品》，青海人民出版社，1994，第1页。

② 燎原：《西部大荒中的盛典》，青海人民出版社，1992，第80、120页。

③ 骆一禾、张扶：《太阳说，来，朝前走——评“一首长诗和三首短诗”》，《命运之书——昌耀四十年诗作精品》，青海人民出版社，1994，第3页。

逝世后出版的《昌耀诗文总集》，可以看出昌耀的确是一位优秀的诗人，时间的“河床”将会测出他诗歌所达到的高度。昌耀用极具个性的富含诗意的双手托起了一方莽莽苍苍的“高原”，托起了一个美丽而厚重的诗歌意象，这是一方延绵不断的生命高地，是一方涌动不息的灵魂古堡，是呼喊，是沉默，是狂歌，是叹息，是斧砍刀削的悬崖峭壁，是精雕细刻的雪峰冰山。

第一节　“高原”意象的内涵

在昌耀的诗歌中，高原是作为一个泛意象而存在的。有时候出现的是高原这个显形意象，包括它的替换意象荒原、古原、草原、裸原、莽原、岩原、雪原等；而有时候高原只是一个隐形意象，充当了诗歌话语特定的空间背景。诗人以凝重饱满、激情内蕴的笔调描写了神秘、充盈、美丽的高原，表达了一种深深爱恋的诗化的情感倾向。高原意象，在昌耀笔下主要包含三个层次的含义。

第一个层次：作为自然的“高原”——“好醇厚的泥土香呀”

昌耀把诗歌带到他赖以生存的这块“天地相交”的地方，对大气磅礴、五彩斑斓、灵动多姿而又充满古朴原始气息的高原景物进行了剪贴和点化：冰山雪岭，荒原古壁，红狐大雁，旱獭鹿麂，夏雨雷电，雪雹冰排，奔马的汗息，羚羊的啸吟，驿道的驼铃，古寺的钟声……构成了一幅幅鲜明的画面，或是伸手可触的特写，或是棱角分明的远景，或是万物性灵的灌注和流溢，或是众生内力的跃动和奔突。

一方面，诗人极写高原的粗犷、凛冽、壮观以及蕴藏的无穷的生命力：

四周是辉煌的地貌。风。烧黑的砾石。

是自然力对自然力的战争。是败北的河流。是大山的粉屑。是烤红的河床。无人区。是峥嵘不测之深渊。……

是有待收获的沃土。

是倔强的精灵。(《旷原之野——西疆描述》)

不必计较他的诗体形式，因为他急于把感受深刻的高原印象记录下来：众多景物的排列构成一种流淌不绝的悲怆情韵和傲岸精神。另一方面，诗人又写出了高原的柔情和浪漫气质。这里有柔美的天空、幽幽的空谷、静谧的夜晚，有染着细雨和青草气息的爱情。

而同时诗人又时时撩开高原历史的帷幕，在"沙梁"那边展示出美如江边楼船的骆驼、青铜宝马和断简残编。就这样，诗人用奇瑰的诗歌语言打开了高天下神奇的"一角"——荒蛮而妩媚、粗犷而多情、坚韧而古雅、野性而诗意的高原！

而行走在高原的诗人，又着重突出了三样景物：山、鹰、太阳。山以其高耸、鹰以其飞翔、太阳以其灼烁给"高原"意象增添了魅力和内涵。诗人反复沉吟："我喜欢望山。"他为"望着山的顶巅"而激动，为"边陲的山"造就了胸中的峥嵘块垒而自豪。而"从冰山的峰顶起飞"的鹰，双翼抖落寒冷，使人血流沸腾；诗人也常常神游天际，"享受鹰翔时的快感"。高原上的太阳如同神明：

牧羊人的妻女，每日
要从这里为太阳三次升起祷香。(《烟囱》)

可见高原上的这三样景物，构成了诗人的心灵向往和精神图腾，也构成了高原人的胸襟和气度。由此，山、鹰、太阳不断向上拓展，引领人的目光向至高至美延伸，成为"高原上的高原"：庄重超迈，激情横空，光芒四射。

第二个层次：作为生命的“高原”——“大漠深处纵驰一匹白马”

对大自然的贴近，必定也是对生命的抚摸和谛听。高原的原始气象和神秘气息，人与自然的亲密与对立，人的弱小和微不足道，似乎回到了人类的初始阶段，因而人便有了更多的对生死的体验、对苦难的体味、对宇宙大化的体悟，有了更多的人生的悲壮、悲怆、感伤和痛苦。

在强大的自然力面前，人也渴望而且在不断变得强大。昌耀诗歌的生命意识首先体现为一种“巨人情怀”和“英雄情结”。《高车》一诗显然是诗人生命理想的寄托：“高车的青海于我是威武的巨人。/青海的高车于我是巨人之轶诗。”在该诗小引中诗人还写道：“我之难忘情于它们，更在于它们本是英雄。”巨人和英雄以其形体和精神的高大屹立于天地河汉之间，永远怀着“生命的渴意”，“踏着蚀洞斑驳的岩原”，“驻马于赤岭之敖包”，“俯首苍茫”，聆听河流的“呼喊”和冰湖的“坼裂”，感受“苏动的大地诗意”。巨人情怀和英雄情结归根结底是对生命的关切，是对生命运动中体现出来的意志和毅力、激情和憧憬、崇高和伟岸的敬重，也是对高原内流布的孕育了人的生命的“倔强的精灵”的崇拜。这种英雄情结和生命英雄主义的仪式化，“与西部壮烈的土地、强悍的人种形成恰如其分的对应与契合”，使得昌耀诗歌和西部文艺所共有的开拓奋进精神显得“更内在、更激烈、更持久”。[①]

英雄崇拜生成一种人生前行的姿态。由此我们看到的抒情形象大多是“赶路人”“攀登者”的形象：驼峰、马蹄、汗水、血迹、太阳般的燃烧、死亡般的沉寂。诗人借此逐渐走进高原和生命的深处，走

---

① 李震：《中国当代西部诗潮论》，青海人民出版社，1993，第70页。

进花朵和雪峰的灵魂。于是诗人惊叹于"一个挑战的旅行者步行在上帝的沙盘"（《内陆高迥》），沉吟于在草场和戈壁之间比秋风远为凛冽的"沉沉步履"（《天籁》），骄傲于"我的裤管溅满跋涉者的泥泞"（《干戚舞》）。《峨日朵雪峰之侧》把生命的征服、坚守和渴望表现得惊心动魄：

这是我此刻仅能征服的高度了：
我小心翼翼探出前额，
惊异于薄壁那边
朝向峨日朵之雪彷徨许久的太阳
正决然跃入一片引力无穷的山海。
石砾不时滑坡引动棕色深渊自上而下一派嚣鸣，
像军旅远去的喊杀声。我的指关节铆钉一般
楔入巨石罅隙。血滴，从脚下撕裂的鞋底渗出。
啊，此刻真渴望有一只雄鹰或雪豹与我为伍。
……

可见，"赶路"和"攀登"是一种生命的坚持，也是一种心灵的飞翔，从前行和攀登的身影中体现出来的强悍和苦难仍然是一种英雄情结。

当"巨人"俯首注视苍茫大地的时候，就自然滋生出一种"悲怆"的情绪。昌耀诗中的"旅行者"常常听到"召唤"，也常常陷入"回忆"。召唤使之超越痛苦和苦难，而回忆则使之在岁月和道路的褶皱里抚摸高原的伤口和心灵的疼痛。于是便有了飞翔与盘桓、呐喊与沉默、疾行的马蹄与疲惫的身影。这种"英雄式"的痛苦既是个人的、高原的，也是整个西部的、整个民族的。《听候召唤：赶路》一诗就表现了这种多重形象叠合导致的内心的伤痛：沿着"微痛如听箫"的记忆牵来了一条历史的"血路"；"血路：一支长途迁徙跋涉的部族。/血路：一个在鞍马血崩咽气的母亲"。

而当卸去一切外在的东西时，这种生命意识便直接指向对人的

“存在”的思考。不是哲学意义上的发问，而是一种感性的直观，一种穿过岩石、旷原的生命诘问，一种透过鸟啼的神秘思绪，是生命的时钟置于辽阔的原野发出的“嘀嗒”之声。速朽与永恒、古老与年轻在生命的镜像前更加澄澈。一旦拆解了生死的密码，对有限的“存在”便倍加珍惜，伴随着生命的“前行”和“攀登”就有了一种至上的精神渴望。这同样是一种深藏的英雄情结。

景物的精神内涵和人的生命意志、心灵渴望的交融鸣奏出一种大漠雄风的“英雄气”，一种回肠荡气的“高原魂”。这种刚烈不屈、自强不息的精神是西部高原时刻涌动的春潮，也沉淀为一个民族性格的精魂和骨架。昌耀笔下的西部高原，是一种原始的生命力的象征，是人类社会的缩影。而作为一种精神现象，这种生命力的纵驰和横溢，则潜伏着西部高原特有的文化传统，即父性文化传统。历久形成的父性文化的因子，在耕种、战争、迁徙和繁衍的轮回中，有如“巨人”的身影和气息笼罩着原野。在那里，“父性主体神如那轮不朽的西部太阳，照耀着那养育生命、养育创造力的亘古荒原，照耀着那野性狂烈的野马群”①。

第三个层次：作为灵魂的“高原”——“彼方醒着这一片良知”

高天厚土之间呈放的是毫无遮蔽的随时接受阳光和云彩爱抚的诗意灵魂。《听到响板》写在“一片秋的肃杀”中听到“响板”，“骤然地三两声拍击灵魂”。还有什么比这来得更直接呢？躯壳隐去，呈现出来的是一片灵魂的原野！而高原这种地理上的高度，对尘世的超脱和对青天的逼近，使这一方生民具有仙风道骨之感：

① 李震：《中国当代西部诗潮论》，青海人民出版社，1993，第70页。

不时，我看见大山的绝壁
推开一扇窗洞，像夜的
樱桃小口，要对我说些什么，
蓦地又沉默不语了。(《夜行在西部高原》)

这是灵魂美丽的洞开和无言的诉说。诗人就沉浸在这种美好的氛围里：

他启开兽毛编结的房屋，
唤醒炉中的火种，
叩动七孔清风和我交谈。
我才轻易地爱上了
这揪心的牧笛和高天的云雀？
我才忘记了归路？(《湖畔》)

在高原，语言是多余的，只有高山、灯火、音乐直接和心灵对话，和灵魂共舞。

高原，"世代传承的朝向美善远征"的高原，把爱、美和良知托付给高天云霞、冰山雪莲。昌耀的抒情长诗《慈航》以"不朽的荒原"作为舞台，以个人的"伤口"和时代的"暴风"作为背景，在心灵的"慈航"中演奏的是"爱"的千古旋律："是的，在善恶的角力中/爱的繁衍与生殖/比死亡的戕残更古老、/更勇武百倍。"

当横扫一切的暴风
将灯塔沉入海底，
旋涡与贪婪达成默契，
彼方醒着的这一片良知
是他惟一的生之涯岸。
他在这里脱去垢辱的黑衣，
留在埠头让时光漂洗，

把遍体流血的伤口
裸陈于女性吹拂的轻风——
是那个以手背遮羞的处女
解下袍襟的荷包，为他
献出护身的香草……

在诗人眼中，高原就是“生命傲然的船桅”，就是“灵魂的保姆”，就是“良知”的“彼岸”和“净土”。这首诗涵容了古今、生死、善恶、苦难与爱情、夜晚与黎明、“昨天的影子”与“再生的微笑”等多重意蕴，而主旋律则是不断复现的对爱、美和良知的深情礼赞。高原，是这样一方“灵魂”的净土：“雪线……/那最后的银峰超凡脱俗，/成为蓝天晶莹的岛屿。”《慈航》是一首非常优秀的诗作，可以说在中国新诗史上占有重要的地位，但是这首诗及其价值还没有被充分地发掘出来。“昌耀的《慈航》一诗，至少可以说是没有得到足够评价和充分重视的作品。如果我们对这样的诗依然保持沉默而不给以应有的肯定，让岁月的尘垢淹没了它的艺术光彩，或者是在若干年之后再让人们重新发掘它，对于我们这一代人来说，起码不是一件光荣的事，或者应该说是一种批评的失职和审美的失误。”①

在昌耀的诗歌中，自然的高原、生命的高原和灵魂的高原是浑融的、共生共存的：自然中蕴藏着巨大的生命力，回荡着灵魂的呼喊；生命中内含着自然的悍野、诗意和冰清玉洁的灵魂；灵魂就是高天下一片裸陈的未被污染的土地，就是这土地上走动的芸芸众生。从荒原、古原到雪线、银峰，诗人在不断提升这样一方“高原”，这样一方富有情义和灵性的高原。生命的高原和灵魂的高原，如同“山”“鹰”“太阳”一样成为“高原上的高原”：挺立、飞翔、闪烁。“高原”不再是一个单纯的地理上的概念，而是灌注着生命和灵魂、历史和文化、

① 叶橹：《杜鹃啼血与精卫填海——论昌耀的诗》，《命运之书——昌耀四十年诗作精品》，青海人民出版社，1994，第336页。

地域和种族、人性和神性等多种因素的复合体，是一个浪漫而悲壮、诗意缭绕而令人刻骨铭心的高原。

第二节　"高原"意象的反思向度

昌耀置身高原，深深地爱着这"群峰壁立的姿色"，这"高山草甸间民风之拙朴"。而当他以现代知识分子的身份来审视和反思"高原"的蛮荒、驳杂和粗砺时，则又满怀忧思。这种审视和反思主要有以下三个向度。

第一个向度：历史反思——"我将与孩子洗劫这一切"

高原保留着更多历史的陈迹和化石，上面刻写着"贫穷""衰朽""战争""残忍""隔阂"这样一些文字。原野上有"未闻的故事"，"哀悯已像永世的疤痕留给隔岸怅望的后人"；有"被故土捏制的陶埙"，吹奏着"从古到今谁也不曾解开的人性死结"。诗歌中一再出现的"城堡"已成为一个象征，成为另一个封闭的、荒凉的古原。《哈拉库图》表达的是"城堡，宿命永恒不变的感伤主题"：

一切都是这样的寂寞啊，
果真有过被火焰烤红的天空？
果真有过为钢铁而鏖战的不眠之夜？
果真有过如花的喜娘？
果真有过哈拉库图之鹰？
果真有过流寓边关的诗人？
是这样的寂寞啊寂寞啊寂寞啊。

在诗人看来，光荣的面具已随武士的呐喊西沉，城堡是"岁月烧结的一炉矿石”，带着暗淡的烟色，残破委琐，百孔千疮，时间似乎凝固了，“无所谓古今”，“所有的面孔都只是昨日的面孔。所有的时间都只是原有的时间”。站在城堡上，抚摸历史“高热的额头”，诗人满怀美好的期待：“仰望那一颗希望之星/期待如一滴欲坠的葡萄。”《空城堡》用“我”和“孩子”两代人的眼光——“现实”和“未来”两重身份，看待和走进“城堡”：

而后我们登上最高的顶楼。
孩子喘息未定，含泪的目光已哀告我一同火速离去。
但我索性对着房顶大声喝斥：
出来吧，你们，从墙壁，从面具，从纸张，
从你们筑起的城堡……去掉隔阂、距离、冷漠……
我发誓：我将与孩子洗劫这一切！

诗人对历史的态度是矛盾的，一方面眷顾于高原“昨天”拓荒者的足迹和音乐的盛典，敬畏于历史的古老和肃穆，另一方面又在“太寂寞”的感叹中含有对历史凝固的反思和超脱。

第二个向度：现实反思——“神已失踪，钟声回到青铜”

现代文明的脚步给古老的高原带来青春活力的同时，也使高原的精神海拔开始陷落。地表在倾斜，诗意在流失。“偶像成排倒下”，“伪善令人怠倦”：

不将有隐秘。
夜已失去幕的含蕴，
创伤在夜色不会再多一分安全感。
涛声反比白昼更为残酷地搓洗休憩的灵魂。
人面鸟又赶在黎明前飞临河岸引领吟唤。

是赎罪？是受难？还是祈祷吾神？
夜已失去修补含蕴，比冰霜还生硬。
世界无需掩饰，我们相互一眼看透彼此。(《燔祭》)

不少人失去了精神追求，失去了内心的激情，陷入迷狂，变得空虚、浮躁和平庸。"生命不能承受之轻"与高原的厚重底蕴构成反差。"荒原"已失去了其原初的质朴和内在的富有，逐渐延伸到人的精神领域，成为"荒凉"的代名词：

淘空，以亲善的名义，
以自我放纵的幻灭感，而无时不有。
骨脉在洗白、流淌，被吸尽每一神经附着：
淘空是击碎头壳后的饱食。
处在淘空之中你不辨痛苦或淫乐。
当目击了精神与事实的荒原才惊悚于淘空的意义。(《淘空》)

在外界因素和自我心灵的作用下，精神被慢慢淘空；"骨脉在洗白、流淌"一句，则暗含高原历史精神的富有和饱满，赋予淘空这种"现实存在"一种悲剧性的色彩和意义。

对现实的反思，也就导致对高原昔日生活的回瞻，在历时性的心理跨越中构成一种对比："然而承认历史远比面对未来轻松。/理解今人远比追悼古人痛楚。"(《在古原骑车旅行》)

第三个向度：自我反思——"谁能模仿我的疼痛"

诗人的自我反思，以及由反思带来的孤独、焦灼和痛苦，表明了诗人作为一个知识分子的那份清醒和对人格的坚守。当人声喧嚣、欲海横流时，诗人问自己"是否有过昏睡中的短暂苏醒"(《划过欲海的夜鸟》)；当在暗夜里因痛苦而哭泣时，诗人告诫自己"人必坚韧而趋于成熟”(《夜者》);当止步于岁月的“断崖”而感觉自己是“苟活者”时，有“莫可名状之悲哀”(《深巷·轩车宝马·伤逝》)。更多的时候，自我反思和高原反思是联系在一起的。他的《伤情》组诗，所“伤”者，绝不仅仅是个人情感的失落，更是对高原蒙尘纳垢的伤感，同时也包括对个人精神历程的检视:“我以一生的蕴积——至诚、痴心、才情、气质与漫长的期待以获取她的芳心”，可是“她”却投向了那个“走江湖的药材商”的怀抱;被“良知、仁智与诗人的纯情塞满”的人，被嘲笑是“城市的苦瓜脸”“田野上的乌鸦嘴”。显然这些都是诗化的寓言故事。

在现代精神荒原面前，诗人自己也有一种被“淘空”的感觉，因而感到恐惧、虚脱和焦渴。《生命的渴意》为古原上“到处找不到纯净的水”而痛苦，并期望“醒觉”。可见诗人的反思和理性批判是为了寻找纯净的“水源”，以润泽干枯的原野。实际上，诗人抚摸着整个中华民族的版图，既痛苦地承受历史和现实的沉重，也深情地据守历史和现实中的诗意。他不容许理想中的“高原”诗意摇落，止步不前。他常常听到“巨灵”的召唤:“巨灵时时召唤人们不要凝固僵滞麻木。”(《巨灵》)这种来自幽冥之中的雷霆之声，其实也是诗人心底深情的呼唤，是古老中国经久不衰的呐喊。

第三节　“高原”意象生成的动因

高原，在昌耀笔下是一个被生命化了的意象。他“以沉郁、苍劲，也以高致、精微征服了诗坛;在他的诗中，土地所繁衍的一切已与心灵、语言融为一体，他，是大西北无数生命的灵魂”①。对高原意象的钟情，源于诗人的人生经历、追求和对艺术的看法。具体来说有

① 韩作荣:《诗人中的诗人》,《昌耀的诗》，人民文学出版社，1998，第1页。

以下三个因素。

第一个因素：人生追求——"向着新的海拔高度攀登"

喜欢"望山"的昌耀，一生活在仰望中，活在渴求和寻找中。他的面前永远有一座不断接近而不能最终抵达的高山，他苦苦地跋涉着，他的诗歌就是他"在路上"的向往、惊赞和内心独白。《僧人》一诗可看作他的人生宣言。他宣称自己是一个"持升华论者"，他把自己比作托钵苦行的僧人，带着信仰向"高山极地"攀登。这个"新的海拔"，就是他在别的诗中一再提到的灵魂的寓所和精神的家园。这就不难理解他的巨人情怀和英雄情结了。他的"巨人"与"英雄"梦想，实际上是他精神的一种投射，是对平庸和"平面"的拒绝，是对诗意、激情和心灵高度的追求。

于是诗人常常寻找另一个"自我"。他借呼喊的河流寻找自己的"另一半"：

> 这里太光明，寒意倾泻如银湖。
> 峭壁冻冰如烛台凝挂的熔锡。
> 这里太光明，回旋的空间曾是日珥燃烧的火海。
> 我如何攀登生满鸟喙的绝壁？
> 我如何投入悬挂的河流做一次冬泳？
> 我如何承受澄明的玉宇？
> 太纯洁了。烟丝不见袅袅。
> 穹顶兀鹰翼尾不动，不可被目光吞噬。
> 这里太光明。
> 我看到异我坐化千年之外，
> 筋脉纷披红蓝清晰晶莹透剔如一玻璃人体
> 承受着永恒的晾晒。（《燔祭》）

这个在“光明殿”里的“我”，就是已经登上了“新的海拔高度”的精神自我。由此可见，诗人笔下的高原不仅仅是地理上的高山厚土，同时也是诗人心中诗情氤氲的高原，是诗人的梦幻城、理想国，或者说就是诗人在向“新的海拔高度”攀登过程中的另一方精神的高原，是诗人抵达至善至美的人生境界过程中的美丽村庄。

第二个因素：艺术信仰——“我们都是哭泣着追求唯一的完美”

诗人是一个理想主义者，生活中是这样，艺术上也是这样。诗人曾表白道：“我一生，倾心于一个为志士仁人认同的大同胜境，富裕、平等、体现社会民族公正、富有人情。这是我看重的‘意义’，亦是我文学的理想主义、社会改造的浪漫气质、审美人生之所本。”（《一个中国诗人在俄罗斯》）对于诗的功能，他做了这样的解释：“诗，不是可厌可鄙的说教，而是催人泪下的音乐，让人在这种乐音的浸润中悄然感化，悄然超脱、再超脱。”（《与梅卓小姐一同释读〈幸运神远离〉》）于是他怀着如同地火的“内热”，“梦想着温情脉脉的纱幕净化一切污秽”（《烘烤》）。他把艺术的理想和生活的完美统一在“梦想”中，有时候就免不了失望，就感到无奈和伤心。但诗人是执着的，始终高举他的理想主义的艺术旗帜。

第三个因素：生命历程——“我们早已与这土地融为一体”

昌耀，这位20世纪30年代出生于湖南常德的诗人，经历一段军旅生活后于1955年自愿参加大西北开发来到青海。1956年调青海省文联任创作员，参加创办文学杂志《青海湖》，并担任编辑工作。1957年，在青海贵德乡间体验生活时，为勘探队员创作的诗歌《林中试笛》被诬为“反党毒草”而被打成“右派”，先后在湟源、浅山等地劳动改造，继而因写下近万言的《辩护书》而罪加一等被投进西宁监狱。1959 年，被流放到祁连山深处的劳改农场，在这里度过了 20 年痛苦而漫长的岁月。[①] 昌耀是以"外来者"的身份进入青藏高原的。陌生感和距离感使他得以更加诗意地、更加清醒地观察和感知高原生活，而他因诗歌带来的生活磨难又使他贴近并逐渐融入那一片荒蛮而神奇的土地。"他感受着自己现实的生命，并一层层地向着深处伸触渗透，感触着历史焰火之下庞大的生命文化根系，感触着远古流民的目光和血脉。"[②] 诗人在这片土地上要指认的，是一种精神属性的生命。诗人脱掉了个人苦难的"外衣"，也消隐了自我的凡身肉胎，只剩下教徒般虔诚的"灵魂"，与高原的灵魂对视和对话。

难怪这样深深地爱着"高原"！对高原的爱，就是对生命理想和艺术理想的挚爱，就是对人生历程和心灵历程的珍视。爱使他忧伤，但不是因为个人的幸福或苦难。深入骨髓的伤痛来自高原极端的美和美的悄然流失。诗人灵魂的哭泣和"语言的哭泣"，使他的诗歌充满无法抵挡的"疼痛感"。踏入昌耀用诗歌雕刻的"高原"，观赏者也会随时放弃"阅读"，而像诗人那样代之以精神的触摸和灵魂的喊叫！极端的美，会让人有一种眩晕的幸福的疼痛感；凝固的历史和美的流失，又给人一种迷茫的伤心的疼痛感。诗行的跳跃有如钟摆，心灵的疼痛被置入一个广大的时空。一切都聚合了、收敛了，高原以一种扑面的诗意和一种透骨的感伤，花朵般地窒息和重锤般地击打着心灵；此时感应着诗歌气息的心灵就成为另一片"高原"，像诗人那样"娇纵我梦幻的马驹"。于是诗美的获得也是一次能量的耗损，心灵的疼痛也是一次精神的升华。杭州诗人卢文丽 1990 年为昌耀的《淘的流年》（后因为种种原因诗集未出版）作序，有这样美丽的文字："他笔底那特有的神奇的青海高原，一次比一次强烈地震撼着我的心。作为

---

① 罗鹿鸣：《昌耀小传》，《桃花源诗季》2010 年夏季刊，第 210 页。

② 燎原：《西部大荒中的盛典》，青海人民出版社，1992，第 120 页。

一个把生命付诸美和真理，怀有天地自然之大爱的诗人，他所有的冷峻、坚毅、沉雄不露，超脱一切私利和计较的宽博胸怀，令世俗的虚浮尘嚣一触即溃黯然遁离。这来自一种内心的力量，正如他在一封信中所写，是一种愈挫愈奋的创造精神，为着美的理想而不稍作懈怠的意志，一种善恶抗争的魅力。是的，正是这种内在的生命力和创造力，他的诗歌才具有如此震慑灵魂的作用，使人脱低级而向高尚，脱卑俗而向纯粹，永远焕发着勃勃的生机并为人们所钟爱。”[①] 这段话是透彻的，既是一个读者获得阅读震撼后的心灵随笔，更是一个诗歌知己为昌耀所做的人格造影和精神画像。

第四节　“高原”意象构筑的诗性空间

在这方绵延的西部高原，有直观的纯粹性和极端性，仿佛在显示某种方向，给人以提示，夺人心魄、摄人灵魂。“它不是暧昧含混的山水与人群，它有严峻清醒的选择性，它不是陈腐乏味的人文蕴含，它的原始、高贵、神秘和牺牲色彩有着新鲜的信仰力度。它滋生浪漫与传奇，是奇迹的诞生之地，它白银与黑铁的英雄时代仿佛仍蛰伏于民间，歌谣与花束、甘泉与舞姿、刀戟与野心、人种的穿流、语言的汇聚、伤与飞、灵与肉、难色与狂欢……这些还没有被技术和机器所销蚀。”[②] 正是这样一方西部高原，使昌耀获得了一种心理上的“势”。居“高”临下，他就能看清“青藏高原的形体”，就能握住黄河的源头，就能听到“巨灵”的召唤，就能在对高原的占有中获得一种生命的“高度”，获得一种从容的心境，获得一种“灵魂的乐音”，从而消解个人的苦难、孤独和寂寞。这也影响到他的思维和语言表达。高原

---

① 《昌耀的诗》，人民文学出版社，1998，第 422 页。

② 韩子勇：《西部：偏远省份的文学写作》，百花文艺出版社，1998，第 75 页。

的裸露、旷远、朴野和神秘，使诗人的目光在感性和理性的流转中有一种神性的光芒。对高原圣洁诗意的陶醉，对历史悠远钟声的倾听，对岩层中蛰伏的宗教气息和文化氛围的感悟，使诗人能够常常超脱一切外在的羁勒而进入心灵的自由状态，深入事物的本质而达成物我的内在契合。同时，天地的高远宏阔给诗人带来了思维的跳脱和跌宕，造就了诗歌的凝重之气和飘逸之态。生与死、动与静、刚与柔、美与丑、历史与现实、物质与欲望、真切与虚幻、快乐与痛楚、经验与超验……种种体验、感觉、思绪包罗胸中，奔突流走，化为诗性空间的层峦叠嶂、断崖峭壁，构成了诗歌的张力场，也激活了读者的审美想象力和领悟力。有人认为昌耀已经超越"情态写作"，进入"意态写作"的区间，即不再单纯是自我的外化，生成经验性意象，而是依据"抽象与内聚"的原则，生成超验性意象。[①] 这一分析切中了昌耀一种独特的思维方式，即带有寓言特质的思维方式。实际上昌耀是情态写作与意态写作并置，他的思维常常在实与虚、情与意、此与彼之间流转和跳跃。

昌耀的诗歌语言也具有"高原"特色，显示出可以触感的"韵律"。他的诗歌在体式上非常自由，他是一个"大诗歌观"的主张者和实践者："我并不强调诗的分行……没有诗性的文字即便分行也终难称作诗。相反，某些有意味的文字即便不分行也未尝不配称作诗。诗之与否，我以心性去体味而不以貌取。""无论以何种诗的形式写作，我还是渴望激情——永不衰竭的激情，此于诗人不只意味着色彩、线条、旋律与主动投入，亦是精力、活力、青春健美的象征……"[②] 所以他的那些诗句参差错落的诗歌和那些根本就不分行的诗歌，更能传达出高原特质和气息。昌耀的诗歌语言不是流畅的表达，更不是滔滔不绝的倾诉，而是节制和涵泳，甚至显得有几分郁闭和滞涩。这是

---

① 李震：《中国当代西部诗潮论》，青海人民出版社，1993，第95页。

② 《昌耀的诗》，人民文学出版社，1998，第422页。

置身高原的一种独特的叙述方式：浑莽、凝重、危岩高耸、参差连绵，从而更好地表达诗人雄浑、沉郁、深挚的感情。有学者撰文认为昌耀是一个“口吃者”，并对此进行了精神分析：是灾难让昌耀成为一个口吃者，是灾难的后遗症让昌耀自始至终都在口吃的氛围中进行创作，它让昌耀在更多的时候不是去说，而是去体验，去观察，他说出的句子是不连贯的，因为他嘴巴的反应跟不上他本来已够慢的观察，这时观察本身不得不无可奈何地停下来，等待嘴巴那艰难的吐词。[①] 这个推测和分析应当说是比较准确的。昌耀自从几首小诗惹祸后，在长达20多年的流放、劳改期间，作为一个“异类”，他的嘴长期被剥夺了，语言上的交流被认为是多余和额外的。据说，在青海广袤无垠的土地上，孤独的昌耀甚至渴望有一只狼过来和他交谈。曾经在青海生活多年的诗人罗鹿鸣与昌耀多有接触，他在《迟到的怀念》中写道：“在我们眼中的昌耀，的确迂腐，也显得拘谨，与他的诗冷峻的一面有些相似，却与其诗旷达的一面相去甚远。”[②] J. G. 赫尔德说，大自然用她那双善塑的手，充满母爱地为其作品——人——添上了最后一笔，这一笔是一个伟大的箴言：“不要独自一人享受，而要用声音表达出你的感受！”[③] 当昌耀不能用声音流畅地表达时，强烈的感受和情感在胸中左奔右突，继而化为艰难的言说。这是一种滞重、痛苦的表达。

昌耀因此而区别于古代山水诗人和现代其他西部诗人。古代山水诗人主要是在对大自然的陶醉之中寻求心灵的放达或隐匿，而昌耀对大自然的表现有一种精神维度和人格高度作为支撑，不仅能俯身融进大自然的雅韵诗意，而且能够超越具象，在更大的时空中注入现代理性精神。即使是古代边塞诗人也只是把“边地”的惨烈和悲壮作为人生境况或战争气氛的一种渲染，也就缺少昌耀这样对审美对象多层次、深层次的审视。当大批现代西部诗人立足时代激情或着力开掘西部古

---

① 敬文东：《对一个口吃者的精神分析——诗人昌耀论》，《南方文坛》2000年第4期。

② 罗鹿鸣：《迟到的怀念》，《桃花源诗季》2010年夏季刊，第214页。

③ 〔德〕J. G. 赫尔德：《论语言的起源》，姚小平译，商务印书馆，1998，第3页。

老文化时，昌耀更多地深入西部自然背景下的生命体验和心灵游历之中，而且自觉地以西部高原为思维和情感的依托，表现自我以及人类梦幻般的对"精神海拔"的企羡和永远的生命凝眸和心灵向往。金元浦在怀念昌耀的文章《伶仃的荒原狼》一文中，用诗意、激情而又富有理性的笔调分析了昌耀如泣如诉、如歌如吟的诗歌，他指出，面对神秘、蛮荒的大自然，昌耀进行了超越悲剧的直接审美升华，诗人将西部的大自然作为鲜活而沉默的生命进行审美观照，使之直接成为诗人审美解悟的对象，这样，"西部大自然内部的生命之流，它的生命的节奏和生命的律动，与人类的生命的节奏和情欲的律动、与作者内在的审美情感之流在结构上达到异质同构"。[①] 可见，昌耀的诗歌不同于传统诗歌的"托物言志""以物喻人"，而以直接审美表现自然与人生的内在节奏和韵律为目的，通过审美飞跃达到心物交融、主客无分、自然与人合一的整体境界，并在这一审美意境中，通过对时间的感悟，在瞬间体验到一切生命的永恒本质。在意象的选择上，以"高原"这一巨型意象作为背景，在多层次复迭意象构成的蕴意丰富的情感流中，让读者获得一种朦朦胧胧、无可言传的审美意味。正如有的诗评家所说：读昌耀的诗，你会发现真实的人生之旅，被放逐的游子寻找家园的渴意以及灵魂的力量；现实精神、理性的烛照、经验与超验，有如"空谷足音"，充满了魅惑；那独有的声音既是坚实，也是虚幻，既有古典的儒雅，又颇具现代意味；昌耀就是昌耀，他不是任何艺术观念的追随者，他以虔诚、苛刻的我行我素完成了自己，以"仅有的"不容模拟的姿态树起了诗的丰碑。[②]

① 金元浦：《伶仃的荒原狼》，《诗探索》2000 年第 3 ~ 4 期，第 229 页。
② 韩作荣：《诗人中的诗人》，《昌耀的诗》，人民文学出版社，1998，第 3 页。

第六章

食指："季节"意象的主题意义

食指（郭路生）的诗歌近年来得到了诗坛的认可。一些学者从他诗歌创作的阶段性特征、诗歌精神和艺术形式等方面进行了探讨，特别是肯定了他作为朦胧诗人的先行者在"文革"时期地下创作的诗歌成就。诗人林莽认为："食指以独立的人的精神站出来歌唱，他让我们感到了诗歌是语言的艺术，并首先是人的自由意志与人格的体现。他的后来者，朦胧诗的早期作者们正是沿袭了这点，才成为开一代诗风的代表人物。从这一点上讲食指诗歌作品确实是划时代的。"① 在中国新诗发展的链条中，任何一位有成就的诗人——哪怕他的成就带有某种过渡性——都是不能忽略的。有特殊生活经历的食指，其诗歌表现了一代人的生活境遇和人生追求。在寒冷的"冬天"苦苦求索，在人生的"秋冬"时节频频回首，在"四季"的轮回中匆匆奔走，使得食指及其同时代诗人对"时间"的流逝以及"季节"的更替有极其敏锐的感知和体验。在食指的诗歌中，"季节"意象负载着特殊的象征含义，它不仅是时间的代码，更是心灵的载体和镜像，指示了诗人复杂的精神脉络和情感走向，同时也呈现出食指诗歌类型化的主题。

① 廖亦武主编《沉沦的圣殿》，新疆青少年出版社，1999，第122页。

第一节　未来主题

食指的诗歌创作开始于"文革"时期。在集体狂欢、时代话语膨胀的年代，食指穿行于"民间"，用诗歌的形式，同时也是用自己的独立人格和峥嵘个性表达了对现实和未来的思考。这时候一个重要的诗歌意象频繁地出现在他的诗作之中，那就是"冬天"瘦削而凌厉的面孔。诗歌如同岩缝里的小草和寒冷中的火种，越是奇崛的生存环境，越能生长出诗歌的叛逆和绝叫。在古今中外诗歌的大观园中，那些携带着"冬天"的冰雪和寒冷、孕育着"春天"的新生和希望的诗歌实在太多了。这些都有可能成为阅读广泛的食指精神上的滋补品和引领者。当然更重要的是他所面临的环境——"冬天"这个自然读本和社会读本对他的直接启迪。食指写于那个年代的不少诗歌选取的立足点就是"冬天"，他借此在自我精神世界里完成了对现实的反抗和对命运的诘问，同时又带出了与此相呼应的另外一个永远迷人的词语——"春天"，从而表达了对美好未来的向往和确信。

写于1967年的《鱼儿三部曲》是食指的代表作之一。诗歌的时间背景就是寒冷的"冬天"。"冷漠的冰层"下的鱼儿为了追求"自由与光明"，为了"自由的呼吸"，猛烈地弹跃，寻找着薄弱环节，最后却在"春天"到来时"死了"。显然诗歌借"鱼儿"表达了一种人格化、人性化的思考："永不畏惧冷酷的风雪/绝不俯仰寒冬的鼻息。"而"春天在哪儿啊"的诘问，更是写出了"鱼儿"即悲壮人生的心灵渴盼和精神动力，隐含着对"春天"的热切盼望。

创作于1968年的《相信未来》可以看作食指的经典性作品。"当蜘蛛网无情地查封了我的炉台，/当灰烬的余烟叹息着贫困的悲哀，/我依然固执地铺平失望的灰烬，/用美丽的雪花写下：相信未来。""美丽的雪花"，这开在"冬天"的最富有灵性的"花朵"，诗人将她呈送给了美好的“未来”。接着诗人连续用“凝露的枯藤”“曙光那枝温暖漂亮的笔杆”这样苍凉而又带有新生力量的意象，尽情地表达了对“未来”的期盼和信仰。与美丽、晶莹、温暖相伴的“未来”和与黯淡、贫困、失望相随的“现实”形成了鲜明的对照。这种对未来确信的心理背景，就在于诗人相信“未来人们的眼睛”——“她有拨开历史风尘的睫毛，/她有看透岁月篇章的瞳孔”。这首诗更像一篇寓言，它在色彩鲜明的意象和时间的链条中展开了对中国社会和人生命运的思考。

“相信未来”，这一纯净而响亮的诗句，写在众语喧哗的上空，以一种理想主义的温热和不可移易的姿态，昭示着包括食指在内的一代人的心灵走向和精神维度，同时又成为一个时代的精神童话，寄托着一代人的梦想，也影响和改变着人的精神世界。“郭路生的诗歌引起了上山下乡知青的强烈共鸣，尤其是诗歌中表现的绝望感，人性的真实感情的流露，对未来的追求。…… 它们迅速在知青们中间传抄着，反复地朗诵、吟咏、品味着。”[①] 而且后起的朦胧诗派的主将北岛也深受食指的影响，虽然北岛写在1976年的《回答》发出了“我不相信”这一完全不同于食指的声音。正如有的学者指出的那样，从食指到北岛，从“相信未来”到“我不相信”，一代人完成了他们精神历程的痛苦转变，或者说是时代把一代人——从“文化大革命”的热血青年到时代的叛逆者，从“相信的一代”改造成了“怀疑的一代”，它包含的是人生观、世界观、价值观的转变，这是从“是”到“否”的精神蜕变，是对现实世界从相信到怀疑的精神转向。[②] 这一分析有一定的道理。

立足于“冬天”，表达对春天、黎明和未来的向往，这实际上传达了诗人内心的矛盾和痛苦。有对“现实”的失望乃至绝望，然后才

① 宋海泉：《白洋淀琐忆》，《诗探索》1994年第4期。

② 李润霞：《一个诗人与一个时代——论食指在文革时期的诗歌创作》，《芙蓉》2003年第2期，第151页。

有对“未来”的遥望和呼唤。当许多人随波逐流、被现实无奈地裹挟着往前行进的时候，食指却透过“冬天”的灰暗和寒冷，把一缕温馨的浪漫情怀投向了“未来”。虽然这个“未来”是朦胧的、不可知的，但它如冬日里“一束淡淡的阳光”映射着“冷漠的冰层”，开凿着诗人以及一代人心中的精神向往和精神寄托，并以此作为对绝望现实的否定和批判。“冬天”是那个时代人们生活的共同社会背景，食指伤心、痛苦于“冬天”的萧瑟和冷漠但并没有消沉，并没有真正绝望，而是正如冰层下的“鱼儿”怀着“对于自由和阳光的热切渴望”（《鱼儿三部曲》），在悲壮的搏斗中叩问和寻找通向“未来”的道路，经受“无数次的探索、迷途、失败和成功”，向着“明天”而“不屈不挠的努力”（《相信未来》）。于是诗人才钟情于表现这样一个过程——从冬天到春天，从沉睡到苏醒，从黑夜到黎明，从绝望到希望——的美丽和悲壮。这是诗人心路历程的写照，也是一代人心路历程的写照。诗歌《书简》《希望》等都表现了这种心路历程上的跋涉和追寻。也正是从这里，我们看到食指“文革”时期诗歌中的一种非常可贵的东西，那就是理想的明灯对现实的照射和牵引，就是诗人在与现实的精神搏斗中显示出来的人格的坚韧和伟大，就是统摄在苦涩、郁闷、失望、悲哀中的乐观而明亮的感情基调。“食指的伟大之处在于，他或许已理解到任何形式的话语暴力，都有违人性与文明；以恶抗恶的方式发展到极致，会成为新一轮的专制话语。因此，我说他更新了一代人的情感，是指这种纯洁、柔韧、自尊、高傲的人性立场。”①

而这种胸襟和气质一旦养成，即使离开了“文革”那个特定的历史时期，只要遭遇人生的逆境和困苦，那种对“未来”的坚信就会帮助诗人走出心灵的迷惘。诗人迈出了“文革”的惨痛现实，但还是常常感到被“风雪”围困，在《热爱生命》《人生之二》《人生之三》

---

① 陈超:《20世纪中国探索诗鉴赏》(上)，河北人民出版社，1999，第510页。

等诗歌中，闪现的意象仍是狂笑着的“风雪”和“严峻的现实”，而要表达的仍是对“未来”的追寻：“面向理想的未来仍一片真诚。”即使后来生活在精神病院，在肮脏的环境和人性的弱点的包围中，诗人仍然精神振奋：“在物欲像满天风雪的冬夜/我情愿为一堆作柴草的枝蔓/点着它，给赶路人以光亮/让饥寒受冻者来取暖。”（《在精神病福利院的八年》）这时候诗人感到“耗尽青春的年华”，面对的仍然是“风雪漫漫”“白雪皑皑”的现实，于是继续告诫自己同时也警示别人：“可要生存就得在苦寒中继续抗争/这就是孕育着精神的冰和雪的年代。”（《暴风雪》）正是靠这种意志和信念，诗人才走过了人生的一个又一个“冬天”，经受了一场又一场“暴风雪”的考验，包括诗人在艺术上的坚守：“而我却在苦寒之中/精心守护着艺术的火种。”（《世纪末的中国诗人》）

这样，“冬天”这个诗歌意象便不再仅仅是时间上的指称，也不再仅仅是某个特定时段的概括，还是诗人心理上的一种现实印象和生存境遇，由此成为诗人展望“未来”的一个起点、一种动力。新的现实，新的“冬天”，新的追寻，新的“未来”，周而复始。于是诗人永远面对“未来”歌唱，面对理想歌唱。这种歌唱不仅是个人情绪和愿望的表达，而且熔铸了个人的命运与社会的命运、个人的信念与祖国的信念、个人的脚步与历史的脚步：“凛冽的暴风雪中冻僵的手指扳动着/车轮的辐条，移动着历史的轮胎。”（《暴风雪》）

第二节　成长主题

“成长”是人类词典中一个永远令人遐想的词语，在中国社会的特殊语境里，它曾是一个迷人的闪烁着理想光芒的词语。一代青年知识分子“上山下乡”的历程，就是“成长”的历程，就是痛苦的告别、辛勤的劳动、美好的期待和漫长的等待的历程。食指的诗歌描写了这样一个历程。从其诗歌指涉的时间背景来说，没有固定的"立足点"。变动的"季节"成为人生"成长"道路上彩色的标签和动感的画面。

"告别"是人成长道路上的必然环节。食指在 1968 年写下了《送北大荒的战友》《冬夜月台送别》《这是四点零八分的北京》等诗歌，充满时代的激情和理想，也流露出内心深处的痛苦和悲凉。除《冬夜月台送别》点出了时间背景是"冬天"外，其他诗作似乎有意淡化了告别的时间背景。这样写，更贴近那个时代的真实——声势浩大的"上山下乡"运动，在政治激情的背后，已成为城市知识青年"天天"都得面对的事实。所以"告别"的场景时时都在发生。当诗人置身"时代的列车"时，"告别"就成为一种泛政治化的表白："所以不该也不能用眼泪为你们送行/ 而应该鼓起一阵又一阵的掌声/ 因为这是在鼓励一个初步的儿童/迈开步伐走向光辉壮丽的前程。"（《送北大荒的战友》）而当诗人回到内心情感的"月台"时，"告别"就成为一种深情的留恋："我再次向北京挥动手臂/想一把抓住她的衣领/然后对她亲热地叫喊：/永远记着我，妈妈啊北京。"（《这是四点零八分的北京》）诗人内心的矛盾由此也可以看出：时代的歌手和诗人的自我在诗歌中的交织和碰撞。于是"告别"在他的诗歌话语中就有两个空间：公共话语空间和私人话语空间。融入"广阔的世界"，是一种"成长"；挣脱个人感情的束缚，同样也是一种"成长"。当然，今天看来，真正打动人心的还是那些来自内心深处的人性化的歌唱。

而"重逢"也同样诉说着"成长"的主题。《等待重逢》是诗人下放到山西杏花村后写作的诗篇，诗歌的时间背景是"秋天"："雪白的棉花铺进姑娘心底/火红的高粱溶入小伙胸中/亲爱的战友我们一起回顾/这首优美的田园诗怎样诞生。"虽然从诗歌的体式和抒情风格可以看出新中国成立后著名诗人郭小川的影子，让人联想起《甘蔗林——青纱帐》一类的诗歌，但这首诗的主题不是在"传统—现实"的连接中，而是在"现实—未来"的向度上，关涉人的"成长"主题。在诗的后半部分，诗人将视野从“田园”转向“时代”：“我们曾用，曾用头颅/撞击过伟大时代的晨钟……红色的音波将告诉人们/我们这一代是怎样长成。”诗人有意识地用“雪白”“火红”这样一些色彩绚丽的辞藻既表达人物劳动成长的时间背景和丰收情景，又渲染出一种浓烈的时代气息和积极进取的时代精神。

从城市到农村，诗人的视野扩大了，写作的题材也更丰富了。《杨家川》《我们这一代》《南京长江大桥》《架设兵之歌》《红旗渠组歌》等大量诗歌，既写了自我的成长，也写了包括工人、农民、军人在内的一代人的成长。这些诗虽然明显地带有那个时代的印记，但在那个“百花凋谢”的文学空白地带，这些诗歌的“花朵”仍然能给人带来生命的气息和生活的启迪。诗歌《杨家川》从“绿的水，青的山”的春天，写到“高粱成熟”的时节，中间穿插“去冬苦战乱石岗”的劳动场面，这就写出了一代青年在“四季”轮回中、在大自然的怀抱里奉献青春、茁壮成长的历程。诗歌用民歌体抒情方式，表达了乐观、豪迈的胸襟和积极向上的人生姿态。《架设兵之歌》《红旗渠组歌》把劳动场景放在“隆冬”“盛夏”“初春”这样一些不同的季节，表现新时代青年“战严寒”“斗酷暑”“融冰化雪”，在与恶劣的自然气候和环境的搏斗中成就一身“铮铮铁骨”、满腔“愚公壮志”。可见，“季节”在食指的诗歌中有时候是作为人物的正面衬托，用美丽、富饶的一面表现人的成就感和自豪感，而有时候是作为人物的对立面，以其严峻、奇崛的一面构成对人的意志的考验，从而凸显人的精神的不平凡性和人的成长历程的艰难性。很多时候，诗人还借助“太阳”“红旗”“祖国”一类意象表现人物“成长”的精神动力和力量源泉。这些意象在那个特定时代被赋予了特别的含义，甚至可以说成为“政治”的代名词，在食指的诗歌中也就顺理成章地成为拓展诗境、升华主题的手段。

爱情的成长也和“季节”有关。《新情歌对唱》用民歌形式表达了青年男女心中美好的爱情。“桃花开罢李花开”——这是爱情生长的美好季节；"红花绿叶谷穗扬/万里锦绣作嫁妆"——转入丰收的季节，爱情背后包含更丰富的内容，体现了一种新的爱情价值观。这种新的爱情价值观与新中国成立初期的一些爱情诗歌在精神气质上一脉相承。而在写于1968年的《你们相爱》中，"季节"成为诗人立意的依托。这也是食指常用的一种构思方式：按季节的自然序列展开，线形式推进、转折或者升华。这首诗用了一种"转折"式的结构安排："你们相爱"不是在春天，也不是在夏天和秋天，而是在"冬天"："你们相爱是在冷酷的冬天/命运的海洋上凝浮着厚厚的冰寒/然而，谁也没有能力来遏止啊/冰层下感情的暖流奔腾向前。"在"爱情"成为禁区的时代，这样大胆地表现爱情，而且把爱情的成长和人生的命运放在一起思考，足见食指是一个特立独行的诗人。

重要的不是食指挽着"季节"的手臂在"成长"的道路上体验到了什么，收获到了什么，而是在"成长"的岁月里体现出来的人生态度和人生价值，包括人与社会和时代的密切联系和心灵感应，人与人之间的纯真的感情，特别是人为实现生命价值和精神追求而永远在内心深处展开的搏斗和永远怀有的奉献精神和牺牲精神。这是十分感人的。食指用诗歌的形式提取和保留了"季节"枝头上美丽的花瓣和露珠——这些永远引领人的心灵世界向高处飞升的精神瑰宝，给食指的诗歌也给这个世界带来了青春气息和浪漫气息。

第三节　眷恋主题

当诗人来到人生的"秋天"和"冬天"时，早期那种前瞻的目光就变为回视的姿态，流露出对人生"春天"和"夏天"的无边回忆和无限眷恋。那是对青春、热情、梦想、友谊、欢笑的回味和怀想。"别了，青春/那骄阳下暴雨中的我们"（《向青春告别》）；"它曾是那么丰满光亮/绿色的叶面闪耀着希望"（《枯叶》）；"秋雨读着落叶上的诗句，/经秋风选送，寄给了编辑，/那绿叶喧哗的青春时代，/早装订成册为精美的诗集”（《秋意》）。诗人在时间长河的洄游中，盘结着深深的“青春结”和“时代结”。但眷恋之中又包含复杂的感情。《致友人》《因为那时我们正年轻》《愿望》等诗歌，一方面申明“我的青春无悔无怨”，另一方面又慨叹青春的失意和不幸：“正值我生命中朝气蓬勃的春天/遇到了冰和铁的时代特有的心寒。”（《我的青春》）有欢喜也有泪滴，有伤口也有诗意，有愤激也有悲哀。“向青春告别，食指开始了严肃而真诚的人生回顾和历史反思。此种反思和回顾包含着对自我灵魂的叩问，这无疑是艰难而痛苦的…… 特别是对那段刻骨铭心的历史的反思，充满了痛苦和决断，反思中潜在着沉重的历史负罪感，这显然是一名正直诗人的良知。”①

正如把目光投向“未来”一样，眷恋的背后同样隐藏着对“现实”的不满和失望。写在90年代中期的《人生之三》，诗人立足于“秋天”：过去——“鸟语花香已成了昨日梦境”；现在——“秋风一扫满地的残枝败叶”；未来——“面向理想的未来仍一片真诚”。有对昔日美好时光的深切怀念，更有对冷峻现实的理性审视，同时也有对更好未来的真诚期待。这就是食指，这就是内心时时交织着各种复杂感情的食指。“清醒与疯狂、信仰与背叛、理想情怀与现实苦闷交织成他的诗歌纹路和生命纹路，这些纹路的浇铸者就是他所生活的时代，恰恰是这种清晰可辨的纹路才使他不仅成为一个诗人存在的标本，而且成为一个时代存在的见证。”② 也正是因为这样，因为各种“力”对他心灵天平的牵引，他才没有走向绝望和一味愤世嫉俗。食指站在人生的秋冬季节，这个时候的“现实”已经迥异于六七十年代的“现实”，不再是那些冰封雪飘的寒冷的日子，但为什么他面对新的“现实”时同样满怀愁绪？这除了他当初理想中的“未来”和他所面对的

① 袁玲玲：《生存与绝唱——食指新时期诗论》，《理论与创作》2003年第5期，第66页。

② 李润霞：《一个诗人与一个时代——论食指在文革时期的诗歌创作》，《芙蓉》2003年第2期，第151页。

"现实"带给他的心理落差之外，除了他在时光的流逝中包含对人生和社会的感慨之外，更重要的也许是新的"现实"对他实施着和当年同样的精神重压。——于是在"秋雨低泣"的日子，在"命运寒流"的驱赶下，诗人的一颗善感的心只好向"过去"和"未来"飞翔，以此消减"现实"带来的心理压力和心灵苦闷。

眷恋有时候也是一种精神检阅。诗人回首往昔岁月时，发现最可宝贵的还是他用诗歌创造的精神财富，他因此而欣喜、自豪："只是我是在诗歌的道路上奔波——/这一切现已成为最珍贵的宝藏。"（《人生之一》）诗人更多的时候是对自己的诗歌创作进行检讨和反思："秋天来临，果实已经成熟/可满意的诗作仅仅只有几首/一整个人生苦夏的辛勤劳作/只换来几个知音，一杯薄酒。"（《人生舞台之二》）或许诗人并不是谦虚，当时过境迁，诗人审视自己的诗作时，可能的确看到了过去诗歌的缺憾和不足。从 70 年代初期开始"患病"，到后来长期生活在精神病福利院，食指虽然一直坚持创作，但也因写不出更多更好的作品而浮躁和苦闷。当他回忆过去的岁月时，当年在知青中广为流传的一些诗作，在给他带来极大的荣耀和骄傲的同时，也成为他心灵的负荷。因为无力超越和创新，所以由眷恋而生自责，由自责而生苦闷。当然也有现实的原因，一句"只换来几个知音"的感慨，亦表明诗歌生存处境的尴尬和呼吸的"缺氧"。但食指是执着的。食指曾说，"写不出来，我就把它比作'精神的死亡'"，而"跨越精神死亡之后，感觉就不一样，写的诗、诗的承受重量与死亡之前就不一样"。[①] 可见，食指一直在"写"，"写"的方式就是生命和精神存在的方式。当"诗人"这个称号在世俗社会中从"圣者"变成"疯子"之后，食指把自己投进精神病院，反而得到了更多的自由和空间。如果食指在回顾过去的诗歌创作成果时，在理性反思的同时，能够随着时代的发展而刷新自己的艺术思维，不断超越和创新，也许就不至于

① 廖亦武主编《沉沦的圣殿》，新疆青少年出版社，1999，第 94 页。

有太多的失落感和孤独感。

眷恋在某种意义上也是一种坚守和追寻。“过去”虽然有太多的坎坷，但毕竟那是人生的青春时代，充满浪漫纯真和对理想的追求；而“现实”在社会大转型中发生着巨大的改变，当太多的欲望和生活的光色淹没人生至上的理想和追求之后，诗人生活的空间也就更加窄小了。始终生活在“理想国”中的食指，很多时候就靠对那些逝去的美好时光的依恋以及由过去岁月催生的诗意情怀坚守在人生“深秋”和“严冬”的堤岸。1987 年他写下了《我不知道》一诗，表达了自己对“冬”和“冬夜中的寒风衰草”的偏爱，在“喧嚣不安的白天”得不到的东西，他要在寒冷中寻找：“冬夜里内心中跳跃着诗意的火苗。”显然，这是对诗意和诗意生活方式的坚守和追寻。1998 年他写下了《生涯的午后》，预感到“注定又有一场冷酷的暴风雪”，这时候他仍然在对生活的回溯中坚守着、追寻着：“别了，洒满阳光的童年/别了，阴暗的暴风雨的青春/如今已到了在灯红酒绿中/死死地坚守住清贫的年份。”“坚守”显示了食指的人格魅力，而且可以说这种“坚守”的品格从食指选择诗歌作为和这个世界对话与对抗的方式的时候就显露出来了。正如有的学者指出的那样：“而六七十年代，中国在那样的封闭和专制中，依然产生了由郭路生到《今天》一批优秀的诗人。虽然他们微弱简单，但他们留下了一个可贵的传统，即以心歌唱，以心抵抗权力，也以心抵抗种种喧嚣。其实，这正是人类文明之根。”①

有学者指出：“就诗歌的本体而言，食指的作品是传统的，无论是语言、音韵及形式都是严谨的。”② 如果从意象的运用来看，食指大量的诗歌通过“季节”意象传达个人的生命感悟和生命体验，这种艺术传达方式也可以说是“传统”的，从中可以看出他与中国古代诗人

① 一平：《孤立之境——读北岛的诗》，《诗探索》2003 年第 3 ~ 4 期，第 163 页。

② 廖亦武主编《沉沦的圣殿》，新疆青少年出版社，1999，第 95 页。

精神上的会通。"中国诗人惯于把个体的瞬息生命寄托于无穷的自然，把人生的过程和宇宙自然的转化规律对应起来，从对客体的认知中获得认知主体的经验。"[①] 不过，和中国古代诗人那些"春愁""秋思""冬咏"一类寄托比较起来，食指的诗歌在对"季节"和时间的守望中包含更多的历史记忆和社会内容，既有诗人自我的永远的心灵跋涉、永远的生命检阅、永远的精神超越和理想追求，又借此表达出整整一代人的斑斓梦想、成长历程和精神操守。食指诗歌的时代意义和精神价值也许就体现在这里。

① 王向晖：《时间之思与生命之思——谈李瑛的近期诗歌》，《诗探索》2002 年第 3 ~ 4 期。

第七章

舒婷：含“泪”面“海”的抒情歌手

舒婷在诗歌的巷道里已经走远，但那些在一个时代的黎明飞翔过的诗意“蝴蝶”仍具有标本的意义。不论人们怎样看待以舒婷为代表的朦胧诗派，也不论新诗怎样在艰难曲折中发展流变，那些深深打动人的心灵并引起广泛的社会热情的诗歌总是被人格外珍视。朦胧诗派的时代是一个诗歌意象的时代。舒婷构筑的诗歌意象是繁富的、变幻的。但从意象出现的频次以及内在意义的指向上，笔者认为舒婷诗歌的中心意象是“海”与“泪”。这两个意象包括自然的、社会的、心理的和文化的等多种因素，源于生命的热情而又抵达梦境，有理想的飞扬又有现实的沉郁。舒婷，是一个含“泪”面“海”的抒情歌手，她用“海”和“泪”这两种充满青春气息而又涌动着生命渴盼的意象，给逼仄而久旱的诗国带来一种壮阔之气，一种润泽之感。

第一节　“海”与“泪”：内化与外化的寄托

一　“海”与“泪”——源自生命的渴望和追求与来自生活的迷惘和忧伤

从“文革”后期开始“地下写作”的舒婷，在岩石般的生活中寻找心灵的突围，在夜晚的寂静里聆听海潮的声音，在黎明的瞳孔里满含痛苦的泪滴，在苦难和坚韧里抚摸灵魂的忧伤。她急于表达，她于是表达。一切就这样自然生成了。舒婷长期生活在海边，“海”成为她心灵和诗歌的忠实情人；当她歌唱大海的时候，海水的苍茫和苦涩又凝成她眼角的泪滴。

海水的奔涌就是生命的律动，辽阔、深邃的大海导引着人丰富而神秘的精神渴望。舒婷在1975年写下的《海滨晨曲》中，以奔向大海的姿势，表达了自己作为海的“忠实的女儿”渴望风暴的来临：“让你的飓风把我炼成你的歌喉，/让你的狂涛把我塑成你的性格。”在《向北方》中诗人怀抱着“愿望的小太阳”，在鸥群“洁白的翅膀”的引领下，“顺着温暖的海流/漂向北方”。而被人传诵的《双桅船》，更是把人生的追求表达到了极致，诗人借“双桅船”——高标理想的人生舟子，倾诉了对“岸”的深挚情感。这首诗与其理解为爱情忠贞篇，毋宁解读为理想坚定歌。“海”就这样负载着生命的希望和追求。这是浩瀚天地间的“海”，更是无涯心宇中的“海”，是潮汐对沙滩的拍击，是帆船对远方的叩访，是海鸥对心灵的导航。诗人在寻找，在寻找的精神旅途上，与“乌云”“风雨”搏击：在“大海——变幻的生活，/生活——汹涌的海洋”面前，诗人渴望做一只“疾飞的海燕”（《致大海》）；在海潮奔涌之中，诗人愿意像沉默的海岛那样“做着与风雪搏斗的梦”（《岛的梦》）。当求而不得时，诗人又是那样焦灼和痛苦。《船》写搁浅在礁岸的船和无垠的大海“隔着永恒的距离”，在“怅然相望”中诗人痛苦地追问：“难道飞翔的灵魂/将终身监禁在自由的门槛？”这首写在“文革”后期的诗，其中传达的搁浅感当然有更深层的社会原因。而当爱情和人生的追求发生冲突时，“海”便以一个智者的形象出现在眼前。《会唱歌的鸢尾花》一边渴望爱情“涌起热情的千万层浪头/千万次把你淹没”，一边又希望“永远清醒的大海”提示自己在“晕眩”中睁开眼睛。

舒婷在诗歌中借助“海”意象传达的生命追求和信念是美丽的、

诗意的，也是朦胧的、飘逸的。不是对生命的具体设计，不是对生活的理念演绎，也不是对社会蓝图的激情展望，而是对生命困境的挣脱，是在黑夜希望点燃黎明，是在黎明祈盼海天处升起一轮旭日。这种如海潮般奔突的生命激情，既有内在动因，又有深刻的社会原因。正如有的论者指出的那样，舒婷“当时处于这样一个时代：人们厌倦了年复一年的灾难，朦胧觉醒的心灵像古代希伯莱的先知那样，听见有声音在召唤，但又缺乏明确的意识和行动的力量”①。

同时，舒婷又用“泪”意象表现了生活的迷惘和痛苦，不仅仅是特定岁月人生道路的坎坷和磨难，更是社会、历史文化氛围下心灵的被压抑、被禁锢，人和人之间关系的疏远和隔膜。在《黄昏剪辑》中诗人写道：“我要哭就哭，/他们教我还要微笑；/我要笑就笑，/他们教我还要哭泣。”“黄昏”把阴影长久地留在人们的心上，人不能自由地表达自己。《北京深秋的晚上》托出“泪水”浮动在夜色的特写，凄迷感人，至深的痛苦源于人和人之间的距离，“心和心，要跋涉多少岁月/才能在世界那头相聚”。《那一年七月》写往日的真情在岁月里流逝，诗人因而泪流满面，“沿江水莹莹的灯光/都是滚烫的热泪”。《日落白藤湖》有感于事业未成青春不再，“任我泪流满面吧/青春的盛宴已没有我的席位”。很多时候是因爱情而落泪。《四月的黄昏》《“我爱你”》《雨别》《思念》《无题》《私奔》《银河十二夜》等诗歌都表现了“泪”打湿爱情的衣襟。舒婷用“泪”串起了一个温柔而忧伤的爱情世界，而爱情中又更多地倒映着女性生活中的尴尬命运和处境。而有些时候，抒情的“泪”突破了生命个体的感悟，而放大为祖国、民族的苦难和悲哀。《祖国呵，我亲爱的祖国》是痛苦和希望的交织，于是便有“我是你挂着眼泪的笑涡”的诗句；《一代人的呼声》是用“泪水和愤怒”检视“我”、一代人和民族的共同遭遇。

含“泪”面“海”而歌。舒婷用“海”和“泪”这两种意象写

① 王光明：《灵魂的探险》，海峡文艺出版社，1991，第50页。

出了诗化生命和艰难生活的同一性和矛盾性。诗人的哭泣和临海远眺，内在地统一于对心灵自由的呼唤和对美好生活的渴盼上。但是，精神的超越和现实的羁绊，又使得人生追求难以实现，这就加重了心灵的忧伤。这是人生将永远面临的困境。而在当时却有更多的社会性内涵："望着你远去的帆影我沛然泪下，/风儿已把你的诗章缓缓送走。/叫我怎能不哭泣呢？/为着我的来迟，/夜里的耽搁……"（《海滨晨曲》）"时间"的延宕带来的失落感和沉重感是显而易见的。

二　“海”与“泪”——对人的位置的寻求与对女性命运的关切

“海”和“泪”在传达个人生命追求和生活处境时，偏于自我生活体验和情感宣泄；作为一种延伸，其在表现对“人”的命运思考的时候，则用“他者”的眼光偏于一种理性的观照。诗人常用岛屿、礁石、灯标这些与“海”同在的形象来思索“人”在生活中的位置。《礁石与灯标》一诗写灯标在礁石上、礁石在大海里，无论环境怎样险恶，它们始终是那样沉着、勇敢、快乐，因为它们怀抱着“信念”，找到了自己的生存位置和价值。《远方》表达了同样的主题，“我属于/那些不发光的岛屿/相传我是神秘的美人鱼/因为/我爱坐在礁石唱歌，而礁石/浮沉在/任性的波涛里”。这种用隐喻方式构成的思考，同时也指向了个体和群体的关系。《海的歌者》写波浪和大海，“你的声音叠叠高起/你的眼睛月色横流/你的声音和眼睛像焰火/在你的灵魂里洞开门窗/大海比你多了疆域/你比大海多了生命/今夜，你和大海合作/创造了歌声”。波浪激情洋溢，大海辽阔无边，相互依存，共奏乐章。这其实是对人和人、人和社会之间和谐亲密关系的诗意展示。

把目光对准人时，作为女性诗人的舒婷又特别敏感于女性的命运，诗歌的手指就常常不由自主地探上女性的眼角，那里有一串永远落不到地面的“泪珠”——女性心灵痛苦的装饰品。在历史与现实的村庄里，在灵魂和精神的寓所，女性有太多的压抑、束缚和悲哀。诗歌《碧潭水》，一碧潭水映照的是“古老的戒律”描成的风情，是“遗传下来的小路”对女性命运的诱惑和限定。这首诗不仅有历史的苦难感，而且有现实的沉重感，“两位黄花斗笠少女/被请去拍彩照/说是为一家旅游杂志/关于要不要擦去颊上的泪痕/他们争论了很久很认真”。“泪”缝合了历史和现实，在商品经济社会，女性的地位和命运并未从根本上得到改变。《水仙》则写世俗的偏见带给女性不被理解和尊重的痛苦，女性在泪水中生存时又用爱去滋润这个世界，“人心干旱/就用眼泪浇灌自己/没有泪水这世界就荒凉就干涸了”。也有觉醒和抗争，《神女峰》就表现了现代女性对传统观念的反叛。当人们仰望、赞叹神女峰时，“是谁的手突然收回/紧紧捂住了自己的眼睛”，生命的痛苦导致了心灵的电光石火，“与其在悬崖上展览千年/不如在爱人肩头痛哭一晚”。

就这样，舒婷用“海”和“泪”两种意象，表现了历史转折时期人的主体意识的觉醒，特别是女性自我意识的觉醒。长久的压抑和不知所从，对群体角色的认同和对主流意识的俯首，导致人的主体精神的失落和个性意识的消泯；而作为女性，历史锈蚀的锁链和女性自身意识深处的碎片，使她们长期难以走出男权文化的阴影。在经历“五四”时期的思想启蒙之后，社会的动荡与变异又催生了一次新的个性解放的春潮。正是在这样的历史和思想背景下，舒婷用富有生命感和悲壮感的“海”意象与“泪”意象，表现了人的生命意识的充盈和荡漾，也表现了女性心灵的苦闷和觉醒。这也是诗人创作时的一种自觉追求：“我通过我自己深深意识到：今天，人们迫切需要尊重、信任和温暖。我愿意尽可能用诗来表现我对‘人’的一种关切。”[①] 这种对“人”的关切，特别是对女性命运的关切，使舒婷的创作揭开了诗歌创作的新篇章。正如有的学者所说：“舒婷的出现，像一只燕子，预

① 舒婷：《诗三首》，《诗刊》1980年第10期。

示着女性诗歌春天的到来。”[①]

三　“海”与“泪”——奔放、浪漫的诗情与内敛、忧郁的歌喉

“海”以其博大深邃、奔腾激扬，给舒婷的诗歌注入了一种豪放之气。舒婷描写的是真实的大海，是她走近、注目、欢呼和礼赞的大海，而她更多的时候描写的是心灵中的大海，是虚拟的寄托人生追求的大海，或者说是将心灵海洋化、激情化和诗意化。这个时候诗人的心灵就是一片“汪洋大海”，她驾起浪漫飞艇，尽情地放逐想象和联想，揽古今宇宙于怀中，融星辰明月于波涛，发人生感慨于浩渺。同时，舒婷又能抓住岸上的纤绳，把人间的沧桑、苦难、缺失和悲哀串在苦涩的“泪”的珠子里。这时候，“泪”就成了另一个“海洋”，一个忧郁的、沉寂的、冷凝的“海洋”。诗人的哭泣取代了放歌。如果说写“海”是将情感内化，那么写“泪”则是将情感外化；内化而成汹涌的海流，外化而成痛苦的泪滴。“也许藏有一个重洋/但流出来，只是两颗泪珠/呵，在心的远景里/在灵魂的深处”（《思念》），这透露出了舒婷的抒情姿态和个性。

第二节　“海”与“泪”：理想与现实的投影

合而观之，抒情意象“海”与“泪”在舒婷诗歌中，是理想与现实的投影。诗歌《珠贝——大海的眼泪》，将“海”与“泪”两种形象合二为一：珠贝，“仿佛大海滴下的鹅黄色的眼泪”，它连接

① 吴思敬：《舒婷：呼唤女性诗歌的春天》，《文艺争鸣》2000 年第 1 期。

着拥抱和泣别、雾晨和雨夜、胜利和失败、光荣和罪孽、浩瀚和渺小……它是“最崇高的诗节”“最和谐的音乐”，它“如我的诗行一样素洁”。可见，诗中的“珠贝”，就是诗人理想和现实紧紧胶着在一起的可感可触的晶体；或者说诗人的诗作就像“珠贝”，在大海的波涛和泥沙里孕育，“在大地雪白的胸前哽咽”，是“海的泪”，是“泪的海”。

如前所述，这个“理想”就是诗人生命的一种朦胧渴望，就是对“人”的一种关切，就是内心的激情化和诗意化。而“现实”就隐含在对理想的追寻之中，成为理想的催生剂。舒婷没有像“文革”中的许多“地下诗人”以及诗坛“复出的诗人”一样，过多地倾诉苦难，单一展示眼角的泪痕，而是极写一种穿透苦难、映照泪眼的“光芒”：“从海岸到巉岩，/多么寂寞我的影；/从黄昏到夜阑，/多么骄傲我的心。”（《致大海》）诗人在现实中是寂寞的，但骄傲于海潮唤起的心灵的苏醒和追求。“蓓蕾一般默默地等待/夕阳一般遥遥地注目”（《思念》），这种花朵般的心情，这种燃烧的情感，必定会省略现实中的“病树、颓墙/锈崩的铁栅”（《童话诗人》），而把眼光更多地投向美丽的“大海”。“我写了许多支歌/给花、给海、给黎明”（《呵，母亲》）；“我钉在/我的诗歌的十字架上/为了完成一篇寓言/为了服从一个理想”（《在诗歌的十字架上》）。可见舒婷的诗歌重在表现理想。在《诗与诗人》一诗中，作者把诗与诗人放在苦痛与迷醉、脆弱与英勇、暗淡与光辉等重重矛盾中加以表现，但投映和聚焦了这样的光华——“以热情自焚，以忧伤的明亮透彻沉默”，“不屈服的理想不屈服的青春”，“把人们召集在周围”。正因为强调理想，所以她的诗歌充满了“海上的气息”（《小窗之歌》）。虽然有些时候“海”并不直接出现，但是海的召唤、海的胸襟和海的精神充盈在诗歌内部，与“灯”“渔火”“星”“黎明”等一起构成了现实中“不屈服的理想”。“海”意象是古今中外诗文中的一个文化符号。有人在分析古典文学中的“海”意象时指出，在中国古代诗文里，“海”意象是与游仙、宗教情怀以及文人士子的精神超越性联系在一起的。[①] 舒婷诗中的“海”意象弃绝了那些神性怪异的东西，但秉承了一种执着的人生态度，营造了一片精神飞越的幻境。

理想和现实注定会有冲突。在“最沉重的时刻”，“心，不知在哪里停泊”（《中秋夜》）；当“一边是重轭、一边是花冠”时，诗人心底贮满“痛苦的风暴”（《会唱歌的鸢尾花》）。但诗人能凭借无畏和骄傲找到前行的方向，而且能点燃信念、理想的灯去帮助别人走出困境。这样就不难理解，诗人在面对现实时，常以一种劝导或自慰的方式，劝勉他人或安慰自己揩去“眼泪”，从抑郁和痛苦中振作起来。“朋友，是春天了，/驱散忧愁，揩去泪水/向着太阳欢笑”（《初春》）；“答应我，不要流泪/假如你感到孤单/请到窗口来和我会面/相视伤心的笑颜/交换斗争与欢乐的诗篇”（《小窗之歌》）；“泪水涌出眼眶/……终于我忍住眼泪说/亲爱的，别为我挂牵/我坚持在/我们共同的跑道”（《鼓岭随想》）。虽然这种安慰显得有些软弱乏力，但是毕竟有一种超拔痛苦心境的精神导向，而且这种精神引力是“太阳”的照射、“斗争”的诗篇、“跑道”的牵引，即崇高的理想。这是在承认现实前提下的一种心灵调节，是消弭痛苦的一种理性召唤。“泪”由此潜沉为大海的珠贝，升华为灵魂的净水。这种“揩去泪水”的劝导和“忍住眼泪”的自慰，成为舒婷一种特有的抒情方式——一种直面心灵的坦诚的抒情方式。

由于诗人偏重于理想的抒发，舒婷诗歌的风格从整体来看是明亮的、昂扬的。而忧伤只是淡淡的，如黎明时分的几颗疏星、花枝摇动中的一丝淡影。临海而歌的诗人，大海的涛声常常淹没她的哭泣。理想的炽热、激情的澎湃，使舒婷诗作的艺术风格呈现一种浪漫主义倾向。这种浪漫主义又不是新诗史上曾有过的一味自我狂欢和心灵膨胀，而是源于现实又复归于现实的一种心灵飞翔，有一种真切、厚重的现

① 王立：《心灵的图景：文学意象的主题史研究》，学林出版社，1999，第227～269页。

实关怀、生命关怀和人文关怀成为浪漫放歌中的牵挂。高尔基说过："浪漫主义乃是一种情绪，它其实复杂地而且始终模糊地反映出笼罩在过渡社会的一切感觉和情绪的色彩。"可以说舒婷的诗歌已经涂上了这种复杂的"感觉和情绪的色彩"，成为一个时代的心灵表达。

"海"与"泪"所涵容的理想情结和现实关怀，既是诗人自我人生的追求和对生活的感受，又是诗人所代表的特定时代"一代人"的价值取向和情绪表征，更是社会转型时期一个国家和民族的精神向往和现实境遇。诗不能游离于历史和时代，也不单纯是诗人个人情绪的外化，"而应以意象符号的五彩缤纷构成中华民族人文精神的灼烁和中华民族情绪的历史"①。《一代人的呼声》中"我的泪水和愤怒"，同时也是"一代人"的情感表达；《双桅船》中"我"与"岸"的告别与相遇，同样是"一代人"的共同经历。而《祖国呵，我亲爱的祖国》一诗，"我"已化入"祖国"的贫困与希望，历史、现实与未来，"我"的"泪"哭的也是祖国的不幸与悲哀。《惠安女子》更是写出了一个古老民族的性格和命运。"海"是惠安女子生存的背景，"幸福虽不可预期，但少女的梦/蒲公英一般徐徐落在海面上/呵，浪花无边无际"，惠安女子对生活怀抱着美好的希望；"天生不爱倾诉苦难/并非苦难已经永远绝迹/当洞箫和琵琶在晚照中/唤醒普遍的忧伤/你把头巾一角轻轻咬在嘴里"，不写"泪"但让人看到惠安女子泪流满面，诗人揭开了她们内心深藏的痛苦。这是一群走过"碱滩和礁石"而"优美地站在海天之间"的女性的形象写真，也是一个穿过苦难而又默默承受苦难的东方民族的肖像定格。可见，诗人把个人理想上升为一代人乃至整个民族的共同追求，同时又把对现实的感受融解在对社会群体和国家、民族命运的心灵体悟之中。这种突破自我封闭之后的"含泪面海"而歌的抒情形象的出现，除了诗人个人的生活经历和情

① 张同吾：《时代风情与文化观照——谈近期诗歌的审美形态》，《人民日报》1996 年 5 月 2 日。

感体验等因素外，还有历史转折时期的社会、心理原因，同时也有文化血脉和民族性格基因的潜在影响。

第三节　“海”与“泪”：新诗抒情风格的变化

中国新诗在相当长一段时间受主流话语的影响，满足于对“理想”的单纯歌唱，生活的真实被湮没与消解在诗歌语词的狂欢之中。舒婷也表现理想，但这种理想已不单纯是社会化、政治化的理想，她在表现理想的同时也正视现实。舒婷之后，不少诗人和舒婷诗作中的理想主义告别，满足于描写平凡的甚至平庸的现实人生。诗歌也需要关怀俗世生活。问题是许多诗人逃避理想、躲避崇高，一味地表现个人在生活面前的那一点小小的悲喜。“神话”和“仪式”固然已经解体，但并不意味着生活中理想和信仰就随之泯灭。况且诗歌作为一种诗性存在，其价值和魅力就在于有一种来自现实而又超越现实的精神光芒。从这个方面看，舒婷诗歌的重要意义首先在于她用“海”和“泪”孕育了她心灵的“珠贝”——理想与现实的复合体。她像“惠安女子”那样“优美地站在海天之间”，一方面美丽的梦“徐徐落在海面”，另一方面忧伤使她“把头巾一角轻轻咬在嘴里”。

“海”意象的密集涌现，使舒婷诗歌完成了新诗创作中一次革命性的变化。这就是诗歌描写对象由“红色的天空”到“蔚蓝的海洋”的转移。“五四”以后从左翼诗歌开始，政治抒情诗成为新诗中重要的一脉。殷夫的“红色鼓动诗”，田间、柯仲平等人的“号角诗”“街头诗”，都突出了诗歌的阶级性、战斗性的一面。新中国成立后郭小川、贺敬之等人的诗歌也以时代的激情主导了一个时期诗歌的潮流，成为新中国诗界的“红旗”。在不自由中歌唱自由，在自由中歌唱新生活的喜悦，这是时代的要求，也是诗歌的使命。在舒婷同时代的许多诗人那里，仍然沿袭了这一诗体的抒情方式。而舒婷避开了对政治、阶级的正面思考和表现，她在风雨之夜用渴求的双手托出了一方“蔚蓝的大海”。这不仅仅是诗歌色彩的一种变化。这是诗歌从对“天空”的怒吼、狂欢到对“远方”的凝眸、歌吟，从对时代斗争、政治风云的咏叹到对生命价值、人生追求的叩问，从对即时性事件、群体性场景的铺排到对永恒事物的寻访，从外在政治激情的宣泄到内心生命激情的释放。对“海”的钟情带来的内心律动，使舒婷的诗歌到处回响着海潮的音律，弥漫着海风的湿润。即使不直接写“海”，也有一个“隐性的海”存在于她的思维中；她常借助比喻或象征在诗句中频频使用“流淌”“漂浮”“汪洋”“激流”等词语，这样就使她的诗歌从构思到文字的表达，都有一种碧波荡漾的美，有一种生命激扬的美。舒婷之后，有一批女诗人热衷于表现“黑色情怀”，写黑夜，写黑色房间，写个人隐私和幽思玄想，虽然也有对女性生命意识的拓展，但毕竟显得封闭，有一种阴冷之气，失去了舒婷诗歌的情怀和气质。

舒婷诗歌垂悬的“泪珠”，在悄然之中为新诗抒情风格带来了某种变化。从“五四”时期迈步的中国新诗，一直行进到20世纪70年代中期，从主调上看可以说是一种高亢、激昂的抒情面孔。战争年代的“血泪篇”“战斗颂”，和平时期的“欢乐歌”“幸福曲”，虽也凸显了“人”的姿态和声容，但主要是表现外部事件对人的心灵的振动和情绪的影响，表现一种群体的行为走向和精神归依。舒婷从暗夜里站起来哭诉的被“泪”浸染的诗句，是对现实人生的触摸，是对历史文化的烛照，是对生命痛楚的感应，因而是由内向外的一种辐射，是生命个体在旷野和海滨无声的申诉和呐喊。有时候不直接写“泪”，但用雨、黄昏、夜晚等意象同样渲染出一派泪眼迷离的氛围。不写痛而有痛，不写哀而自哀，“泪”扩散浸润为一种忧伤的抒情调子，融进她对“海”的瞩目和歌唱之中，使她的抒情弃绝了单一和浅浮。一部文学史其实就是泪眼欢笑的历史。舒婷对“泪”的展示，是对文学生命本质的回归。另外，从抒情主体来看，舒婷较好地处理了抒情个体和抒情群体的关系。舒婷写的是独具性灵的“我”，由于对“海”和“泪”的注目，诗中的“我”又同时容纳了“超我”的角色及心灵呼唤。这也就是有人指出的，舒婷等朦胧派诗人“所凸现的生命个性主要是个体中的群体”。[①] 舒婷也曾表白不能“袖手旁观生活”，而要“回到人群里去”。[②] 舒婷融入群体而又没有消隐自我，这也给新诗创作一些有益的启迪。

“坐成千仞陡壁/面海”，“面海/海在哪里”（《禅宗修习地》）；“一颗冰凉的泪点/挂在‘永恒’的脸上/躲在我残存的梦中”（《北京深秋的晚上》）。这就是舒婷，这就是舒婷的诗歌。

① 于慈江：《朦胧诗与第三代诗：蜕变期的深刻律动》，姚家华编《朦胧诗论争集》，学苑出版社，1989，第492页。

② 于慈江：《朦胧诗与第三代诗：蜕变期的深刻律动》，姚家华编《朦胧诗论争集》，学苑出版社，1989，第493页。

第八章

于坚："城市"和"乡村"的生态寓意

新诗发展到20世纪80年代中期，诗歌样态与诗歌精神都发生了很大的变化。与朦胧诗派挥手告别的"第三代诗人"，其诗歌语言的口语化是诗歌创作主体刻意追求的审美特征。尽管"第三代诗人"倡导并实践着口语化的诗歌创作，但是一个基本的事实是：诗歌无论怎样口语化，仍然需要用"意象"传达生活与心灵的丰富性。说到底，诗歌是意象的艺术。可以说，离开了意象，就没有真正意义上的诗歌。作为"第三代诗人"的代表和中坚，于坚的诗歌意象可以说是繁复的。拨开繁复的枝叶，我们发现于坚的诗歌有两大意象，或者说有两大意象系统，即"城市"和"乡村"。这两大意象，构成了两大诗歌话语体系，亦构成了诗人创作的空间背景和心理背景，其中极其重要地包含着一种生态寓意。

第一节　"城市"和"乡村"：生态失调与生态和谐

诗歌乃至整个文学作品都离不开对"城市"与"乡村"生活的反映。农业社会必然造就诗歌的乡村抒情气息和浪漫色彩，古今中外的诗歌概莫能外。工业社会发展到一定程度后，"城市"从机器和烟囱中繁荣和昌盛起来，在承载物质文明的"花朵"的同时，也衍生和聚积了社会与人性的"恶"。19世纪后期出现的西方现代主义诗歌，不少篇章把"忧郁"和"绝望"献给了工业文明时代的"城市"。在中国，正如吴思敬先生指出的："新诗从诞生以来，一直以城市为吟咏的对象之一。共和国成立以后，五六十年代的城市诗，是以礼赞城市建设新貌为主线的。进入新时期后，城市进入更多诗人的抒情视野，城市诗成为当代诗坛的重要景观。"① 改革开放的步伐和商品经济的浪潮加速了中国社会城市化的进程。诗歌，作为社会的神经和触角，总是会对日益变动的生活做出敏锐而及时的反映。20世纪80年代以后，一批城市诗人诞生了。于坚虽不能划在城市诗人之列，但是他有相当一部分诗歌描写了城市生活。他的城市诗歌，不是一般意义上的摹写或抒情，而是有更深的心理期待，可以看作"城市生态学"的诗性记录。与此同时，他又常常抽身而出，在"乡村"的原野里走动，同样从精神的层面，完成了"乡村生态学"的考察和思考。"城市"和"乡村"这两个意象及其意象群，构成了两种生态的存在样式。"城市"以生态失调、失衡成为和谐、诗性的"乡村"生态的映照，二者的烘托和纠结以及诗人心灵的游走又实现和升华了诗人的理性期待。

人类现代文明的进步是以牺牲自然天性和心灵神性为代价的。在扩张的街道、兴建的工厂、崛起的楼群和超级市场的背后，健康、单纯、诗意的自然景观和心灵图式正在发生残酷的改变和变异。栖居在"尚义街六号"的诗人于坚敏锐地感受到了这一切并对此加以精细的描绘。诗歌《作品89号》把"城市"和"乡村"叠合在一起，既有对"工业时代"的忧心忡忡，"世界日新月异　在秋天　在这个被遗忘的后院/在垃圾　废品　烟囱和大工厂的缝隙之间/我像一个唠唠叨叨的告密者　既无法叫人相信秋天已被肢解/也无法向别人描述　我曾

① 《漂泊的都市——黄怒波〈都市流浪集〉研讨会侧记》，《诗歌月刊》2005年第6期，第61页。

见过这世界　有过一个多么光辉的季节”，又把目光深情地投向充满神性的乡村，“我承认在我内心深处　永远有一隅　属于那些金色池塘　落日中的乡村”。可见在诗人描写“城市”的时候，“乡村”成为他的心理背景和情感依托。因此，他总是寻找和发现城市中带有乡村气息的自然图景，在表现其曾经拥有或现在尚存的诗意的同时，又无可奈何地悲叹诗意的萎缩和流失。诗歌《礼拜日的昆明翠湖公园》描写了“小桥亭子”“茂林修竹”的公园以及流淌于其中的人性的温暖和诗意。公园，是城市中微缩的“乡村”，是人性的最后最美的栖息地，“一个被阳光收罗的大家庭　植物是家什　人是家长　活着的　都是亲属”。可就是这样一处绝美的风景，在城市的包围中正一点点萎缩，“离开公园　在五幢楼一单元的第七层　亮处看它　这块地皮　确实只是/黑暗的一小盆　边缘　正在霓虹灯的围观下　一点点　萎缩”。当然，萎缩的不仅仅是千金难求的公园，还有与公园相依傍的人的精神领地。就连诗人所在城市的“千年的湖泊之王”——滇池也成为“腐烂的水”“生病的水”，“那蔚蓝色的翻滚着花朵的皮肤/那降生着元素的透明的胎盘/那万物的宫殿　那神明的礼拜堂”，忽然间无影无踪，“从永恒者的队列中跌下”。诗人一方面哀悼它的不幸的死亡，一方面审视“新城”的夜晚从身边走过的“干燥的新一代”，同时还检讨了自己的心灵：“我要用我的诗歌　为你建立庙宇！/我要在你的大庙中　赎我的罪！”在诗人看来，包括滇池在内的“神殿”不仅构成了城市的生态环境，而且构成了诗人创作的生态环境，是诗人“诗歌的基地”“美学的大本营”“信仰的大教堂”：“诗歌啊/当容器已经先于你毁灭/你的声音由谁来倾听？/你的不朽由谁来兑现？”（《哀滇池》）因此诗人的哀悼中有更深的悲痛。

“城市”更多地在改变人的心灵。被街道、楼房和围墙所切割的生活，被程式化和繁文缛节所包围的生活，造就了人的隔膜、伪善和虚荣，带来了人性的压抑和失落。为生命画像的《事件：结婚》、为心灵写意的《事件：围墙附近的三只网球》等诗歌，在“事件”的缓慢的叙述和罗列中，由社会现象和生活现象切入人性滞重而芜杂的层面。诗歌《在诗人的范围以外对一个雨点一生的观察》，选取的观察点是"咖啡馆"，即以"城市"作为背景：小雨点"在滑近地面的一瞬"抢到了"一根晾衣裳的铁丝"，于是"改变了一贯的方向　横着走/开始吸收较小的同胞/渐渐膨胀　囤积成一个/透明的小包袱　绑在背脊上/攀附着　滑动着　收集着/比以前肥大　也更重/它似乎正在成为异类"，最后"满了　也就断掉　就是死亡"。诗歌形象地描写了小雨点在外物的作用下发生异化直至死亡的过程，显然，这是一种象征——城市中某种人生和心灵的象征。"城市"的天空和地面时时刻刻改变着人的观念和心态，改变着人的命运和结局。也许小雨点的异化和死亡不是它的悲哀，因为最终它"保持水分"，没有失掉本性，但就人来说，在外物或外力的影响下，欲望的膨胀和心灵的负荷所导致的异化和死亡，则发人深思。

诗人要凸显的是"城市"以一种"物"的拥挤和膨胀对人及其精神的挤压和消解，"城市"以其强势姿态对人的精神主体性构成集体谋杀：人和人的心灵以及一切美好的事物无处逃遁。诗歌《事件：停电》，描写停电的夜晚，诗人在黑暗中于有限的空间触摸庞杂而琐碎的"物质世界"，唯一能够感知的就是无处不在的"物"，而作为生活主体的"人"隐遁了、消逝了。作者不厌其烦地罗列"房间"里的日常生活用品，不惜以伤害诗歌的内在诗性陷入对停电"事件"的叙写，其目的就是强化人的物化的外部感知，虚化人的地位和精神主体性："城市"跌落进停电的夜晚，生命在黑暗中笨拙地转动。在这方面写得最形象最动情的也许是《事件：棕榈之死》。于坚的诗歌以客观描写和叙述居多，带给人的是思考和联想，但这首诗在对棕榈悲剧性命运的展示中，有一种打动人心的力量。"坚硬　挺直　圆满　充盈弹性和汁液"的棕榈，是生命和激情的象征，它"蓬勃向上　高尚正直　与精神的向度一致"，则又升华了某种人格的高度，但就是这样一棵树，成为一棵"受难的树"。因为"欣欣向荣的商业区　城市的黄金地段”不适合一棵树的生长，先是“它的根部已被水泥包围”，最后“新的购物中心破土动工”，它被残暴地砍倒了。城市“最后的绿头发”在众目睽睽中消逝了。城市的生态就这样被破坏掉了。不仅如此，棕榈作为一种精神的象征，城市生态的毁损还包含精神性的内容。稍加比较，不难看出，同样是写树，“五四”时期沈尹默笔下明月霜风中的“树”，朦胧诗派的代表诗人舒婷笔下作为爱情独白的“树”，都是从人格、人性的角度来观察和表现的，“树”是人的情感和理想的投射物；而于坚在这里，是把“树”作为“城市”的一处生态标志和生命寓所来思考人的生存空间和精神空间的。写作重心的转移是显而易见的。

有时候，诗人借“城市”复现历史的记忆和情绪，表达对“历史生态”和“政治生态”的思考。城市，刻写着更多历史的印记。诗歌《事件：暴风雨的故事》可以看作这方面的代表性作品。让“城市”摇晃的暴风雨，本来是一种自然现象，却叫人想到历史上的暴力和暴动，“雨水　雷和风　内容与革命完全不同/但会使经历过的人　记起那些　倒胃口的词”。现实中的暴风雨和历史上的暴风雨交织为一种错乱的感觉和记忆，让人胆战心惊。历史生态和政治生态的失重、失衡带来人的心灵的“水土流失”，使人陷入长久的精神恍惚和虚脱。这是社会历史的“生态后遗症”，在让“城市”承担历史重荷的同时，也让个体生命付出代价。这方面的作品，还有《那时我正骑车回家》《女同学》等。

而当诗人来到“乡村”的时候，或者说当诗人以“乡村”作为意象和空间观察点的时候，一切都改变了。这种改变不仅仅是描写内容的转换，更是一种生态学意义上的审美眼光和审美心理的转换。即诗人希望通过对“乡村”生活的心灵感知和精神触摸，表现一种人与自然诗意相处的生态图景。这不是一种简单的外部关系和空间关系，而是一种深层次的生命关系和精神关系。当然，对乡村自然以及生活于其中的生命个体的诗意表现，是流淌于诗歌河道上的美丽的浪花。但是，当把"乡村"放在"城市"背景下来表现的时候，空间视点的拓展带来了审美心理的重组和变异，使诗歌具有了新的审美意义。

于坚笔下的"乡村"与传统诗歌中的"乡村"一样，装载着自由的生活和灵魂。"站在收割过的田里/听打谷场上的声/风爱每一棵树　人也爱风"（《作品41号》），自由欢畅的风，是乡村生活的另一种形态，自然的人化和人的自然化造就了心灵的豁达和生命的欢愉。诗歌《在旅途中不要错过机会……》显然是以"城市"作为背景，表现人生旅途上对"乡村"的亲近和眷恋的。"在旅途中　不要错过机会/假如你路过一片树林/你要去林子里躺上一阵　望望天空/假如你碰到一个生人/你要找个借口　问问路　和他聊聊"，在这里，人和环境的关系变得亲近了，人和人的关系变得亲密了，"城市"中的压抑和隔膜变为心灵的轻松和畅快。于是便有了对鸟的歌唱的倾听、对河流的打量和对林子的神秘感知，最后发出对生命的感慨，"你发现活着竟如此轻松"。这种对生命的感慨，是"乡村"的清风和白云打开生命城堡之后的欢歌。

更重要的是人与自然的一种内在精神的契合。当自我心灵放松的时候，身体和精神的每一个毛孔和感官都会打开，人就会融入大自然的神秘与诗意之中。当诗人独坐于"大高原"——这里"乡村"的意象被"大高原"置换——整个世界以"声音"的形象集中于他的耳膜，"那是树叶和远方大海的声音/那是阳光和岩石的声音/那是羊群和马群的声音/那是风和鹰的声音　那是烟的声音/那是蝴蝶和流水的声音/……这伟大的生命的音乐/使我热泪盈眶"（《作品105号》）。这是一种幻美而神秘的感知，在诗人心灵世界和乡村世界的感应和沟通中，我们可以看到诗人精神的飞扬和生命力的跃动。诗歌《苹果的法则》，把"乡村"定位于"云南南方"，"一只苹果　出生于云南南方/在太阳　泉水　和少女们的手中间长大"，"当它被摘下 装进箩筐/少女们再次陷入怀孕的期待与绝望中"。自然的生命与人的生命的遇合，带来心灵的遐想与期待：苹果的生命历程，暗示了"少女们"的生命历程和精神历程；这种生命历程和精神历程的循环，则构成人与自然的生生不息的梦幻和命运。

与立足“城市”表现“物”对人的心灵的挤压不同，于坚漫步在“乡村”的时候，彰显的是人的精神性，“物”已美化和诗化为人的生存环境和生命依托。因此这类诗歌有一种生命个体的精神维度。一生向高处攀登的“男女”（《高山》），横渡怒江的“鹰”（《横渡怒江》），“使我的灵魂像阳光一样上升”（《阳光下的棕榈树》）的棕榈树，像高原鼓起的血管的“河流”（《河流》），都激荡着生命的激情和热力。《独白》表达了诗人内心深处的精神渴望，“每当秋天　庄稼在月光下成熟”，心“渴望高贵/渴望不朽　渴望面对大海/自己从此就宽阔而深厚”。是“乡村”秋天丰收的原野激发了人的永远的追寻。生存空间的“外物”没有成为心灵的束缚，反而点燃了精神的火焰，是诗性对诗性的激发，是灵魂对灵魂的拥抱。人和自然构成一种内在的精神对话和交流。

和立足于“城市”描写底层人的生活一样，于坚笔下的“乡村”生活同样充满平民色彩。不同的是，他的“城市”诗歌主要是写普通人生活的窘迫和无奈，而且常常回溯历史对普通人命运的影响，表现权力和政治对人的精神性结构的渗透和改变；其“乡村”诗歌则表现劳动者生命的舒张和精神的惬意，关注他们“此时此刻”平凡而诗意的生活，以及这种生活和“神性”的相接相通、相伴相亲。在于坚看来，诗人“是神的一支笔”，“是人群中惟一可以称为神祇的一群，他们代替被放逐的诸神继续行使着神的职责”①。“神对于他们，不需要寻找，更不能炫耀，众神从他们诞生的时刻就住在他们家中，住在他们故乡世界的山岗树林河流以及家具之中。他们不拯救，他们只是呼吸着，在众神的空气中。”② 作为离神最近甚至就生活在神中间的诗

① 于坚：《诗人写作》，《棕皮手记·活页夹》，花城出版社，2001，第284页。

② 于坚：《众神的歌者——读〈藏族当代诗人诗选〉》，《棕皮手记·活页夹》，花城出版社，2001，第336页。

人，于坚在乡村世界中倾听着神的声音，感受着神的光辉。这样，在故乡的土地上的锄地者、从黎明到黄昏种土豆的人都是诗人乐意表现的，他们劳动的过程就是生命的过程，他们劳动时的姿势和乡村景观构成绝美的风景，他们的身体和精神与大地在相亲相爱中融为一体。诗歌《篱笆》中的篱笆"被牢固地安插在红色山地的中心　远离一切边缘/它并不是广场上的一尊雕塑　不过是一截篱笆"。诗歌借"篱笆"表达了对"人"的位置的思考：在乡村像篱笆一样的普通劳动者永远居于生活的"中心"，他们虽然没有城市广场上的"雕塑"高贵，但他们有自己存在的尊严和价值。这首诗还把农家小舍及环绕它的诗意般的生活场景喻为"神的寓所"，一切都仿佛充满神性，那么美妙动人。于坚的"乡村"诗歌常常用"神"或"神性"设喻，不过这个"神"或"神性"不是高高在上君临万物，而是由诗意的生活所创造所包含，是内蕴的，是抒情的，而且和普通人的生活融为一体。进一步说，就是神性和自然性以及人性互含互生，构成一种"乡村生态"的诗性存在。

由上面的分析可以看出，"城市"和"乡村"在于坚笔下构成两种生态景观。这两种生态景观虽然也涉及外显的空间关系，如物与物的关系、人与物的关系等，但于坚的诗歌主要是从诗性的角度而非物质的角度、从精神的层面而非空间的层面来表现的。"城市生态"的失衡，除了表现为"城市"对自然诗性的扼杀和放逐之外，还主要表现为城市的现代感和超速发展与人的主体地位的弱化和精神的虚化之间的矛盾；"乡村生态"的和谐则不仅表现为自然万物的各得其所、共生共荣，而且主要表现在乡村社会人与自然的精神沟通和心灵感应。因此，从根本上说，当诗人忧患于城市生态而欣喜于乡村生态的时候，其实是在寻找一种贯通于城市和乡村之间的内在的生态和谐，或者说是在幻想用乡村的自然神性和人生诗意来寻求城市生态的平衡。可见，诗人在为城市画像时，并不是要消解现代物质文明，以求得城市生态的协调发展；在为乡村素描时，也不是要放纵自己古典式的怀旧情绪，退回到宁静而原始的乡村社会中去。从深层来讲，诗人关注的是超越城市与乡村界限的精神生态和心灵生态。

第二节　从“城市”到“乡村”：寻找心灵生态的平衡

是这样一个“城市”：一个美与诗意正在流失的城市，一个充满忧郁、贫困、病痛和暴力的城市，一个人的心灵和诗歌无处安放的城市。诗歌《在牙科病室》简直像个寓言：一边是嘴和牙与物质世界的联系，一边是诗歌与心灵世界的联系，“我像间谍那样　匆匆地记下了这些神秘的符号/他看不懂　我也无法将此事说清/诗歌　对这些病人　你叫我如何开口?”。从“这些病人”身上不难看出“病”与“城市”的内在的因果关系。看来，心灵与诗歌的突围是必然的。

诗人的心灵向“乡村”突围。只有乡村才能给诗人带来美好的回忆，满足诗人心灵的幻想和对激情的渴望。生病的日子，在一束阳光的照耀下，诗人情不自禁地“想起生命中最美好的日子/想起大地　想起树林和山冈”（《探望者》），“阳光”成为生命的通道，使诗人从“病室”暂时进入温暖的乡村回忆，从而周身弥漫了一种生命力，“仿佛变成了一株植物/我就要长出叶子”。当诗人在城市之外发现一块空地时，幻想用来盖一幢别墅，“森林”为伍，“泉水”相伴，“豹子”为邻；而当幻想的房子建成时，“朋友和亲戚前来拜访/大家兴高采烈　谈些城里的事情/那头高傲的豹子　再也没有出现”（《空地》）。显然，这是诗人希望从“城市”突围出来，为心灵建造一栋房子，在那里人与自然诗意地相处，亲密无间。可是这只能是一种幻想，即使心灵的房子建成，也无法逃脱城市话语的干扰，心灵生态的和谐与宁静随即也会遭到破坏。诗歌《我梦想着看到一只老虎》同样是诗人的幻想，同样是心灵与想象的突围。诗人希望“远离文化中心　远离图书馆"，"从一只麋鹿的位置"与一头老虎遭遇。这是对回归自然人性的渴望，对生命激情的期盼。

难怪诗人这样钟情于对"路"的描写。因为"路"连接着"城市"与"乡村"，可以打开生命和心灵的城堡，引领人到更广阔的地方去。诗歌《1987 年 12 月 31 日》：当城市的晚间新闻报道毒品和股票市场的时候，当人们围着圆桌吃喝的时候，"我沿着雨后发亮的道路/走向一处树林"。尘埃洗尽后的"道路"通向诗意之所在，"故乡"在道路的另一端召唤着诗人。诗歌《读弗洛斯特》：在离"大街"只有一墙之隔的住所，读弗洛斯特的诗歌，被带入乡村田园的诗意之中，"我决定明天离开这座城市　远足荒原/把他的小书挟在腋下/我出门察看天色/通往后院的小路/已被白雪覆盖"。诗性包裹的"小路"通向心灵的"后院"，通向美丽的"荒原"。

那些描写和表现"乡村"的诗歌，可以看作诗人从城市突围出去之后的歌吟。阳光般的心情、生命的喜悦和激情、希望有所作为的内心冲动，在乡村的怀抱里一一流露和表达出来。这是进入生命和谐与神志畅快状态后的心灵放松，也是心灵放松后对自然神性的更深层的领悟和感触。于是，诗人眼中的"树"不仅像"神子"，而且是自己生命和心灵的象征；耳中的"流水"不仅是大自然诗性的召唤，而且是诗人获得身心自由后的激情的回旋；头顶的"鹰"不仅是世界的征服者和俯视者，而且是自己向高处攀登的精神标杆和心灵坐标。心灵向世界打开，人获得了真正意义上的生态平衡和精神解放。

当然，生活在城市中的诗人更多的时候是无法逃离城市的。"我是这个房间的敌人　细菌　和闷闷不乐的幽灵/但这是上帝赐予我的惟一的住房　如果我不能适应/我就无家可归"（《无法适应的房间》）。在人无法逃离"生活现场"的时候，神便赋予他一种美好的想象和期待。于坚在目睹和感受"城市"的灰暗和重压后，自然在"房间"里希望打开一扇美丽而明亮的窗子——这个窗子是用那些充满神性的事物做成的，它能引领人的目光到达辽远而富有诗意的境界。风、雨、雪和海鸥等具有自然神性的事物便以它的激荡、滋润和翩然的姿态成为"城市"的净化者和装饰者，成为诗人心中取之不尽的幻想的产物和瑰宝。诗人在《赞美昆明海鸥》中写道，"一只海鸥就是一次舒服的想象力的远行　它可以引领我抵达/我从未抵达　但在预料之中的天堂　抵达/我不能上去　但可以猜度的高处/十只海鸥就可以造就一个抒情诗人/一万只海鸥之下　必有一个诗人之城"。"天堂"也好，"诗人之城"也好，应该说都是美的住所，都是万物和合、诗性交融的住所，都是有良好的生态环境的住所。这是诗人的想象力伴着海鸥的一次美丽飞行，是诗人的关于"城市"的生态童话和理想。从精神的内在性来说，这依然可以看作诗人从"城市"向"乡村"的行走和突围。

生态意识从本质上讲就是一种生命关怀。现实生活中的生态破坏、生态失衡源于人类的自我中心和生命强势。那么反映到文学上，生态意识必然是对生命的注目和关怀，特别是对弱小的、弱势的生命个体或生命群体的注目和关怀。史怀泽提出了"敬畏生命"伦理，他认为，人类的同情如果"不仅仅涉及人，而且也包括一切生命，那就是具有真正的深度和广度"的伦理。① 于坚的诗歌在城市生态的构建和乡村生态的赞美中充满人文关怀，灌注一种生命的悲悯意识。在于坚的笔下，蚂蚁、蝴蝶、兔子、乌鸦等，各有其存在的价值，是完整的生命体，有丰富而广大的内心世界。诗人为"蝴蝶"的受难而悲伤，为"蚂蚁"的自由而欣喜。特别是《对一只乌鸦的命名》一诗，充满大胆的反叛精神，在为乌鸦长久以来受到的歧视和伤害不平的同时，不仅为一生充满悲剧性的乌鸦正了名，而且对某种社会心理和社会现象进行了反思和批判。在诗人看来，"乌鸦的居所　比牧师　更挨近上帝"，"乌鸦是永恒黑夜饲养的天鹅"。可见，自由飞翔的乌鸦，在

① 〔法〕阿尔贝特·史怀泽：《敬畏生命》，陈泽环译，上海社会科学院出版社，1996，第103页。

穿越城市和乡村上空的时候，用它的颜色和声音证明了它的存在和价值，它同样是生态环境中的一个元素和音符，人们没有理由对它抱有偏见甚至扼杀它。于坚的诗歌超越了简单的黑与白、美与丑的思维定式，进入内心的细腻和丰富、善良和悲悯，用生态的眼光和诗性的眼光打量城市和乡村中一切有生命的事物。

第三节　作为文本：新诗链条中的诗歌生态

诗歌作为一个系统，也体现出生态特征：在诗歌的疆域或流变过程中，从诗歌精神到诗体形式总是维持着一种互补或平衡的态势。事实证明，诗歌内涵的苍白化和沙漠化，诗歌形式的僵滞和凝固，就是对诗歌生态的损毁和破坏，必然导致诗歌元气的损伤和诗歌格局的单一。诗歌总是在不断调整自己、拯救自己，唯其如此，诗歌才能在社会生态环境和文学生态环境中保有光鲜的面孔和饱满的精神。放在纵向的诗歌生态链中考察，于坚的诗歌，以其独特的诗歌内容和诗歌形式具有一种诗歌生态学的意义。

从诗歌色调以及诗歌精神来看，中国新诗完成了从“红色诗歌”到“蓝色诗歌”再到“绿色诗歌”的转变。战争年代把鲜血、红旗、号角和阵地交给诗歌，诗歌完成了一次又一次呐喊和冲锋。这个时候，诗歌着重表现的是人和人、人和阶级、阶级和阶级之间的关系，从政治属性、社会属性方面思考人存在的意义和价值。新中国成立后，一直到 20 世纪 80 年代前后，诗歌瞳孔对准的是黎明、炊烟、蔚蓝的天空和海洋。这个时候，诗歌着重表现的是人和自然的关系，即人如何战胜自然、征服自然，从而高扬人类的伟力和尊严。直到于坚及同时代诗人出现，才改换了视角，淡出人的阶级属性和政治属性，收敛人类自我膨胀、自我扩张的翅膀，从人的生存环境，人和城市、人和乡村的生息与共、心灵体验方面搭建诗歌的房子，迷人的充满盎然诗意的“绿色”成为诗歌建筑最美丽的窗子，从这里可以看到人类心灵深处最美好的期待。早在1986年，于坚在他的诗集中，就提出这样的见解：“天人合一，乃是与今日现时的人生、自然合一，而不是与古代或西方或幻想的人生、自然合一。”[①] 可见，对人生的关怀，对自然的关注，以及对人生与自然的亲和关系的关切，在于坚的诗歌中占有重要的位置。那么，当年街头飘扬的“红旗”，在于坚笔下就变成了绿意尚存的“棕榈树”；当年像铁栅一样淋漓的“血字”，在于坚笔下就变成了被绿色环绕的“篱笆”；当年的“战场”和“建设工地”，在于坚笔下就变成了人性温暖的“公园”和千年的“湖泊之王”。显然，诗歌色调的改变，也是诗歌视点的改变、诗歌审美关系的改变和诗歌精神的改变。

从诗歌表现的主体来看，中国新诗经历了从自我吟唱到英雄之歌再到平民之歌的发展历程。“五四”时代的诗歌是诗人心灵的歌吟，也是那个时代的最强音。而相当长一段时间，英雄的时代催生了诗歌激情的歌喉和崇高的旋律。虽然“五四”时代“人的文学”“平民文学”的口号带动了那个时代的文学创作，但那是在封建时代“神的文学”“贵族文学”的背景下出现的，而且就诗歌来讲，平民化的色彩远远赶不上小说、戏剧等其他文学样式。20世纪80年代中后期，人的主体性地位特别是普通人的主体性地位得到突出和强调。于是诗歌的视线开始整体性下倾，深入普通人的生存境况和心灵状态。于坚就是最有代表性的诗人。于坚的城市诗歌，侧重表现普通人生活的困顿和窘迫，以及精神与心灵遭受的挤压；而乡村诗歌，则多表现普通人的日常生活，凸显人的心灵的愉悦和精神的舒放。在这里，于坚的平民之歌实则隐含社会生态学和人类生态学的意义，他用诗歌传达了一种人类生活的理想状态：人与人、人与物、人与自然的和谐相处和诗

---

① 于坚：《诗六十首》，云南人民出版社，1989，第1页。

意共存。

从诗歌语言来看，中国新诗由诗歌语言的超负荷承担到诗歌意象的集束呈现再到"诗到语言为止"的追求，显示了对诗歌语言生态的建设性态度。诗歌语言曾经只是一种工具，装载着思想理性和情感激流，语言以一种充血状态和紧张状态在一定的程度上丧失了自身的美感。承现代主义诗歌一脉而来的朦胧派诗歌钟情于意象的营造，产生了不少优秀的诗人和诗歌，意象成为语言的花朵，具有极高的观赏价值和审美价值。而到于坚及"第三代诗人"，诗歌内容的平民化和日常化，带来了诗歌语言的琐细化和凡俗化。和朦胧诗派相比，于坚及"第三代诗人"的诗歌语言，不是"寄托性"的，而是"写实性"的；不是"提炼性"的，而是"还原性"的；不是"聚焦式"的，而是"散点式"的。这并不是说于坚的诗歌语言就是随手拈来的，他也很注意语言的"摆弄"。正像他在《事件：挖掘》一诗中所写的"取舍　推敲　重组　最终把它们擦亮/让词的光辉　洞彻事物"。看来他追求的是词语的呈现方式和组合关系，并由此掘进词语和语言的内部，使语言和生活取一种同步的姿态，或者说用语言直接描写和还原生活本身。有人认为，这样的写作者完全是"异类"："诗人试图怀疑每一个词语，并执意要回到词语的原初状态，这显然是当代诗歌新的写作难度，于坚是这一难度最早的挑战者——正是这样的写作，大大激发了于坚的原创力。……于坚一直使用一些'旧词'，并在这种使用中使许多词语重新恢复了活力，恢复了它们与事物、生活之间的亲密关系，从而在别人看来最没有诗性的地方，重铸了诗性。"[①] 从意象的角度来看，虽然于坚的诗歌中也出现了大量的意象，但这些意象也是对生活的贴近，呈现写实性的倾向和特征。上面分析的"城市"意象和"乡村"意象，就完全是生活化和现实化的，隐现的只是一个大的审美空间和轮廓，体现出一种宏阔的视野和平实的笔调。正因为这样，

① 谢有顺：《站在诗歌的反面》，《南方周末》2001 年 4 月 27 日。

围绕“城市”和“乡村”这两个基本意象就衍生出大量相关联的意象。我们也应该看到，日常生活语言的浮现与组合以及意象的生活化乃至凡俗化，使得于坚的不少诗歌变成了“文字积木”。所谓“于坚体”，在笔者看来就是一种“积木体”。有技巧和想象的空间，但其以诗意的流失作为代价。这样，诗歌也就完成了从抒情到叙事的转变。因此，从阅读效果来看，诗歌从朗读的诗歌、精神触摸的诗歌，变成了“看”的诗歌、自由拆卸的诗歌。在这里只需要生活的感受能力和理解能力，而绝少需要激情和诗意的储备。

也许从诗歌文本来看，于坚的探索有其局限性。但如果把于坚的诗歌文本放在整个新诗链条中考察，就会发现于坚以及“第三代诗人”的出现，为诗歌带来了新的生态景观。于坚奔走在“城市”和“乡村”之间，用诗歌种植了绿色生态植物，描写了平民生活场景，为我们提供了生活化的诗歌语言，这一切加入诗歌的生态链和生态圈中去，就使诗歌的生态景观变得更加耐人寻味。于坚诗歌的主要意义也许就在这里。

第九章

戈麦："死亡"意象与"世纪末哀歌"

戈麦是20世纪末中国诗歌领域的一道闪电，用短暂的生命和为数不多的诗歌作品照亮了那个有更多年轻诗人寻求突围和超越的"雷雨之夜"。诗评家大量发掘了同一时期海子等诸多诗人作品中的光芒，而极少把目光投向"投水而亡"的戈麦及其留在岸上的诗作。我们不应该忽略这样一位诗人。尽管他在自己封闭的内心尽情地书写了黑暗、秋天、孤独和阴郁，书写了"死亡"的暗影和气息，但也正是这一切作为背景和底色衬托出他在"雷雨之夜"行走的艰难、困惑和精神侧影，正是从这里出发可以更好地解读诗人及其诗歌创作的现实处境和价值追求。笔者就戈麦诗作中的"死亡"意象以及由此串联起来的生命幻象、人世图景和心灵追寻等展开分析和讨论，希望对戈麦有更多的贴近和了解。

第一节 "有温柔的死在召唤"

诗歌历来惯于表现和听从"死的召唤"，这是因为敏锐、善感的诗人总是在生命的长廊里走动和盘桓，谛听生命的玄妙和死亡的神秘之声，是因为诗歌和人类的"心脏"与呼吸贴得更近。翻开古今中外的诗作，触目可见诗人对死亡的描写和联想。这并不奇怪。只是更多的诗人在"死的召唤"面前，聆听它、体味它、感悟它，从而诗意地传达出一种时间意识、生命意识、宗教意识或审美意识，传达出一种人世的沧桑感和人生的宿命感；只有极少数诗人，如戈麦，用生命去响应和承诺“死的召唤”，匆忙而决绝地弃绝生命和诗歌而走向死亡的腹地。有诗评家把当代诗人在死亡想象中所表现出来的死亡心态概括为三种，即解脱心态、归依（回归）心态、审美心态。[①] 据此，我们可以把戈麦诗歌中表现出来的死亡心理动机归结为解脱心态和归依（回归）心态，那就是诗人急于对窘迫的、空幻的现实人生的解脱和对那一片神秘“水域”的归依。概括起来分析，戈麦的诗歌主要从三个方面透露出“死的召唤”所带来的讯息。

一　生命的空幻感使诗人决计“抛开我的肉体所有的家”

戈麦从小生活在黑龙江某农场，广袤而神秘的大自然使他在敏锐观察和体味周围大千世界的同时，回到自己内心的河流，对时间和人生有自己独特的感悟和感慨：“雪狸们默默地立在河上/凿开一个又一个春天”（《流年》）；“成年是生前的一种烦恼”（《颜色》）；“等待我成年的人/在我成年之后/等待着我的衰老”（《哥哥》）。这种“烦恼”之叹和“衰老”之虑，伴随着诗人短暂的一生，也构成了诗人生命的元素和心灵的底色，加速了他死亡的步伐。也许正是这种“烦恼”的堆积、弥散和对“衰老”的臆想与感叹，隔断了他对生命真谛的领悟，进而使他对生存的真实性和价值产生了怀疑。在他的眼里，大自然的“雪”是“天堂里坠落的灰尘”，“这一场巨大的幻景/笼罩我们的生存”，雪不仅“点缀了冬天”，也改变了“我们对事物的认识”［《雪》（一）］。在这种“认识”里面，毫无疑问包括对人自身的认识、对人的生存和生命的认识，也包括对诗歌的认识，“幻景”一词

① 谭五昌：《20世纪中国新诗中死亡想像的心理分析》，《海南师范学院学报》（社会科学版）2004年第5期，第59~66页。

为他的"认识"做了生动的注释。戈麦对诗歌怀有"感激"之情，他从诗歌那里得到了安慰和拯救，正如他自己所说，"如果没有诗歌，我想象不出现在的我是怎么样的"[①]。即使这样，他也认为诗歌同样是空幻的，同样要走向死亡。在《海子》一诗中，他声称自己是一个"疯人"，在时光的推动下，"写下行行黑雪的文字"，"和死亡类似，诗也是一种死亡"。"黑雪的文字"，即本色而空幻的文字，既沉重又轻灵，既忧郁又快乐，是一种矛盾的存在，一方面浸透了诗人的向往、梦幻和全部生命的能量，成为一种充满生命气息的存在，另一方面又是一种沉重的舞蹈，烙上了痛苦的底色。这是一种美丽的文字，也是一种绝望的文字。在戈麦笔下，诗歌即生即死，死生依存，"我的一生被诗歌蒙蔽/我制造了这么多的情侣，这么多的鬼魂"（《当我老了》）。这样也就不难理解，戈麦在以自沉的方式结束生命之前，将自己的全部诗稿装进书包扔到厕所里，让"黑雪的文字"先行沉没，让诗歌的"鬼魂"为自己引路。他的这一行为，"表现出他对他所赖以存在的社会现实的极大失望，也表现出他对诗歌本身的绝望"[②]。

正是在"生存即幻景"的遐想和感叹下，诗人一再表示"我要抛开我的肉体所有的家"（《家》），这个"家"包含他的生命、灵魂和他创作的诗歌以及他赖以生存的整个世界，态度是毅然决然的。

二　漂泊的生命需要用死亡的"根"来固定

"我厌倦了海水漂泊的生活/这个日子/需要一种根"，"这个日子/需要一次我的死去/我会死在那间/贮存我的意志我的梦想的黑房子里/没有人知道"，"我始终怀有那只/多情的花朵/这么多日夜/就像那个朝向故居的山坡/你的过去/那永恒的诱惑/残害了我多年"（《这个日

① 戈麦：《〈核心〉序》，西渡编《戈麦诗全编》，上海三联书店，1999，第421页。

② 吕周聚：《戈麦自杀的"内部故事"解读》，《阴山学刊》2005年第4期，第78~81页。

子》)。从诗人短短的人生履历来看，“漂泊”对他来说应该是一个奢侈的词语。从东北到北京求学，从大学毕业到参加工作，他的生活相对平静，并没有什么大起大落。那么，这种“漂泊”的感受来自诗人心灵的历程，即内心深处对生活的寂寞而孤独的体味与咀嚼，在“生存即幻景”的生命体验中的渺茫和无助，由心灵矛盾、冲突带来的人生的抗争和挣扎，包括诗歌这只“多情的花朵”和花朵绽放的“黑雪的文字”带给诗人的“海洋”般无边无际的世界以及在这个世界里的生命的流浪和沉浮。如果真要从外部来指认诗人的处境的话，倒不是“漂泊”，而是诗人在现实生活中的穷愁潦倒。他的同学西渡在悼念他的文字里写到他的“贫困”：大学毕业后，他到处找房、租房，借用的平房里没有暖气；他的收入不多，却把大部分钱用来购书；他吃饭、抽烟的钱掐得很紧，但到月底还是上顿不接下顿。[①] 对于这一窘迫的生存状况，戈麦在《扣门》一诗中进行了惊心动魄的描写，“三个黄昏扑打着我的房门/三个流浪回家的饿魔/三只行凶杀人的影子/扑打着我的房门”。由此可以想见诗人对饥饿的刻骨记忆及其难堪的生活处境。在茫茫人海里他找不到温暖的住所，得不到必要的生活保障，这种生存的艰难带给诗人的或许就是他自己所表达的“漂泊”的感受。正是这样，诗人渴望用死亡的“根”来固定自己的生命，在《金黄的落叶》《我的告别》《遗址》《我知道，我会……》《誓言》等诸多诗作中诗人表达了对人世的厌弃和赴死的决心，而且把死亡描写得悲凉而美丽，“我已经可以完成一次重要的分裂/仅仅一次，就可以干得异常完美”(《誓言》)。

三 在对人世和自我的审视中向往“那扇门”

“那扇门/有温柔的死在召唤”(《那扇门》)。诗人之所以听从于

① 西渡：《死是不可能的》，西渡编《戈麦诗全编》，上海三联书店，1999，第6页。

"那扇门"的召唤，是因为在现实的门槛内，诗人不满人世间的"谎言"和"伪装"，"厌倦了恭恭敬敬的美丽"。在诗人的感受里，现实是沉重的、残缺的、令人失望的，"空气污秽不堪"（《记忆》），由此诗人希望自己是"一块尖锐的顽石"站在人类的"反面"（《我要顶住世人的咒骂》）。在抵制的同时，诗人也在寻找，寻找那些闪光的"事物"，寻找"树林"和"渡口"，寻找另一种生活、另一个世界。这种寻找是痛苦的、绝望的，充满了更深的幻灭，"世界像两只可怜的鸟/我趴在高高的云垛上/看着她们低低地哭"（《生活有时就会消失》），"我已经成为一个盲人，/双眼被生活填满了黑暗"（《那些是看不见的事物》）。这种对生活的"严厉的拒斥"，是完全来自诗人对现实的观察和感受，还是有更多更深的内涵？诗歌固然是诗人自身的一种经验形式，必定融注现实的声色光影以及诗人的体验和感悟，但诗歌更是一种超验的理想形式，表达诗人对世界的看法和对绝对完美、绝对纯粹的追求。因此，当现实世界的观念、秩序和诗人用"诗歌的花朵"所守护的理想世界发生冲突的时候，诗人必然会站在现实的"反面"。西渡在论析戈麦及其诗歌时说："对于一个刚满 20 岁的年轻人来说，对于生活的这种严峻认识不大可能来自现实的创伤（尽管这种创伤极有可能存在），而可以肯定地源于某种更高的恐惧感。现实的创伤可能催化了这种恐惧感的成熟，但永远不能代替它。这种恐惧感对于那些对生命有着敏感的禀赋的人来说，是一种不得不接受的礼物。它就是那种对生命的可能性受到戕害的恐惧。"① 这一观点是可以被我们所接受的。这就是说，诗人是从"生命"感知的角度来打量和审视现实世界的。

在审视现实世界的同时，诗人也审视了自我。这种自我审视既是对不完美的现实世界的一种担当，也是对社会群体乃至对人类的一种

① 西渡：《拯救的诗歌与诗歌的拯救——戈麦论》，西渡编《戈麦诗全编》，上海三联书店，1999，第 453 页。

理性思考。诗人望着桌上的野菊花突然对灵魂发问，“恨卑贱的灵魂以外所有的灵魂/我们不可能完好如初”（《桌上的野菊花》）；诗人对着杯子自责，“我的心盛满了罪恶”（《杯子》）。这个时候，诗歌的语言直接捶打着诗人自我、芸芸众生乃至人类的“灵魂”和“心脏”，让我们反思、战栗和哭泣。遗憾的是诗人这种自我审视来不及更深入、更具体地展开和表达，就在“昏暗的灯光”下带着“淤积的伤口”过早地走进了“死亡之门”。

第二节　“我的疑虑在空气中延伸”

戈麦的诗歌大量描写死亡，而且把自己年轻的生命作为最后一首诗篇呈献给死亡，完成了诗歌和生命的融合。但这并不意味着戈麦的诗歌只有忧郁、灰暗和令人窒息的调子，并不意味着戈麦在选择死亡之前就没有内心的游移与彷徨。阅读他的诗歌会时时在“黑雪的文字”中发现闪电、阳光和春天，会看到诗人内心的苦闷与挣扎，或者换句话说，能看到一个完整的戈麦，一个“半人半神”的戈麦，一个矛盾的戈麦。正如戈麦在自述中用第三人称所表述的：“戈麦性格刚毅，但时而软弱，经不起很大的折腾。……戈麦是个乐观的悲观主义者。”[①]“在戈麦的方方面面，充满了难以述描的矛盾。”[②]

在诗歌《一九八五年》中诗人这样表达，“一个阴暗的早晨/我最终选择了活着/像一只在白茫茫的大风天里/丢失的手套”。1985 年，戈麦还只有 18 岁，看来对生死的选择早在他年轻的生命中就展开了。尽管活着像一只“丢失的手套”那样渺小和无助，但诗人仍然努力寻找、开掘生命中温暖、明丽的一面，诗意的笔下回旋着对生命的热爱，

① 戈麦：《戈麦自述》，西渡编《戈麦诗全编》，上海三联书店，1999，第 423 页。
② 戈麦：《戈麦自述》，西渡编《戈麦诗全编》，上海三联书店，1999，第 425 页。

对美的追寻，对"家园"的叩问，对春天、青春和爱情的歌咏，对充满雨水、波光和神秘气息的南方的向往，时时弥漫着温馨的浪漫的情怀。在他的诗歌中，常常能见到这样的诗句："在洒满青光的烛台上我终于学会/从过去的悲哀里　发现未来/未来　不再是一场病"（《回想》）；"季风又起　我没有方向/彻骨的阳光　仿佛/一种凭空的思想/逼迫我们返回家园"（《此时此刻》）；"我成熟的躯体就像这温暖的村庄/会临三月，被这温暖的土地捧入春天"［《冬日的阳光》（一）］；"一个半神，在河上漫游/一个爱情的失眠者/走遍村庄里每一个温暖的角落/所有的花只为一个人盛开"（《四月的雪》）；"要为生存而斗争/让青春战胜肉体，战胜死亡"（《青年十诫》）……可见，花朵、阳光这类明亮的事物对诗人心灵的占据和环绕，使诗人一颗"冷漠的心"常常被"捧入春天"，返回"温暖的村庄"。一方面是"温柔的死在召唤"，另一方面是对人间美好生活的牵系和期待，这两种力量的交汇和较量，使诗人常常陷入内心的极度不安和苦闷之中。要么改变现实和人生获得精神的自由和超越，要么抛弃心中美好的追寻遁入世俗和黑夜的怀抱，继而永久地合上自己的双眼。诗人一次又一次尝试自我拯救。在诗歌《鲸鱼》中，他借鲸鱼这"海上不平凡的事物"表达了对激情、壮观和活力的渴盼，这是对自我生命的勉励和期许，更是对现实生活的瞩目和期待。但诗人只望见鲸鱼"浪头后隆起的尾部"，结果只好等待它重新从水面露出。可是这种等待是令人失望的，"我的内心从微热滑到冰凉"，继而诗人发出了无奈的感慨，"你属于我们时代正在消逝的事物/我幻想着，耗尽每一个平凡的夜晚"。改变自我、改变现实而不得，诗人又幻想超越。在诗歌《彗星》中，诗人借"彗星"的"神秘之光""箭羽之光"表达了超越尘世的渴望，"在沉酣如梦的世人，今夜/这星球之上，只有一双尘世的双眼，望着你/你寒冷的光芒已渐趋消弱"。正如鲸鱼闪现而又很快消逝，彗星也转眼即逝。彗星的"隐痛和焦虑"更是诗人的"隐痛和焦虑"，"你的内心为遥远的一束波光刺痛/那唯一的目击者熬不过今夜，我合上了双眼”。在漫长的夜晚和强大的现实力量面前，诗人未能坚持到“最后”。

在长久的内心的“隐痛和焦虑”之后，诗人最终选择了“决断”，“绵羊，你的道路还将众多/我的生活已步入决断”（《绵羊》）。不过这种“决断”也是犹豫中的决断、彷徨中的决断，是在对生的眷念和对死的憧憬的心理矛盾之间的决断，是在对诗歌的离弃和对诗歌的守望的心灵煎熬之间的决断。这一点在《高处》中有很好的表达，一方面诗人表示“从今日起，我不再攀登诗歌的顶峰/不再渴望在心中建筑通天巨塔”，另一方面又不能失去诗歌，“失去你就失去一个永世不可再得的梦想”；一方面诗人感叹“一切都是虚幻的梦境”，“我”只想做“一个寻常的人，幸福的人”，另一方面又预言自己人生的道路“已命定不会长久，末日或沉伏于明朝”。真像诗人自己所说的，“我不能拯救/我的疑虑在空气中延伸”（《深夜》）。可以推测，这种“疑虑”一直伴随诗人到选择自杀、走向自杀的那一刻。而正是这种“疑虑”带来了一个内心丰满的真实的诗人，带来了死亡阴影背后的阳光和花朵，带来了诗人对鲸鱼、彗星、山峰、巨塔、春天等一切美好事物俯察或仰望的目光。正是在这一点上，戈麦加入了海子一类诗人的歌唱，即为美而歌唱，为“春暖花开”而歌唱，为精神家园而歌唱，为诗歌自身的纯粹而歌唱。因此，戈麦“黑雪的文字”背后的“光芒”是值得我们珍惜和收藏的。

第三节　“一个人生活在自己的水中”

戈麦在自述中说自己“喜欢水，喜欢漫游”①，向往“南方”，他“觉得在那些曲折回旋的小巷深处，在那些雨水从街面上流到室内、

① 戈麦：《戈麦自述》，西渡编《戈麦诗全编》，上海三联书店，1999，第423页。

从屋顶上漏至铺上的诡秘的生活中，一定发生了许多绝而又绝的故事"[①]。了解了这一点，也就不难理解他为什么会把自己的生命以及诗歌创作和"水"紧密地联系在一起。他的很多诗题，就直接点明"水"或与"水"相关，如《水》《游泳》《流动的河》《望见大海》《渡口》等，诗人把自己的肉身、灵魂、梦、诗歌语言，拯救和沦落，希望和幻灭，喜悦和悲哀等全融进"水"的流逝和动荡之中，赋予笔下的"水"以丰富的含义和变换的色彩。他的"南方"组诗，《南方》系列也好，《眺望南方》系列也好，《南方的耳朵》系列也好，统统写到南方的雨水以及被雨水滋润、映照过的人事，在"幻象"与"梦境"般的描写中，打开南方的"花瓣"和"波光"，有一种柔润的、纯净的气息和绵长的韵味。正是在对"水"的谛听和触摸中，诗人的身体和心灵得到了抚慰和放松，"你静静地抚摸，抚摸/忘记了时间/我扭结的心被理得如丝如缕/柔软如初"（《流动的河》）。也正是在对"水"的感悟和形而上的思考中，诗人用富有才情的笔墨婉转掘进生命的源和流、生命的旅程和归宿、生命的动荡和神秘……

可以说诗人的生命就在"水"的边缘游走，他的"去"与"留"都和"水"息息相关，"在天边的水中，往何处去，往何处留/在湿漉漉的雨天里，我留下了出生和死亡"（《圣马丁广场水中的鸽子》）。戈麦喜欢水，乐于表现水，并且最后把自己年轻的生命也托付给水，还有一个原因，就是他清楚地知道"水"承载了古今中外无数伟大诗人的灵魂和诗篇："我感到桥下的河水中尸体在漂，/我所仰慕的各个时代的伟大诗人/华滋华斯、瓦尔特·惠特曼/在夜晚倾斜的河道上缓缓地流。"（《我感到一切都已迟了》）这是一种暗示和召唤，虽然他在诗歌的"巨子"和"天王"面前也曾感到自己的黯淡和渺小，但他并没有放弃对诗歌的追求、对诗性的追求，没有放弃在对死亡的诗意的冥想中最终选择"水"来结束自己的生命。在这一点上——在对"水"

---

① 戈麦：《戈麦自述》，西渡编《戈麦诗全编》，上海三联书店，1999，第424页。

的热爱和眷顾并以生命相许这一点上，戈麦和那些“伟大诗人”是声息相通、情性相投的。唯其如此，他才那么急于摆脱尘世的羁绊和烦恼，在生的“疑虑”之后走向他所钟情的“水”的怀抱，实现他的生命的诺言，“我将沉入那最深的海底”，“我将成为众尸之中最年轻的一个”（《金缕玉衣》）。

在用自沉的方式走向死亡之前，戈麦在用诗歌拯救自己。诗歌是他陆地上的“水”，或者更准确地说，诗歌语言是他陆地上的“水”。在现实的困惑、生活的困顿与人生的无奈中，诗人借诗歌和诗歌语言活出了自己的尊严，活出了自己的滋味。戈麦认为：“诗歌应当是语言的利斧，它能够剖开心灵的冰河。在词与词的交汇、融合、分解、对抗的创造中，一定会显示出犀利夺目的语言之光照亮人的生存。诗歌直接从属于幻想，它能够拓展心灵与生存的空间，能够让不可能的成为可能。”[①] 这也正如他在诗歌中所自言自语的那样，“一个人生活在自己的语言里/一个人生活在自己的水中”（《一个人》）。这种表达再明白不过了，在他的生命里，“语言”和“水”有非常亲密的关系。“正是从语言，戈麦看到了生命的另一种可能性。生命因语言的出现而得到拯救。”[②] “懂得语言之奥秘的人，他的生命将得到看护，他的死只是另一次复活。”[③] 那么当他陷入诗歌写作的苦恼、陷入语言的焦虑中的时候，他一定感到焦渴难耐，因而急切地寻找别的“水源”来供养自己，或者结束自己。这是一种必然。臧棣在分析“语言”对诗人形成的压力时说：“诗人之死的助推力主要不是由性格和心理因素产生的，而是对语言的欲望产生的。……一种语言的焦虑融进了写作的过程，同时也渗透了生命的旅程，显然，诗人之死，如果非要用悲

① 戈麦：《关于诗歌》，西渡编《戈麦诗全编》，上海三联书店，1999，第426页。

② 西渡：《拯救的诗歌与诗歌的拯救——戈麦论》，西渡编《戈麦诗全编》，上海三联书店，1999，第454页。

③ 西渡：《拯救的诗歌与诗歌的拯救——戈麦论》，西渡编《戈麦诗全编》，上海三联书店，1999，第458页。

剧的眼光来看待的话，那么它的实质是语言的悲剧。就戈麦的死（包括海子的死）而言，它是汉语的悲剧。"[①] 就诗人与"语言"的精神联系来讲，"语言的焦虑"导致诗人的悲剧是可以理解的。这里，应当说"语言的焦虑"至少来自两个方面，一方面是诗人祈望用"诗歌语言"给自己建造一个"世外桃源"，另一方面是诗人对"诗歌语言"自身的一种永不满足、永无止境的艺术追求。这两点，在戈麦身上都没有实现。像感受到人生的空幻一样，他也感受到了诗歌的空幻："可我还没有看见过那些未来的日子，/它们就像雪夜中被抽走的船板，/我踩在上面——/对于我，诗歌是，一场空！"（《那些是看不见的事物》）诗歌既不能改变现实，也不能拯救自己，他沉醉于诗歌创作，而又无法在"诗歌语言"的诗性层面超越自己，最终他只好抱着他曾经拥有的诗歌和诗歌语言一起"投水而亡"。由此也可以这样理解，"水"是另一种形态的诗歌和诗歌语言，当诗人离开岸上的"语言"而投身"水"中时，也意味着诗人在舍弃生命和诗歌的瞬间，生命和诗歌在"水"——一种诗意形态上的"水"中得到了永生。也许，在他的心中混淆了"语言"和"水"的界限，"语言"是岸上的"水"，"水"是地下的"语言"，二者是交融在一起的。诗人意识到诗歌和诗歌语言虽然不能改变现实和人生，但"水"能改写自己的生命和命运，"水"才是自己生命和诗歌的归宿和新的出发点。这样前面引用过的那两句诗就应该倒过来，"一个人生活在自己的水中/一个人生活在自己的语言里"。诗人在"水"中隐身了、沉没了，但"水"在诗人生命溅起的浪花平静之后，成为一面"镜子"，当我们为诗人短暂的生命惋惜时，从这面镜子里读到了诗人的"疑虑中的眷顾"和"决断中的诗意"，读到了20世纪末中国诗坛的一曲凄美的绝唱。

---

① 臧棣：《犀利的汉语之光——论戈麦及其诗歌精神》，西渡编《戈麦诗全编》，上海三联书店，1999，第435页。

第四节　“我就是这最后一个夜晚最后一盏黑暗的灯”

戈麦钟爱“最后”一词，他把每一天、每一个夜晚都看作生命最后的时刻，因而其诗歌也充满黄昏意识、黑夜意识和末日意识，打上了灰暗的、消沉的、悲观的调子，在他“黑雪的文字”中加重了“黑”色的一面。这样的文字当然是阴郁的、冷面的、坚硬的，虽然如上分析，戈麦诗歌中明丽、柔润、炽热的诗情也时时如飞雪在空中漫舞，但毕竟诗人惯于把仅有的一点亮色装在黑夜的口袋里，装在“最后”一词的悲凉而凄艳的气息里。在《献给黄昏的星》、《最后一日》、《岁末十四行》（组诗）、《死亡诗章》、《黑夜我在罗德角，静候一个人》等大量诗作中，也许是一个景物的启示，也许是时光的流逝，也许是对死亡的思考，也许是爱情的等候和失意，一切都可以在诗人的心中唤起关于“最后”的联想和思绪。

也正是“最后”一词，打开了诗人心底的秘密。从诗人所生活的时代来看，诗人处在一个世纪的“最后”年代。在诗歌《岁末十四行》（一）中，诗人由“岁末”写到“世纪末”，“在每一个世纪即将结束的时候/总是有很多东西被打入过时的行列/我的心凉了，从里到外”。联系到诗人在其他诗篇中所描写的情景，如“谎言”“伪装”“沉沦”“隔膜”等被诗人所组装来的一幅“世纪末”的图景，给予诗人的自然是心灵的重压，是灰色和抑郁，是孤独、失望和不安。20世纪末，中国社会处在一个重要的社会转型时期以及相伴随的价值选择和重组时期，一些丑恶、阴暗的社会现象，一些扭曲、灰色的价值观念在诗歌的聚光灯下会显得格外令人沮丧。“那些过于敏感、单纯、偏激、容易冲动的诗人面对自己不能理解和适应的社会现状，由困惑而至失望，由失望而至绝望，最后便选择这样一种极端的方式来摆脱精神重负。"[①] 可以说，戈麦正是这样的诗人。如果能够正确看待和深入理解这"世纪末"的"最后"场景，在审视社会现实和人的精神世界的同时，顺应时代的发展和社会的转型，该抛弃的抛弃，该坚守的坚守，该追寻的追寻，该超越的超越，那么诗人就不会染上"世纪末情绪"，更不会沉落在世纪末的河流中。

不仅如此，"最后"一词，还意味着包括诗歌在内的文学的难堪的生存处境。20世纪末期，一个众所周知的事实就是文学的边缘化，诗歌则成为"边缘的边缘"。这个时候，小说、影视文学可以在"先锋""实验"之后纷纷走向大众化、平民化，走向现实的凡人化书写或者历史的平民化演绎，在"边缘"找到立足之地，甚至通过其他传媒手段或方式重新走向文化生活的中心，而诗歌的身份限制了它自身的选择。诗歌的大众化、快餐化也许能赢得一时的读者和热闹，但绝非诗歌发展的正途。对于以"语言"而非"故事"的形式存在的诗歌，"语言"的诗性和诗意组合决定了诗歌的诗性和智性，造就了诗歌的纯粹性和抒情性，因而也就使其自身成为"云"或者"雪"更高地游走和飘舞在"边缘"的上空，也就意味着更多的孤独和失落。当戈麦看到他所崇拜的海子带着诗歌和"故乡的麦地"卧轨自杀，他满眼含着雪光和泪水希望用诗歌改变现实和人心而不得，他沉迷于诗歌那"闪光的毛羽，那黑夜中光明的字句"而又落得穷愁潦倒时，他一定对诗歌陷入了清醒的绝望，仿佛走上了诗歌的穷途末路，走进了"文学的世纪末"，于是他只好带着人生"最后"的诗篇走向死亡。

当然诱发戈麦的末日意识、死亡意识的不仅仅是外在于诗人的这些因素，还有一个重要的原因就是他在骨子里对生命的神秘玄思和冥想以及对叔本华的崇拜。他在自述中说，他喜欢神秘的事物以及怀疑论的哲学，他欣赏叔本华的哲学，如果能从头再来的话，他很可能放

---

① 鲁西：《新诗潮诗人与死亡意象》，《广西民族学院学报》（哲学社会科学版）2001年第4期，第85~90页。

弃文学生涯而选择哲学。[①] “我们来到世上，正是为了把偶然的角色扮得更加荒唐/人类绝对是一堆废物，不必惋惜/一种生物的灭绝，另一种生物还会生长/关于结局，无非是岩石，无非是尘渣”（《想法》），其中流露的颓废绝望的情绪可以与叔本华对人生的看法进行对读：“除以受苦为生活的直接目的之外，人生就没有什么目的可言。我们观察世界，见事事处处，都充满痛苦，都源于生活本身之需要，且不可分离，真可谓毫无意义可言，不合于道理。个别的不幸，固然似为不期而遇的事物，但作为通常的不幸，则事出一辙，可见是必然的。”[②] 戈麦曾说自己得到了博尔赫斯的拯救，而博尔赫斯就是叔本华的学生，对死亡有自己的理解，戈麦欣赏他的名言：“所有死亡都是自杀。”[③] 当戈麦用诗歌诠释人生的时候，其实完全背离了诗歌的法则而用了一种散文的笔调冷静地叙述着自己的“想法”，或许是极度的“绝望”让他变得更加从容和慢条斯理，这种叙述节奏里有一种神秘的气息和寒冷的光芒。正如有的学者所指出的：“在许多意象中，戈麦都喜欢把话说得一针见血，寒光逼人。”[④] 走到“绝望”的顶点和“寒冷”的深处，当然也就走到了人生的“最后”。

戈麦走了，诗歌还在继续。诗歌在继续，就永远没有所谓“最后”……

---

① 戈麦：《戈麦自述》，西渡编《戈麦诗全编》，上海三联书店，1999，第424页。

② 陈静编《叔本华文集·悲观论集卷》，青海人民出版社，1996，第92页。

③ 戈麦：《文字生涯》，西渡编《戈麦诗全编》，上海三联书店，1999，第431页。

④ 臧棣：《犀利的汉语之光——论戈麦及其诗歌精神》，西渡编《戈麦诗全编》，上海三联书店，1999，第447页。

第十章

余光中："水"意象谱写的华彩乐章

读余光中的诗歌，仿佛走进威尼斯水城，无处不充满水的波光、灵性和丰盈的内涵。"水"作为余光中诗歌的一个外显而又内敛的诗性意象，给其诗歌带来了浪漫的气息、灵动的色彩和隽永深长的意味。艺术意象首先来自人生的经历和环境的影响。余光中出生于南京，江南的水乡，历史与传说，莺飞草长，桥影橹声，妩媚、充盈了他的艺术感性。童年时代，他跟随母亲从南京到重庆，一路上"看了几百里的桃花映水，真把人看得眼红，眼花"[①]；而在四川生活的六年，余光中和大自然朝夕相处，"蜀江水碧蜀山青"，"嘉陵江滔滔的波声一路传到枕边"[②]。1947 年余光中入金陵大学学习，后转入厦门大学；1974 年到香港中文大学任教授；1985 年到高雄定居。生肖属龙的余光中，总是和水有缘，"龙德在水，其得水，变化风雨，上下于天不难也"[③]。正是水的柔情和豪情、水的畅达和阻隔、水的妩媚和创伤、水的斑斓多姿的形态和源远流长的内涵，成就了余光中"水火同源"的灵魂[④]，成就了余光中诗歌中"水"意象的华彩乐章。

---

① 傅孟丽：《茱萸的孩子：余光中传》，上海远东出版社，2006，第 9 页。

② 傅孟丽：《茱萸的孩子：余光中传》，上海远东出版社，2006，第 13 页。

③ 傅孟丽：《茱萸的孩子：余光中传》，上海远东出版社，2006，第 121 页。

④ 傅孟丽：《茱萸的孩子：余光中传》，上海远东出版社，2006，第 115 页。

第一节　水的“海”形态：地理阻隔带来的“乡愁”

余光中1950年到台湾，之后三次到美国学习、访问，凡三年，1974年赴香港中文大学任教，共十年，其他时间均生活在台北和高雄。可以说，余光中大半生所面对、所聆听、所体味的就是那一湾深蓝的海峡。一湾海峡催生了余光中绵绵不绝的诗情和像海一样深广的乡愁。余光中借海水表达了心灵的归依感、人事的沧桑感和生命的疼痛感。

在《舟子的悲歌》中，余光中以“舟子”自喻，表达了对家乡和祖国的强烈思念：“昨夜，/月光在海上铺一条金路，/渡我的梦回到大陆。”这首诗写于初到台湾的1951年，应该说那种离家别土的思绪虽然强烈，但并不深厚。而在后来的许多乡愁诗中，那种渴望回归乡土的感情则愈来愈浓烈、愈来愈深挚。写在1972年的《乡愁》，之所以那样脍炙人口，韵味深长，就在于时空的转换和人事的变迁使昔日的“舟子”孤悬海外，月光在海上铺就的“金路”已不复存在，乡愁放大为“一湾浅浅的海峡”。渴望回到大陆的“路”被阻隔，但“梦”永远不会消歇。“这一生，就被美丽的海峡/这无情的一把水蓝刀/永远切成两半了吗？”诗人心有不甘，情有所系：“看海鸥回翔的姿态/是谁，不肯放弃的灵魂？”（《心血来潮》）海鸥的回翔，正是诗人心灵的回望、灵魂的回溯，是对家乡故土的依恋，对中华后土的瞻望，更是对祖国统一的期盼，对中国历史文化的深情眷念。正如诗人自己所说：“是对于历史和文化的探索，也许是因为作者对中国的执着趋于沉潜……是一种心静，一种情不自禁的文化孺慕，一种历史归宿感。”[①] 也正如有的学者指出的：“余光中诗中的所思之乡所恋之土，

① 余光中：《隔水观音》，时代文艺出版社，1997，第209页。

不仅仅是个人的小乡小土，而是整个中华民族，是整个中国的辽阔国土和悠久的历史文化。"①

乡愁是时间在空间河道里的痛苦淤积，也是空间在时间链条上的无奈阻隔。古今中外多少诗人把乡愁吟咏成天上明月、水上帆影，描绘为深山古道、落日残照。其间既有空间远隔的惆怅，又有心理依恋的欢欣；既有亲情乡情的难舍难割，又有理想怀抱的抒发与寄托；既有地理上的认同感和归属感，又有历史文化层面的血脉联系和精神遇合。余光中的《还乡》一诗就表现了这种复杂的情绪：既有"海峡的暖风已经在改向"带来的欣喜和激动，又有"旧愁未解反添了新忧"的回乡忧思；既有"如今正要回波而归渡"的赤子情怀，又有"久已惯于隔海的偏安"的历史惰性；尤其是传达出了那种强烈的陌生感和沧桑感——"四十年后，所有的镜子/都不再认得我了，只怕/更加认生是西湖和太湖/更不提，多藕多菱的玄武"，"还认得出吗，这一头霜雪与风尘/就是当年东渡的浪子"……这种陌生感和沧桑感，是时间的申诉，也是历史的哭泣，在诗人的感觉里，正是"海峡"这"一道深蓝的伤痕"，把"孤岛"和"九州"、"浪子"和"十亿同胞"隔绝开来，而在"海峡"的背后，又该有多少风云际会、电闪雷鸣，所以在"还乡"的复杂思绪中，乡愁浓缩的正是海水的苍茫、动荡和苦涩，正是时间的伤痕和历史的疼痛。

这种历史加予的疼痛，是个人的，也是民族的；是生命历程的，也是精神归途的；是乡愁中的疼痛，也是疼痛中的乡愁。诗人"那双怀乡的眼睛曾是如何之伤情"②。怀乡，希望返乡而不能；返乡，而又担心自己成为故土"熟悉的陌生人"。这一切，从感性的层面来看，都是那日日面对却又不能逾越的"海峡"所造成的。所以诗人聚焦"海峡"，把"海"作为诗歌的一个重要意象来构思、结撰和表达，并

① 张永健：《论余光中思乡恋土诗歌的特色》，《世界华文文学论坛》2001 年第 1 期。

② 余光中：《我的生命与我的创作》，《中国邮政报》2004 年 4 月 10 日。

浓墨重彩地渲染乡愁中的刻骨铭心的疼痛感，这是必然的。诗人时时把“海峡”比喻、形容为“水蓝刀”“伤痕”，其中的痛楚可想而知。在诗歌《中国结》中，诗人把一己的乡愁盘结为“中国结”，这个“中国结”不仅挂在墙上，而且绞结在肚里，“……每到清明/或是中秋，就隐隐地牵痛”；这个“中国结”是任何东西都不能斩断的，即使是“海峡”：“用凛冽的海峡做手术刀/一挥两段吗？痛，是够痛了/只怕未必是痛快，而伤口/未必能够干脆地收口。”可见，“海峡”能阻断生命的自由却不能阻断灵魂的飞翔，能阻断家乡隐隐的青山却不能阻断诗人与祖国的血脉联系；“海峡”带来了生命的焦灼感和疼痛感，同时也带来了奔涌的思绪和狂放的激情。

可见，余光中诗歌中的“海”意象，在表达阻隔以及由此带来的思念和伤痛的同时，更加反衬出“中国结”的柔韧和伟大，即华夏民族的血肉联系和中华文化的源远流长与生生不息。正是基于内心这一“深海”的涌动和旋流，地理空间上的“海峡”成为诗人抒情的触媒和火山口，既有泣血的歌唱和缠绵之音，又沉淀着理性的思考和期盼。

第二节　水的“江河”形态：内在源头上的精神归依

“海”阻隔了诗人与大陆的生命接触和生死歌哭，但并不能隔断诗人与祖国的内在精神联系。在《从母亲到外遇》一文里，余光中说：“政治使人分裂而文化使人相亲：我们只听说有文化，却没听说过武化。……我只有一个天真的希望：‘莫为五十年的政治，抛弃五千年的文化。’”当诗人从文化的角度表达与祖国的精神联系时，那一把“水蓝刀”就变为延绵不绝的“江河”，“江河”意象在其源远流长的象征意蕴里接通了诗人和祖国历史文化的内在声息与血肉联系。这种对祖国历史文化的认同和归依，在余光中的诗歌中，借“水”的灵性和韧性、“水”的渗透和流动得以生动地表达。具体而言，“江河”意象贯穿起了三种文化意识，即“雅文化”、“俗文化”和“根文化”。

中国是诗歌的国度，诗歌文化可以说是中华文化中的精粹和瑰宝，既丰盈、提纯了中华文化的内涵和品位，同时又哺育、滋养了中华民族的性格和气质。中国诗歌的历史，如同黄河和长江，雄贯万里，气势如虹，而一代又一代的诗坛才俊则凌波踏浪，气宇轩昂，在他们的血脉和诗文中奔涌着江河的大波与大浪、大喜与大悲，奔涌着一个民族的永不衰竭的诗情和激情。正因为这样，余光中总是喜欢把中国历史上的那些诗祖、诗圣和诗仙放在一派汪洋而动荡的水域中来塑造。在这里，“水”的意象，既传达了诗人们漂泊的身世和艰难的人生，又寄寓了诗人们高洁的人格和不屈的精神，同时还隐含着诗歌文化精神的传承和发扬。

在《淡水河边吊屈原》《漂给屈原》《水仙操——吊屈原》等诗作中，借湘江、汨罗江、沅江等南国水域形象，表现了跋涉在“蓝墨水上游”的屈原的铮铮傲骨和他传之于世的诗骚的不朽魅力，滔滔的水姿和神秘的水韵，涌流着诗人人格和诗魂的纯净和芳香：“非湘水净你，是你净湘水”；“那浅浅的一弯汨罗江水，/灌溉着天下诗人的骄傲”；“你的死就是你的不死”。因为诗人和诗歌，作为自然形态的“水”也被赋予历史和文化的内涵，更具灵性，也更加厚重。在诗性的层面上，诗人、诗作和“水”互相渗透、互相映衬，融合为一个完整而诗意的形象。余光中承继了屈原的精神和诗美的遗泽，越到后来，他越感受到和屈原的深刻精神联系。“有水的地方就有龙舟/有龙舟竞渡就有人击鼓/你恒在鼓声的前方引路/……你流浪的诗族诗裔/涉沅济湘，渡更远的海峡/有水的地方就有人想家/有岸的地方楚歌就四起/你就在歌里，风里，水里。”（《漂给屈原》）这种深刻的精神联系，缘于他和屈原在身份、心境上的契合认同。迫于时事背井离乡的余光中，常有一种文化放逐感，他无法割舍对乡土的深挚恋情，作为诗人，强烈体验到的漂泊放逐感，使他与屈原在身份和心境上达成了深刻的认同。[①] 写杜甫，把一叶孤舟“托给北征的湘水”：“这水啊水的世界，潇湘浩荡接汨罗/……今夜又泊向哪一渚荒洲？”（《湘逝——杜甫殁前舟中独白》）极写落魄文人暮年的漂泊和悲凉的身世。在杜甫的幻觉中，竹雨芦风里鼓瑟的湘灵、九嶷山下的禹坟、满船回眸的帝子、身世凄凉的太傅、兰桨旁的屈子一一闪现，把泽国水乡装点得极富神异色彩和文化底蕴。写李白，“你曾是黄河之水天上来”（《戏李白》）。写苏轼，“此生老去在江湖”，“你豪放的魂魄仍附在波上”（《夜读东坡》）。而在写李白的同时，又兼及苏轼，“黄河西来，大江东去/此外五千年都已沉寂/有一条黄河，你已够热闹的了/大江，就让给苏家那乡弟吧”。黄河和长江，只有李白和苏轼这样落拓不羁、豪放豁达的诗歌巨子才能将其咏叹为千古绝唱；李白和苏轼，也只有黄河和长江这样奔腾激荡、一泻千里的自然赤子才能将其托举得风姿绰约。余光中从李白和苏轼的诗作中拈出“黄河”和“长江”这两个鲜明的意象，既表现了李白和苏轼的胸怀、气魄与才情，也表现了中国诗歌文脉的昌盛和丰盈。而包括李白等在内的中国历史上的诗人，连同他们笔下“万里滔滔入海”的“黄河”和“长江”，连同他们的瑰丽的想象、浪漫的诗情、奔放的个性，一起酝酿成“酒”，倾倒在他们诗歌的“小酒壶”中，“酒入豪肠，七分酿成了月光/余下的三分啸成剑气/绣口一吐就半个盛唐”（《寻李白》）。可以说，他们用诗歌也用人格影响了他们所处的时代和后来者，谱写了中国历史文化的美丽篇章。

余光中写自己飘零的身世、孤悬海外的痛楚、对祖国山川的浪漫想象和对民族文化的追索与体认，从描写人生感受、内心体验，到抒情方式和抒情风格的确立，都可以看到屈原以降许多大诗人的精神气质和艺术风范。从小就接受中国传统文化教育的余光中，自然也接受

---

① 杨景龙：《蓝墨水的上游——余光中与屈赋李诗姜词》，《诗探索》2004 年 Z2 期。

了中国古典诗歌这种精致文化的熏染和启迪，而由于自身的人生经历、气质和艺术追求等方面的原因，他又有选择地走进了一些诗歌大师的艺术世界和精神世界，并使之成为自己描写和抒情的对象，成为自己和中华文化对话与交流的诗意通道，成为自己走近祖国美丽山水和历史隧道的一扇扇雅致的窗口。如上文所分析，余光中与屈原、李白、苏轼等诗人有内在的精神联系。"如果说在身份境遇所决定的思想感情上，余光中最认同屈原；那么，在气质、才情和诗艺上，余光中最心仪的诗人就是李白。在余光中那里，李白就是中国诗人和诗歌的象征。"① "从我笔尖潺潺泻出的蓝墨水，远以汨罗江为其上游。在民族诗歌的接力赛中，我手里这一棒是远从李白和苏轼的那头传过来的，上面似乎还留有他们的掌温，可不能在我手里落地。"②

余光中既有对诗歌文化的深情眷顾和坚守，也有对民俗文化的青睐和倾听。如果说，诗歌文化是"黄河"和"长江"河道上的火把，引导着一个民族的心灵追求和精神足迹，那么民俗文化则是"黄河"和"长江"河道上的船只，负载着普通民众的喜怒哀乐和生死歌哭。在余光中的笔下，这种民俗文化主要是通过民歌、民谣、摇篮曲和乡音来体现的。最有代表性的就是他的诗歌《民歌》。这首诗把"民歌"置于"黄河""青海""黄海""长江"这样广袤的空间，从北到南，从西到东，"民歌"被传唱着；之后又把"黄河"和"长江"的水提炼为血管里的"血"，从外向内突进，民歌因之融进了诗人的生命；最后又从个体向群体扩展，"有一天我的血也结冰/还有你的血他的血在合唱"，"民歌"变成了一种群体的合奏，与"黄河的肺活量"和"长江最最母性的鼻音"相激荡、相融合。在这里，"民歌"，是最古老的歌、最具有生命力的歌，也是最悲怆最厚重的歌，只有"黄河"能歌唱、"长江"能歌唱，只有"血"能歌唱。这个"民歌"，我们可

① 杨景龙：《蓝墨水的上游——余光中与屈赋李诗姜词》，《诗探索》2004 年 Z2 期。

② 余光中：《先我而飞——诗歌选集自序》，《莲的联想》，时代文艺出版社，1997，第 3 页。

以理解为河流的歌、原野的歌、平民的歌，理解为中华民族的摇篮曲。正是“民歌”肥沃了原野大地，滋养了芸芸众生，和时代的“风”与“沙”、人生的“哭”与“笑”紧紧地连在一起。在其他诗篇，如《摇摇民谣》《只为了一首歌》中，我们同样能够听到这种最原始、最草根、最富有生命力的歌唱。

由此诗人感受到祖国历史文化的源远流长和博大精深，找到了“源”和“流”、“干流”和“支流”、“根系”和“谱系”，也找到了期待和梦想、喜悦和疼痛。诗人表现的雅文化和俗文化，归根结底是一种根文化。“源源不绝五千载的灌溉/永不断奶的圣液这乳房/每一滴，都甘美也都悲辛……”（《大江东去》）。这是对中华五千年文明的神圣的歌唱。五千年文明滋养了中华大地和中华子孙，也孕育了诗人的诗魂和傲骨，“我的血系中有一条黄河的支流”（《五陵少年》），历史文化融入了“我”的血脉，而“我”的豪情和沉醉又带给历史文化以温热。这样，诗人通过“黄河”和“长江”就与大陆、与古老的民族和中华灿烂的文化连接起来了，自然地理的阻隔被历史文化的河流打通，诗人欣喜地找到了童年，找到了生命的摇篮，找到了根，找到了生命的起点和归宿。写于1966年的诗歌《当我死时》，可以看作诗人遥望着祖国大陆用诗行写下的遗嘱：“当我死时，葬我，在长江与黄河/之间，枕我的头颅，白发盖着黑土。/在中国，最美最母亲的国度，/我便坦然睡去，睡整张大陆，/听两侧，安魂曲起自长江，黄河/两管永生的音乐，滔滔，朝东。……”这是一种美丽的想象和抒情，是诗人渴望从海外回到大陆、从破碎回到完整、从游子回到母亲怀抱、从漂泊回到生命原点的情感释放，表达了诗人与乡土、与祖国生息与共、生死相依的深厚感情，传达了诗人回到生命的“摇篮”和“根系”时的满足感和慰藉感。在《枫和雪》《盲丐》《旺角一老媪》等诗作中，诗人同样用“江河”和江南“水乡”表达了这种寻根意识和归返心理。

第三节　水的"酒""雨""湖"等形态：浪漫的诗心与爱情

余光中的诗歌感情和内容是丰富的、多维的，在表现洪波涌起、大江东去的同时，还善于表现小桥流水、天光云影。这个时候，诗人是灵动的、飘逸的、自由自在的，没有了被海峡阻隔的痛楚，也没有了那种被黄河、长江的"根系"所吸附的文化的归依感和生命的归属感带来的厚重，诗人显得更自我，更自在。诗歌中的"水"意象也变为体现浪漫情怀的酒、雨、池、湖、潭等，这种醉态的或者精致化的意象幻景，从内部打开了诗人的宇宙世界，从情感的另一维丰富了诗人的主体形象。这种浪漫情怀主要体现在三个方面，即浪漫诗心、爱情神话和美好童年。

就诗歌风格而论，余光中应当归于浪漫派。余光中的浪漫诗风倾注于"水"——汪洋如"大海"，奔流如"黄河""长江"，典雅精致如"酒""雨""湖"等一系列意象。这种浪漫诗风来自诗人一颗多情、善感而温润的心，来自中国传统浪漫文化的熏陶和西方浪漫诗意的浸染。"我本来也是很液体的，/也很爱流动，很容易沸腾，/很爱玩虹的滑梯"（《我之固体化》），这就点明了诗人浪漫的性格和气质，虽然在国外变成了"一块拒绝溶化的冰"，但其骨子里有这种容易点燃的激情和彩虹般斑斓的想象。在《饮一八四二年葡萄酒》中，诗人围绕"葡萄酒"展开美丽的想象，由自然的诗意、艺术的诗意、爱情的诗意写到自身生命的诗意，进而点明自己接受西方一切浪漫诗意的浸染："而遗下的血液仍如此鲜红，尚有余温/来染湿东方少年的嘴唇。"

人们之所以喜爱余光中的诗歌，也许是因为可以从不同的方向接近他的诗歌，或临海观潮，或水乡漫步，或顺黄河而入海，或逆长江而溯流，或品酒以沉醉，或伫立湖边、雨中以歌吟美丽的爱情。当余光中吟唱爱情的时候，笔下的“水”澄静为“池”“雨”“潭”之类古色古香的意象，将爱情描绘、衬托得高雅清芬、幽婉缠绵，既有古典的氛围和韵味，又有现代的气息和姿容。在《等你，在雨中》《莲的联想》《碧潭》《下次的约会》《伞盟》等诗歌中，诗人借雨、池、潭以及相伴随的伞、莲、舟等意象，写出了爱情中的等待、守护和相思以及迷茫、眼泪与伤痕，极具中国古典爱情的意境和情韵。这种爱情渗透了宗教般的神秘和虔诚，“对此莲池，我欲下跪”，“我愿在此/伴每一朵莲/守小千世界，守住神秘”，“美在其中，神在其上”（《莲的联想》）。这种美好的爱情不是孤立的、静止的。一方面，在现代社会纷繁的背景下，在“战争”“虚无”“科学”凝结的成果面前，忠贞得几近于“神”的爱情显得尤为珍贵；另一方面，在传统爱情的长河里，在美丽的爱情传说和经典爱情故事的叙说里，伴水而生、伴水而长的现代爱情贯通古今、永不衰竭。“爱情的一端在此，另一端/在原始。上次约会在蓝田/再上次，在洛水之滨/在洪荒，在沧海……”（《下次的约会》），这是一种像“水”一样久远、一样广阔、一样深厚、一样绵延不断的爱情，无始无终，超越生死，在奔流和回旋中不断注入新的内涵、新的观念和新的质素。

“水”让诗人返回故乡，返回童年。故乡总是和童年的记忆联系在一起，而童年又往往是人生的第一首诗歌。余光中的故乡在美丽的江南，那里有多莲的湖、多菱的湖、多螃蟹的湖，那是“多湖的江南”“唐诗里的江南”“杏花春雨的江南”（《春天，遂想起》），在那里，诗人度过了纯真、烂漫的童年。而童年的每一脚，都踩在诗意的历史画卷和现实画卷之中：历史的飘逸和厚重，爱情的浪漫和奇幻，时光的流逝和沉淀……带给诗人无比丰富的人生感受。而童年的美好时光反衬出现实中海峡之隔所带来的永生之痛。《还乡》《金陵子弟》等诗歌都表达了江南水乡对诗人童年的影响。

余光中的浪漫诗意，是一种眼光和气度，是骨子里奔流的长江和黄河，是江南飘洒的雨点和风姿绰约的湖泊，形之于诗，是一种优雅，是一种节制的抒情和表达。对于浪漫主义，余光中与新古典主义者一样对其滥情、感伤、直露、倾泻等特点持否定态度，对浪漫主义的"诚实"、"重情"、生命的"燃烧"等特征则持肯定态度。[①] 余光中自己也表白道："抒情，而不流于纵情，不流于涕泗滂沱，应该是任何诗人，尤其是青年诗人的基本权利。"[②]

第四节　水的综合形态：哲理的韵致

余光中将"主知"与"重情"两大艺术传统结合起来，或者如他所说，他主张的是官能、情感、思想、灵魂四种艺术经验的综合。这与大陆在美学探讨中所提出的感知、理解、想象、情感四种美感心理的综合较为一致。他能从上述美感心理的综合中，使诗人的艺术个性与全部复杂沉重的人生、人性碰撞而产生出奔放的生命力，结晶出多棱面的、闪烁着奇谲光辉的现代艺术生命来。[③] 在诗学内涵上，余光中主张全面地理解和表现人性，表现人生，具体来说，就是要认清和处理好人与自然、小我与大我、感性与理性、心灵与价值诸多关系，把握好它们之间的张力，表现它们之间的矛盾互补、对立交融的复杂形态。[④] 余光中自己说过："在艺术创造的过程中，恒有三个相互作用的因素——我、物、道。我要透过物去握道。道要透过物才能展示给我。而物就是我与道交感的媒介。……一件成功的艺术品，往往借物

① 黄曼君：《余光中现代诗学品格论》，《华中师范大学学报》（人文社会科学版）2001 年第 2 期。

② 余光中：《余光中散文选集》（第 2 辑），时代文艺出版社，1997，第 132 页。

③ 黄曼君：《余光中现代诗学品格论》，《华中师范大学学报》（人文社会科学版）2001 年第 2 期。

④ 黄曼君：《余光中现代诗学品格论》，《华中师范大学学报》（人文社会科学版）2001 年第 2 期。

以见我，同时也借物以见道，事实上也因我证道，因道证我。我的深厚和道的深厚成正比例。”[①] 诗人宣称要通过“物”去握“道”，在我们对余光中诗歌“水”意象的分析中，足见诗人是如何通过“水”这一重要意象来表达其所思所想、所感所悟的。“水”包容万物，是智慧的象征。余光中波光荡漾、水汽淋漓的诗篇，流贯着哲理的思绪和心智的浪花。下面仅挑出几对关系来谈一谈。

源与流。诗歌《大江东去》，从昆仑山奔泻而下的长江，滔滔江水串起赤壁、汨罗和采石矶，串起苏轼、屈原和离骚，串起太阳和月亮、清晨和黄昏，显然，长江成为中华民族的象征，历史文化的源和流、生命的源和流都可以在这里找到答案。而在诗人追源溯流的激情挥洒中，又时时点化出看似平常实则深邃的哲理：胜与败、浮与沉、顺与逆、俯与仰、甘美与悲辛……这一切，与水同在，与历史和人生同在。在诗歌《黄河》中，诗人同样把笔触伸向民族远古的历史，用黄河之水串联起自然地理、神话传说、民俗风情和历史文化的灿烂篇章。和《大江东去》一样，《黄河》是诗歌中的雄浑的交响乐，演奏着一个民族的激情，而在激情的深处，盘结着对自然、历史和人类的追索与发问。应该说，这两首诗，借长江和黄河最完美地表达了诗人的情感和思索，其本身就是情感的河流，流淌着智慧的浪花；或者说其本身就是智慧的深海，回旋着情感的激流。情感和哲理在这里达成了一种完美的融合。

过程与结果。如果说《大江东去》和《黄河》在水的流动中、在历史文化的长河中来表现诗人的哲理思考，那么《火浴》则是在一个矛盾的对立面中表达哲理的思绪。诗人给“水”安排一个对立面“火”，在水的洗濯和火的焚烧中让灵魂获得“新生”，“有一种向往，要水，也要火/一种欲望，要洗濯，也需要焚烧/净化的过程，两者，

① 转引自黄曼君《余光中现代诗学品格论》，《华中师范大学学报》（人文社会科学版）2001 年第 2 期。

都需要"。诗人更倾向于选择"火"，而"火"其实是"水"的另一种形态，一种向上的燃烧的形态，其结果都是让生命和灵魂得到"完成"，得到"新生"，"光荣的轮回是灵魂"，"则灵魂，你应该如何选择？/……或浴于冰或浴于火都是完成/都是可羡的完成……"。诗歌就是这样一种完成方式，"我的歌是一种不灭的向往/我的血沸腾，为火浴灵魂/蓝墨水中，听，有火的歌声/扬起，死后更清晰，也更高亢"。在诗人看来，写作本身就是一种净化过程，是洗濯也是焚烧，是沉淀也是飘扬。从这里，我们不难理解，"水"以各种姿态流布于诗人的笔端，也是对他的生命的浸润，对他的心灵的洗濯，对他的智慧的浇灌；当"水"燃烧为"泪"、燃烧为"血"时，就成了"火"，那同样是对意志的考验，对生命的净化。在这首诗中，"水"和"火"是一组矛盾，而后又归于统一；"浴于冰或浴于火"然后达至"新生"，这个过程和结果的完美融合昭示了一种人生哲理。其中，静止与流动、欲望与向往、沉淀与飘扬、死亡与新生等，在"水"的洗濯和"火"的焚烧中，都构成了哲理的浪花或火花，耐人寻味和寻思。"这首诗的主题涉及一种过程——净化的过程，'一种向往'形成这种过程的推动力，而过程本身则始于灵魂的选择，终于永生的完成。"[①]赵小琪教授认为余光中的《火浴》等诗作，从意象的表层存在来看，由"冰浴"与"火浴"、"暮色"与"曙色"等充满对立的两极构成，但从潜存上看，它们都指向生命的再生和更新。[②]

此岸与彼岸。在余光中的诗歌中，"彼岸"是一个反复出现的词语。作为一种原型意象，它已不仅仅是某个具体空间的标示，还是对应于通常的此岸社会的另一个纯精神性的，对存在目标的形而上的假想空间的普遍性的代码。它不断地提醒我们，把我们引向对一种精神

① 钟玲：《评〈火浴〉》，黄维梁编著《火浴的凤凰——余光中作品评论集》，（台北）纯文学出版社有限公司，1982，第165页。

② 赵小琪：《余光中诗歌二极对应结构论》，《文艺评论》2005年第2期。

理想的期待中。[1] 诗歌《西螺大桥》,“既渡的我将异于/未渡的我,我知道/彼岸的我不能复原为/此岸的我”。显然,这首诗充满思辨的色彩。有人认为,“彼岸”引导我们亲近一种宗教精神。其实不尽然。两岸之间的“水”,可以理解为一种距离、时光,一种流动、变换,人时时都在运动和变化之中,“此岸”和“彼岸”是生命坐标系中不同的空间存在,由此将构成人生不一样的风景、不一样的心情。这和宗教世界里讲的意义是不同的。正如我们阅读余光中的诗歌经常发现他用“神”这个词一样,他不一定真的是在表现“神”本身,而只是借此传达自己感情的程度和境界。和“此岸”“彼岸”相仿,在他的诗歌中,常常出现“这头”和“那头”、“这端”和“那端”、“里头”和“外头”等,既是一种情感的表达,也包含一种理性的思绪,传导出人生的沧桑、世事的变换、生死的感悟等情怀。

这种哲理表达,在余光中的诗歌中可以说无处不在,只要留心就会有更多的发现。在“水”之上、“水”之侧、“水”之中,我们常常在领略诗人情感流动变幻的同时,也会领悟到更多的人生真谛。

---

① 赵小琪:《余光中诗歌二极对应结构论》,《文艺评论》2005 年第 2 期。

第十一章

七月诗派和九叶诗派：苦难里的“白色花”和黑夜中的“三弦琴”

诗歌意象的选择和运用决定诗歌的姿态和风度。新诗史上两个重要的诗歌流派——七月诗派和九叶诗派，都讲究意象的运用，七月派诗歌既有“客观的形象”，又有“心的跳动”（胡风语），九叶派诗人追求“现实、象征、玄学的综合”（袁可嘉语）。但他们诗歌的面孔和气质又有较大的差异，这种差异在很大程度上体现为审美意象的营造和建构。因此，从审美意象的角度考察，更能看清这两个诗歌流派的艺术精神和个性，也能对新诗的意象艺术有更多的领悟和思考。

第一节　意象的选择及其精神旨趣

七月诗派和九叶诗派在意象的选择上有许多交叉与叠合，但也呈现出不同的构建视点。

一　主题共呈——从“黑夜”到“黎明”

20 世纪 40 年代出现的这两个诗人群体，以其青春的呼吸和渴望感受着时代的氛围和情绪。社会的剧烈震荡孕育着生活的转折，“黑夜”与“黎明”的意象自然作为一种写实也作为一种明晰的象征涌现在这些诗人的笔下。相同的是，“黑夜”在浓缩的社会性内涵中作为一种生存环境，给人带来了压抑、恐惧和焦虑，而诗人们又以其积极和执着的人生态度，发掘黑夜中的“火种”，表达了对“黎明”的向往和确信。不同的是，“黑夜”意象，在七月诗派那里，主要是作为一种外部活动环境而存在的；在九叶诗派那里，则主要潜隐为一种心灵活动环境。

七月派诗人展开对“黑夜”的描写，是把人置于战争的场景之中，写人在黑夜里围绕战争的一切活动，从而凸显人崇高的内在精神。冀汸的《跃动的夜》是黑夜里一群“蓬蓬勃勃的生命”的剪影，在对人的外在行为、神态的描写中，表现了内心“火的跳跃”“血的奔流”，诗人因而感受到生的庄严和壮美。七月派诗人在表现“人”与“黑夜”的关系时，突出了人对环境的改造作用。因此，“黎明”的闪露，就不仅仅是一种苦闷中的心理期盼，更是自身和群体努力的一种行为结果，是“把我们生命的火把，投向黑暗的中国”（徐放《在动乱的城记》）的结果。“投向”，是生命向黑夜的楔入，是心灵对生活的拥抱，这是一种人生态度，也是一种诗歌姿态。

九叶派诗人笔下的“黑夜”，更多的是人的心灵化的象征。外在生活环境的凄清、悲凉导致诗人内心的苦闷和忧郁。他们很少像七月派诗人那样把生命安放在黑夜的背景下，用热力和鲜血放大和浸润其光艳，而是写心灵的迷惘、徘徊和上下求索。因而“黎明”的上升，更多的是在心灵的苦苦守候之中。这就不难理解，九叶派诗人对“黄昏”和“雾”——“黑夜”的序幕抒写的偏爱。“黄昏，我绕了一个圈子/依旧回到你的边上/现在我听见黑夜拍着翅膀/我想攀上它，飞，飞/直到我力竭而跌落在/黑夜的边上/那儿就有黎明/有红艳艳的朝阳”（陈敬容《黄昏，我在你的边上》）。还有杜运燮、唐祈等诗人一再描写“雾”的情状。这就表明他们在“半明半暗”“朦朦胧胧”中的苦闷心情以及对这种情绪的极力挣脱。因此，和七月派诗人相比，他们有更多灵魂里的“焦渴”和挣扎，因此也就更带有一种精神悲剧的意味。

在七月诗派和九叶诗派的诗歌中，从“黑夜”到“黎明”的主题表达，常常被“冬天”和“春天”这两个意象置换，这种时间意象，同样凝聚了一种普遍的社会心理期待。

二　视角互补——“大地”和“天空”

七月诗派侧重于描写战火笼罩的“大地”，取一种俯视之姿，直逼大地上的一切，并掘进地表烛照地心深处的火焰；九叶诗派侧重于表现云影款移的“天空”，取一种仰观之态，把心灵的幻想和生命的激扬书写在“别一世界”。这种分别当然是相对的，确切地说，七月诗派表现的是“天空下的大地”，九叶诗派表现的则是“大地上的天空”，并由此构成空间视点不尽相同的意象系列。

对于为“伟大的理想”所灌注的七月派诗人来说，“大地”负载着他们的“狂热”。他们把自己投向时代的风雨，投向大地的泥泞，生命因此与“大地”结成生死同盟。这是青春的苏醒，“杯里满溢着献身的欢喜”，“走吧，走吧/这二十五岁的年轻还必须在土地上开花”（杜谷《初起的爱》）；这是“人”的觉醒，为“在历史的音程上”争得一席地位，满怀“沉郁的痛楚”，在“大地”（阿垅《琴的献祭》）上奔走和歌唱；这是崇高的生和悲壮的死，“能够骄傲地活着最好/能够不屈地死去也好”（冀汸《生命》）。这种与“大地”同在的强烈的献身意识，是一种乐观进取的人生态度，也沉淀为诗歌的浪漫情怀和现实精神。

九叶派诗人相对持一种静观默察的人生姿态，在充满灰尘和血腥的大地上，更多地对着“天空”寻求心灵的突围和安慰：天空的飞鸟“带来心灵的春天”，“我的生命也仿佛化成云彩，/在高空里无忧地飞翔”（陈敬容《飞鸟》）；天空的白云引发诗意的幻想，“让我们像那细白的两朵云，/更远更轻，终于消失/在平静的蓝色里”（杜运燮《无题》）。心灵对“天空”的亲近，不能简单地理解为逃离。不仅飞翔的心灵在大地的牵系下有一种更深的惆怅感和负重感，而且就在飞翔的过程中也仍然俯瞰“大地”，并寻找落点：“他只是更深更深地/在思虑里回旋，/只是更静更静地/用敏锐的眼睛搜寻。/……当他决定了他的方向，/你看他毅然地带着渴望/从高空中矫捷下降。”（郑敏《鹰》）

写大地，写大地上的战争、苦难和死亡的阴影，写大地上人的觉醒和抗争，使七月诗派的作品充满一种强烈的时代感和现实感。其书写的是这一段时间，是这一块土地，是这一方人民，是这一朵投映着时代风雨而又浸染着生命鲜血的“诗之花”，是唱给大地的歌，也是唱给人民的歌、唱给祖国的歌。诗人们一再呼喊“祖国的大地”“中国的大地”，大地在诗人生命与激情的灌注中被赋予一种历史的沧桑感和现实的严峻感，诗歌主题也由此得到升华。九叶派诗人更多地透过紫色的云彩、灰色的鸽笛、雨后的云霞、林梢的星月来表达对生命和人事的感慨，对宇宙和自然的感悟，对理想和爱情的思考，于是诗歌题旨被纳入一个更宽泛、更思辨的领域或境界。而当这一方天空以战争和苦难作为背景，诗人对着“一天碧蓝”抚弄心灵的琴弦时，浪漫诗境也渗透了现实的忧郁。

七月派诗人从“大地”发掘出了改造大地的力量，推出了与“大地”息息相关的系列意象：纤夫、绿草、种子、根……这是力量型、坚韧型的生命力沛然的意象，它们的出现是对苦难的挑战，是对贫穷和荒芜的改变，是对生命根须和人生信仰的紧握和坚守。大地于是迎来了它“春天的梦”，“泥土从深沉的梦里醒来/慢慢睁开晶莹黑亮的大眼/它眼里充满了喜悦的泪水/看，我们的泥土是怀孕了”（杜谷《泥土的梦》）。

九叶派诗人则选取一些负载理想的空中意象：树、山、鹰、雷、电、旗……这些意象以其伸展、飞旋、激荡和闪耀构成一种精神幻象，给人以慰藉。点染了美丽月光的“树”、想植根于云汉的“山”、冲破冰冻严寒的“春雷”、把千载的黑暗点破的“闪电”，既有诗人的生命向往，又有诗人的现实怀抱。“旗”这样一个带有政治色彩的意象，在诗歌中一再闪现，宣告九叶派诗人从梦中天空回到地面，并且发出了“一个民族已经起来”的欢呼。

三　情感两端——“乡村”和“都市”

七月派诗人怀有一种深厚的“乡村情结”。他们奔走在“大地”上的时候，感受最深的就是乡村的情景：“你往日宁静的村庄/都已坍倒成为废墟”（杜谷《写给故乡》）；“荒芜了的田园/牛羊和它的主人/哪里去了呢/……老树/用枯槁的枝椏/向群队点首/用嘶哑的声音/低语着/这村落、居民的命运”（彭燕郊《冬日》）。在战争的烽烟之下，昔日乡村的宁静被破坏，善良的人性被摧残。诗人们满怀忧愤和痛楚，于是一方面倍加珍惜和守护身边尚未遭受破坏的诗意乡村，另一方面向心理空间推进，通过回忆和怀想把故乡过去的美景端到眼前，并和残破的现实对照，在情感的大起大落中转化为一种强大的心灵力量。

九叶派诗人则更多地描写“都市”。他们一方面“从灰尘中望出去”，仰视都市里的“一角蓝天”，另一方面又打量“在厚重的尘灰下”蜷伏的一切。他们描写都市的罪恶和丑陋、荒淫和无耻，人性的隔膜和心灵的虚空，底层人生存的艰难和辛酸，既有对战争的揭露，也有对“现代文明”的审视，表达了一种悲愤和沉痛的感情。

四　人生姿态——“道路”和“窗口”

“道路”是七月派诗人在大地上写下的最美丽的诗行。“道路”这一极富生命感的意象的引入，突进了人丰富的内心世界。阿垅的《纤夫》，写纤夫在险恶而阻力重重的河滩，拉着木船“一寸一寸”地前进，从而把人生勇往直前的姿态，把“坚持而又强进”的人的意志力表现得惊心动魄，令人肃然起敬。正如这首诗中船是“中国的船”一样，路也负载着“中国”的前途和命运。诗人们通过写道路，把自我和祖国、个体和群体、脚下和远方联系起来，表现了一种拥抱生活、拥抱人生的积极精神。诗歌中布满与路关联的“沿着”“穿过”“奔走”一类词语，因而充满一种前行的热力和生命的动感。诗歌本身也成为一种生命的记录，成为战斗的篇章，是诗人“在路上”用情感的波涛和烈焰写下的“活的诗歌”。

而“窗口”这一富有精神意蕴的意象，表现了九叶派诗人对光明和理想的向往，也摄取了其苦闷、等待的人生心理状态。陈敬容一边激动地表白，“而我的窗上，/每夜颤动着/你，永恒的星光!”（《律动》），一边又痛苦地叹息，“黄昏，我在你的边上/因为我是在窗子边上/这样我就像一个剪影/贴上你无限远的昏黄”（《黄昏，我在你的边上》）。还有郑敏怀着寂寞和渴望的远眺，“我们都从狭小的窗口里/向外眺望，眺望……”（《诗人和孩童》）；杭约赫对知识分子的哀叹，“这件旧长衫拖累住/你，空守了半世窗子”（《知识分子》）；唐湜对沉睡者的刻画，“沉睡者从幻梦里欠身起来/在黑夜的窗口空等着黎明的云彩”（《沉睡者》）。这些都写出了人生的孤独和空虚、踌躇和蹉跎，画出了一群“为沉重的现实闭紧”的知识分子的肖像。相对于七月派诗人表现生命的动感，他们主要写生命的静态，写静态之下一颗喜好梦想的心与大自然的悄然相接、悠然神会。他们也渴望突破，当他们从“迷失”中醒来时，即刻就抛弃“心爱的镜子”，离开久久守候的“窗子”，“向自己的世界外去找寻世界”。穆旦在《自然的梦》《春》等诗歌中写，当“美丽的呓语把它自己说醒”，于是就“推开窗子”，等待投入“新的组合”。

通过以上几组意象分析可以看出，七月派诗歌充满现实主义的饱满的战斗精神，是诗歌，更是呐喊，是怒火，虽然也不乏对生活温情的憧憬和怀想，但更多的是对严酷的现实世界的突进和拥抱，是黑夜里灯火的闪烁，是大地上花朵的燃烧，是乡村里母亲的悲啼，是人生道路上前行的身影。阿垅曾在《无题》一诗中自喻为“白色花”。七月派诗人就是一簇开在苦难大地上的“白色花”，每一片叶脉都承载着时代的风雷，舒张着民族的忧郁，每一缕馨香都化为苦苦的求索追赶着黎明的脚步；他们在风雨中“开花”，诗歌是他们的生命摇落在大地的火焰，是他们的人生宣言，是他们“沿路”高举的自我的也是民族的精神火炬。九叶诗派的作品带有浪漫主义的梦眼，表达了对理想世界和自由人生的神往；充满现实主义的气息，表达了对社会现实的批判和忧愤；浸润着现代主义的思绪，表达了对现代人生存处境的关切和对自我心灵的审视。在这种混合的质素中更多的是内心深处的一种精神守望。唐祈曾写过一首诗，名为《三弦琴》。九叶派诗人就像黑夜里的“三弦琴”，弹奏着“命运”的苍凉，讲述着人生“饱经的忧患”，引领人走向美丽的“村落”；每一弦都叩击着“旷野”，每一声都追问着“青天”，幸福的微笑和伤心的哭泣都握在那蕴藏着智慧的“手掌”里。九叶派诗人连同他们的琴声，都隐现为“窗子”里一道苦闷的风景。

相同的时代背景之下，这种诗歌意象的选择及其包孕的精神旨趣的分别，当然取决于两大群体诗人的人生观、诗学观以及接受的诗歌渊源影响的不尽相同。七月诗派的理论先导者胡风说：“在神圣的火线下面，文艺作家不应只是空洞地狂叫，也不应作淡漠的细描，他得用坚实的爱憎真切地反映出蠢动着的生活形象。”“现实主义者底第一任务是参加战斗，用他的文艺活动，也用他的行动全部。”[①] 绿原信奉“用诗找寻理性的光”（《诗与真》），并抒发这样的心声：“不是要写诗，/是要写一部革命史呵。”（《憎恨》）这些是七月派的诗观，也是人生观。他们诗歌精神的源头是鲁迅以降的现实主义文学传统，同时接受了艾青诗歌的重要影响。在 30 年代现代派诗人影响下走向诗坛并自称

① 胡风：《论战争期的一个战斗的文艺形式》，《胡风评论集》（中），人民文学出版社，1984，第 23 页。

为“一群自觉的现代主义者”的九叶派诗人，当时生活在沦陷区和国统区，“对自己的生存困境有着尖锐的体认”[①]，他们一方面“绝对肯定诗应包含，应解释，应反映的人生现实性”，另一方面“要诗在反映现实之余还享有独立的艺术生命”，保留“广阔自由”的想象空间。[②]

第二节　意象的运用及其审美追求

两大诗派不仅在诗美意象的选择上各有侧重，在意象的运用和处理上也有不同。

一　意象的情感化和意象的智性化

意象，在七月派诗人那里，被赋予一种情感的色彩和强度，是诗人感情激流里的“卵石”，是诗人生命贯注于大地的“脚印”，因此他们的诗歌呈现出“那种钢铁的情绪，那种暴风雨的情绪，那种虹彩和青春的情绪”[③]。而在九叶派诗人笔下，意象被赋予一种智性的色彩和思辨的穿透力，是诗人久久凝望之中观念的“赋形”，是诗人苦苦追索之中思致的“定格”，“诗质富于金属性的硬度，情绪坚实，蕴含着思想与经验，拥有内在密度和强度，宛若雕塑凝聚的内力”[④]。比如，同样是写“树”：七月派诗人鲁藜的《母亲》一诗通篇用“树”的意象来贯穿，“树”在与“母亲”形象的映衬中被植入一种深沉的感情——仁慈、温暖、沉静、善良，既是树带给大地的恩惠，又是母亲

① 龙泉明：《中国新诗流变论》，人民文学出版社，1999，第524页。

② 袁可嘉：《论新诗现代化》，生活·读书·新知三联书店，1988，第5、220页。

③ 阿垅：《形象再论》，《人·诗·现实》，生活·读书·新知三联书店，1986，第50页。

④ 张同道：《探险的风旗——论20世纪中国现代主义诗潮》，安徽教育出版社，1998，第289页。

留在儿女心中的绿荫，诗人多方运笔，只是为了强化“树”这个意象包含的感情的深度和广度；九叶派诗人辛笛的《山中所见——一棵树》，并不着意渲染感情，只是在默默静观之中表达对生命的思考——关于生命的圆满与独立、生命在宇宙中的位置和承受的各种磨难、生命的从容和虚静。同样是写“钟”：七月派诗人胡征在《钟声》一诗中，通过钟唱响的“庄严的歌”，表达了对新生活的憧憬；九叶派诗人袁可嘉的《沉钟》，写“沉默于时空”中的“钟”，从具象中抽象，既有“负驮三千载沉重”的历史感，又有“听窗外风雨匆匆”的现实感，既有生命沉寂的苦痛，又有心音即将奏响的亢奋。七月派诗人喜欢在意象前后直接添加带有感情色彩的词，使意象本身也镀上这种感情色调，如“饱含苦汁的大地”“我是云……我挚爱自由”“前进——强进！这前进的路”；九叶派诗人一般不做这样的修饰和限定，只是把意象镶嵌在某个特定的语境里，让其自身的意蕴和思理投射在这个“语义场”中，如诗中一再出现的“云”“鸟”“窗”“山”等种种意象，都给人一种智慧的想象。这种差别，也许在于七月派诗人急于表达和宣泄，急于让别人在一瞬间明了所传达的内容并受到感染，九叶派诗人则用较从容的心境来静观和谛听，在对意象的玩味中传达一种幽渺的思绪。从九叶诗派意象的智性化特征中，可以看出西方现代主义诗歌和中国现代主义诗歌的影响，有些诗歌仿佛就出自里尔克、奥登、卞之琳、废名等人的笔下。九叶派诗人的创作实践也暗合了里尔克的诗歌美学：“将事物从常规习俗的沉重而无意义的各种关系里，提升到其本质的巨大联系之中。”①

二　意象的明朗化和意象的意境化

七月诗派的诗歌意象较为明朗，得到了诗人的刻意强调和突出。

① 〔奥地利〕里尔克：《关于艺术的札记》，卢永华译，王家新、沈睿编选《二十世纪外国重要诗人如是说》，河南人民出版社，1992，第7页。

一是喜欢用某种单纯的意象串起全诗，少有其他意象的旁逸斜出。如孙钿的《雨》，主要意象是“雨”，次要意象是雨冲洗之下的“大地”，浅层即“自然的雨”制造的艰难的作战环境，深层即“时代的雨”带来的严峻的生存环境，表现的是“青春成长”的主题；朱谷怀的《碑》，意象“碑”是死难者不朽的功绩和伟大的人格；罗洛的《我知道风的方向》，意象“风”指示着人生前进的道路。单纯的意象，往往使诗人对之做多方位的描写，并穿插议论和抒情性语言，从而彰显意象的含义。二是意象之间的转换和衔接往往有较为明显的因果关系，如“种子”和“春天”，“黑夜”、“灯火”和“黎明”，“树”、“绿草”和“大地”，“小河”和“大海”等，这也就在某种明了的逻辑关系中使意象的组合意义迅速浮现出来。三是常使用比喻性意象或者将意象的象征性含义直接托举而出。比喻指向较单一，意义容易落实；象征较抽象，若直陈其义，则会凸显诗歌的题旨而相应限定意象的内涵。七月派诗人常用“树”比喻“母亲”，用“种子”比喻战士“倔强的灵魂”，用“花朵”比喻“青春”；同时又常将某种意象与其象征的客体一并推出，在激情的抒发中引导人的情感河流，如《纤夫》（阿垅）中“船”象征“中国”，《火与风》（曾卓）中“火”象征“理想”，等等。

九叶派诗人注重将意象安设在“意象群落”中，构成一种立体的而非平面的、跳跃的而非直线的组合关系，不强调意象间表层的逻辑联系，也少用比喻性意象，即使是用某种单纯的意象贯穿，也很注意其他意象的适度引入和点染。这样多个意象间的映衬、烘托或叠印，就制造了一种艺术化的氛围，即意象的意境化。这也可看作他们在“新诗戏剧化”口号之下一种自觉的审美实践。如果说七月诗派意象的相对明朗给人一种迅疾的联想和情感的冲击，那么九叶诗派意象的诗意化处理，则给人以心灵的徜徉和智慧的潜泳。如陈敬容的《雨后》，主意象是“天空”和“大地”，中间嵌入了树叶、云霞、黄昏、黑夜、星星、青蛙等多个意象，“天”“地”之间是一派静穆之气，表现了对宇宙、时间、存在、心灵的感悟；郑敏的《金黄的稻束》，在秋天田野“静默”的氛围中，表现了多重意蕴；穆旦的《在寒冷的腊月的夜里》，在意象组接而出的悲凉的意境里，有一种关于古老中国和人类生存的巨大的沉重感和悲怆感。这种对意象的意境化处理，对诗歌整体意蕴和整体氛围的追求，可以明显看出中国古典诗歌的影子。

三　意象的生活化和意象的生命化

七月派诗人在行走的“道路”上，以眼观物、以情观物，其作品是他们火辣辣生活的见证，他们乐于表现行军、打仗、敲钟、挂路灯、牢狱之灾、再生的日子等这样一些生活场景和生活事件，选取的意象也因之有浓厚的生活气息，并以其实有的可以触摸的一面见证生活中的“脚印”。九叶派诗人在守候的“窗子”里，以心观物、以智观物，把生命的绵绵思绪投注到意象中去，或者说把意象引领到意识的幽冥中来，在心与物的际会和交融中消解物我之间的界限，意象于是成为一种灵性灌注的存在，以其虚静空灵的一面映照心灵的“姿容”。这也就是有的学者指出的，九叶诗派的诗歌相对七月诗派的诗歌来说，“由对艺术客体的关注转到对主体体验的表现；由对客观对应物的刻绘、抒写指向人格表现、生命力表现和情态表现”[①]。

第三节　意象的选择和运用带来的启示

七月诗派和九叶诗派对意象的选择和运用给我们的启示是多方面的。

诗歌是意象的艺术，意象是诗歌的命脉。古今中外的诗歌实践都

① 龙泉明：《中国新诗流变论》，人民文学出版社，1999，第546页。

证明了这个诗歌的真理。“五四”以后的中国新诗，虽然从胡适尝试新诗创作时就强调“诗要用具体的写法”，但实际上一直都在两个向度上流转：一个向度是重视诗歌意象的寻找和运用，另一个向度是时代的激情需要用直抒胸臆取代诗歌意象的精心安设。而即使重视诗歌意象，某些诗人笔下意象的极端个人化、心灵化色彩带来的琐碎和封闭，以及意象之间的断裂、游离导致的晦涩，也使得不少诗作的价值和魅力大打折扣。从新诗源头上说，七月诗派继承了20年代中期以后政治抒情诗的写法，九叶诗派继承了30年代以后现代主义诗歌的写法，但都不是简单复制，而是在新的历史条件和诗歌创作环境下对过去新诗创作的一次超越，或者说是一次大的融汇与综合。就从对意象的选择来看，也体现了一种兼容的胸怀，即追求意象的个人性和时代性、心灵性与社会性的统一。从前面的分析来看，七月诗派虽侧重于选取那些通向时代和社会的意象，但又不放弃个人的感受和体验；九叶诗派虽侧重于选取那些连接自我心灵和观念的意象，但又不排斥外面世界的风雨之声，在“忠实于各自心中的诗艺”的同时，也“忠实于时代的观察和感受”①。这样他们就高出了此前某些“外放型”和“内敛型”诗人。

从诗歌意象运用的技巧上看，对意象的情与智、疏与密、显与隐等关系的处理，尤见诗人的功力。情智并包、疏密得当、显隐适度是诗歌意象运用的最高境界。同样，从中国新诗来看，有不少作品或流于情感的横溢与泛滥，意象的运用显得空疏和浅露；或偏于思理的遮藏与深隐，意象过于堆积、拥挤和玄奥难解。无论社会怎样需要“匕首”和“投枪”，诗歌也绝不是单纯的喊叫；无论诗人怎样渴望心灵的自由，诗歌也绝不是梦中的呓语。出现在战争背景下的七月诗派和九叶诗派，最有理由把诗歌作为时代的号筒，然而他们没有这样做。虽然相对来说，七月诗派偏于情感的抒发，意象显得单纯和明朗一些，

① 袁可嘉：《九叶集·序》，江苏人民出版社，1981，第16页。

九叶诗派偏于智性的传达，意象显得丰富和含蕴一些，但他们都没有走向极端。如果从艺术的角度看，九叶诗派更讲究诗歌意象的营构。当然，在这两个诗歌流派内部，就意象艺术而论，个人之间又是有差异的，有的相对直露，有的趋向隐晦。但从整体上看，七月诗派和九叶诗派在诗歌意象审美建构方面是成绩卓著的。这两个诗歌流派在诗歌意象艺术方面的实践，给中国新诗的艺术之库增添了一笔宝贵的财富，值得我们永久珍视。

第十二章

顾城和海子："梦"与"花"的二重奏

对于顾城和海子的诗歌创作，分析文章已够多了。诗评家对他们的诗歌创作、诗歌观念和心理人格等方面进行了多方面的分析和评价。就其诗歌创作而言，也有从意象的角度予以分析的。对于顾城，人们往往把他放在朦胧诗派之列，在分析朦胧诗派的意象艺术时一笔带到他，而少有系统的分析；对于海子，人们主要是对他诗歌中的"麦地""村庄""太阳""月亮"等意象进行解析，进而分析他的诗歌理想和诗歌精神。本章从两位诗人的诗歌文本中分别拈出"梦"和"花"这两个意象，以此分析他们诗歌的内在意蕴、精神走向以及他们的诗歌理想和生命追求，从中引出一些值得我们关注和思考的问题。

顾城的父亲顾工在《寻找自己的梦》一文中写道，"顾城从诞生、学语，到如今，一直在寻找自己的梦"，"梦幻，分不清月光和阳光，时时在伴随着他，萦绕着他"[①]；顾工还在别的文章中一再说顾城"崇尚远古，崇尚梦幻"。顾城的妻子谢烨这样给顾城画像："生活对他来说不过是走向梦海的沙滩。"[②] 可见顾城的生活和创作与"梦"有十分密切的关系，那么他的诗歌用"梦"这个极富诗意和幻异色彩的意象来传达自己的心灵世界，表达他对世界的看法，就是顺理成章的事情

① 顾工：《寻找自己的梦》，《人物》1993 年第 3 期。

② 陈子善编《诗人顾城之死》，上海人民出版社，1993，第 156 页。

了。而海子作为大自然的宠儿，一双神秘的眼睛就像他笔下的"天鹅"一样在充满性灵的山水间寻觅。他曾把抒情诗人分成两类：一类是热爱生命的诗人；一类是热爱风景的诗人，热爱风景的诗人会在风景中发现元素的生命性质，找到元素的呼吸和语言，并接受生命元素的召唤。[①] 海子渴慕荷尔德林的创作境界和创作精神，他认为："荷尔德林的诗，是真实的、自然的，正在生长的，像一棵树在四月的山上开满了杜鹃，诗和花，风吹过来，火向上升起一样。"[②] 他用了一个形象的比喻描述大师的诗歌，似乎也是在描绘他自己，"诗和花"，在他的笔下融为一体，成为一种抒情方式的两种形态，诉说着其充满无穷诗意的心灵世界。作为自然的生命元素，"花"和"麦子""大地"等意象一样，成为走进海子诗歌的一扇美丽的门窗。

第一节　"梦"与"花"：从生命感悟到精神之旅

顾城和海子都是十分敏感的诗人。他们敏感于黑夜、星星和月亮，敏感于内心的花瓣和灰尘，敏感于岁月的溪水和生命的流逝。也正因为敏感，他们的内心才逐渐变得纤弱和忧郁，最后走向精神崩溃。顾城用"梦"的意象，表现了岁月流逝带来的人生的无可奈何和尴尬。诗人写下《许多时间，像烟》[③]，"没有时间的今天//在一切柔顺的梦想之上//光是一片溪水//它已小心行走了千年之久"，一切皆流，似水如烟，时间成就了梦想，梦想托起了时间。"我失去了梦/口袋里只

① 海子：《我热爱的诗人——荷尔德林》，西川编《海子诗全编》，上海三联书店，1997，第915～916页。

② 海子：《我热爱的诗人——荷尔德林》，西川编《海子诗全编》，上海三联书店，1997，第917页。

③ 以下所引顾城诗歌，除另注明出处外，均出自《顾城的诗》，人民文学出版社，1998。

剩下最小的分币”（《案件》），在诗人看来，“梦”是人生最宝贵的财富，一旦“梦”被时光劫持，人生就变得一无所有。揭开“梦”的轻纱，我们可以看到诗人的感叹里所包含的历史内容和社会内容，以及其中隐含的岁月带来的沉重。海子用“花”的意象，传达时间的“存在”及其带给自己的疼痛的感觉。海子比顾城似乎写得更纯粹，更具有生命的穿透力。“岁月呵//你是穿黑色衣服的人/在野地里发现第一枝植物/脚插进土地/再也拔不出/那些寂寞的花朵/是春天遗失的嘴唇”（《历史》），海子把岁月、历史与大地串在一起，赋予岁月一种厚重感和沧桑感。用“花”作比，不仅写出了岁月的斑斓和流转，更暗含了人生的忧郁。诗歌《不幸》，喻中设喻，先是把“日子”比喻为“马”，然后又把“马”比喻为“鲜花”，“两匹马/白马和红马/积雪和枫叶/犹如姐妹/犹如两种病痛/的鲜花”。这种忧郁和病痛的感觉，使人对“日子”和“生命”有一种更为透彻的思考。

也许更重要的是诗人借对岁月的感叹，转入对生命的沉思，体现出一种生命意识。“我觉得诗和生命是一体的，它们有着独立的过程。就我的诗来说，刚开始显然和生活的过程有关，到后来才发生分离，诗一步步由生活的过程趋向生命。”① 顾城用“梦”的手掌，触摸生命和死亡，一瞬间可以感受从生到死的全过程，以及这个过程中的沧桑和空洞，显得从容而又无奈，“谁能知道/在梦里/我的头发白过/我到达过五十岁/读过整个世界”（《十二岁的广场》）。在《噢，你就是那棵桔子树》中，借桔子树表现人生的风雨和命运、年轻和苍老、存在和衰亡，“你应当记住那个晚上/记住呼吸和梦/记住欢乐是怎样/在哭喊中诞生”。顾城能够平静地描写死亡，在他的“梦”的城堡里，死亡如同生存，是公正的，甚至是温暖的。生命是有限度的，生命的熔点就是人生的终点，“阳光在一定高度使人温暖/起起伏伏的钱币/将淹没那些梦幻”，“没有一只鸟能躲过白天//正像，

① 顾城：《诗话录》（之三），萧夏林主编《顾城弃城》，团结出版社，1994，第386页。

没有一个人能避免/自己/避免黑暗"（《熔点》），诗人能够正视人生的白天和黑夜、生存和死亡，完全是一种超然于生死之上的从容和豁达。"死亡是位细心的收获者/不会丢下一穗大麦"（《在这宽大明亮的世界上》）；"墓地并不遥远/它就悬挂在太阳旁边"（《暮年》）。这些诗歌话语仿佛来自上天的智慧箴言，对人生进行着冷静而富含哲理的解说。但是后来，诗人醉心于对"死亡"的描写，就陷入了非理性的内心混乱之中，"梦"也就被"刀""斧头"等极端恐怖的形象所取代。诗人最后冷酷地选择杀妻后自杀，不仅失去了伦理道德和法律的约束，而且用双手打碎了他一生用"梦"垒砌起来的童话王国。在他生前对"死亡"的想象中，他好像顾及不了太多，顾及不了人们的议论，如他在《墓床》一诗中所写的"人时已尽，人世很长/我在中间应当休息/走过的人说树枝低了/走过的人说树枝在长"，他作为诗人的人格和他的诗歌的梦幻色彩因为他生命尽头选择的非理性行为而变得黯淡。

海子的诗歌同样充满生命意识。正如陈东东所说："他的歌唱不属于时间，而属于元素，他的嗓子不打算为某一个时代歌唱。他歌唱永恒，或者站在永恒的立场上歌唱生命。"[①] 海子将"关注生命存在本身"作为自己的诗歌追求，并坚信这是中国诗歌自新的理想之路。[②] 他的诗歌主要采撷生命的圣洁和神秘的光与影，书写生命的诗意的诞生和美丽的死亡，不仅婉转从容，而且将生命和死亡神秘化和艺术化。海子曾说："诗，要求于人的不是理解，而是对于沉默和迷醉的共同介入。"[③] 海子用"花"的意象把生命化入一片"迷醉"的状态。"在我成形之前/我是知冷知热的白花"（《明天醒来我会在哪一只鞋子

---

① 陈东东：《丧失了歌唱和倾听：悼海子、骆一禾》，崔卫平编《不死的海子》，中国文联出版社，1999，第 37 页。

② 海子：《诗学：一分提纲》，西川编《海子诗全编》，上海三联书店，1997，第 897 页。

③ 刘复生、张宏主编《中国现当代文学名著》，蓝天出版社，2008，第 349 页。

里》)[1]，“目击众神死亡的草原上野花一片”，“远方只有在死亡中凝聚野花一片”（《九月》），神秘的生，神秘的死，一如神秘的“花朵”，人的生死与花朵相伴相生。“请在麦地之中/清理好我的骨头/如一束芦花的骨头/把她装在琴箱里带回”（《莫扎特在〈安魂曲〉中说》），这就不仅将生命和死亡神秘化，而且将其艺术化和诗意化了。同时海子还借助“花”的意象，表达生命的激情和死亡的热烈。《死亡之诗（之二：采摘葵花）》，从副标题来看，是献给凡·高的，“我仍在沉睡/在我睡梦的身子上/开放了彩色的葵花/那双采摘的手/仍像葵花田中/美丽笨拙的鸽子”，在这里，“葵花”的意象表达了一种诗意的渴望，即对死亡的倾心和迷恋，和凡·高通过绘画艺术表现生命的激情和孤独有相通之处。海子的“桃花”诗系列，如《桃花时节》《桃花开放》《你和桃花》等篇，更是通过闪烁、飘逸、燃烧、突变等生命元素和生命状态，把生命的热烈和死亡的灿烂表现得淋漓尽致。在诗人看来，生命的过程，如同花开花谢，如同睡梦般平静和音乐般美丽，因此他最后选择鲜血淋漓的死亡方式，也就不足为怪了。诗人用生命的“花朵”完成了他的最后一首抒情诗，也完成了20世纪中国最后一首浪漫主义诗歌。

对生命的审视和感悟，无论是失落无奈还是美丽浪漫，无论是豁然超脱还是神秘莫测，都会在对生死的深刻的领悟中确立自己的人生姿态和方向，都会在生命的有限和制约中转而追求无限和精神的自由。所以，顾城和海子的诗歌，在和生命悄然对话的同时，聆听着心灵的召唤和精神的足音。在“梦”的世界里，在“花”的掩映中，深藏着人生的心灵追求和精神渴望。这种追求和渴望，使他们的诗歌进入更加斑斓、更加幽深和神奇的境地。

顾城在他的美丽的“梦境”中，表达了对未来和远方的向往，对光明和美好的追寻。顾城曾说：“我认为大诗人首要具备的条件是灵

① 以下所引海子诗歌，均出自《海子的诗》，人民文学出版社，1995。

魂……一个在河岸上注视着血液、思想、情感的灵魂，一片为爱驱动、光的灵魂，在一层又一层物象的幻影中前进。"[1] 在他的诗歌中，自然万物被赋予"梦"的翅膀，和诗人的心灵一起飞翔。"就是在梦中也不能忘记走动/我的呼吸是一组星辰"（《我曾是火中最小的花朵》），"种子在冻土里/梦想着春天"（《梦想》），星辰、月亮、蝴蝶、春天、黎明、灯火……一切美丽的事物都装饰在他的梦境里，成为他的向往，也成为他的精神动力和生命源泉。顾城的诗歌，既写出了个人的梦想和追求，更表达了"一代人"的精神渴求。在"梦"的深层精神结构里，诗人的心和他同时代的人是相通的，是共鸣的，因而"梦"不仅有动人的感性力量，也有鲜明的理性色彩。那种认为顾城的诗缺乏理性内涵的说法显然是不符合实际的。他表达了"一代人"挣脱黑夜对黎明的向往，历经严寒对春天的期盼，身处社会转折时期对新生活、新时代的渴望。他写冬天，"风的梦"，就是打通一条通向南方的道路，"梦见自己在撞击的瞬间/挣扎出来，变成火焰"（《风的梦》）；他写夏夜，听到"筑路的声音"，"我们相信/所有愉快的梦都能通过/走向黎明"（《我们相信——给姐姐和同代人》）。"寻梦"主题，在顾城笔下，就是寻找生命的安身之所，寻找灵魂的温暖的巢穴，寻找精神的美丽家园；而"寻梦"的精神力量，就是诗人和他同时代人的单纯而崇高的"信念"。"在大风暴来临的时候/请把我们的梦，一个个/安排在靠近海岸的洞窟里"，"是呵，我们的梦/也需要一个窝了"，唯有这样，"我们的梦想，才能升起"，而所有的"梦想"都在"为信念燃烧"（《在大风暴来临的时候》）。这种梦中的诉说，是非常美丽的，充满了乐观、自信。应该说这种为大众所能理解并接受的"梦想"，既传达了一个时代的心声和愿望，又给人们带来了精神的动力。但是，诗人后来没有沿着这条"梦"的路子走下去，而是离群索居，生活在个人的原始的神秘的梦境里，当然诗歌也就成

[1] 顾城：《诗话录》，《顾城的诗》，人民文学出版社，1998，第 401 页。

为个人内心黑夜里的“梦呓”，谁也听不懂他在用“诗歌”说些什么。这也足见，“梦”是一件瓷器活儿，应该把它安放在坚实的“桌面”或开阔的“大地”上，找到现实的依托和理性的支撑，才能展示它自身的价值，同时给人带来观赏的愉悦和心灵的慰藉；不然，它就容易倾倒，甚至碎裂。

海子的追寻，主要不是面向“远方”和“未来”，而是面向“大地”和“故乡”。他的诗歌的“花朵”是开放在乡村的美丽的土地上的。“回望”和“留守”是他的精神姿态。作为一个生活在都市的抒情诗人，乡土感怀使他的诗歌有一种原始而令人沉醉的气息，知识分子气质又使他的诗歌显得优雅而深刻。在返乡的精神旅途上，在回乡的心灵村庄里，泥土的醉人的气息，麦子的丰收的景象，淳朴的乡情和亲情，花朵一样的爱情，云朵、星星和月亮……心灵的宝库像“花朵”一样渐次打开，五光十色，芳香四溢。“我要在故乡的天空下/沉默不语或大声谈吐/我要在头上插满故乡的鲜花”（《浪子旅程》），诗人借助“花朵”的意象，展开对大地的歌吟和思考，并由大地和故乡切入对历史文化的展现，字里行间浸润着一种苍凉而芬芳的气息，闪烁着一种神性的诗意的光芒，在现实和历史文化的交织渗透中，传递着厚重、大气和沧桑。“他心目中的这故乡又是原始的，原始的淳朴、原始的生命力、原始的宁静与原始的艰辛……他的心灵常常远离现代的喧嚣，去追寻故土原始的诗意而又苦难的风采。”[①] 极度的原始、纯净和美丽带来的是莫名的忧伤。“摘下槐花/槐花在手中放出/香味来自大地无尽的忧伤/大地孑然一身　至今仍孑然一身”（《北方的树林》）；“花朵为谁开放/永远是这样美丽负伤的麦子/吐着芳香，站在山冈上”（《黎明》）。海子通过诗歌传达的是个人内心对乡村自然的牵挂、留恋和感恩，乡村有多大，他的心灵的村庄就有多大；乡村的风

① 罗宗强：《论海子诗中潜流的民族血脉》，《南开学报》（哲学社会科学版）2002 年第 2 期，第 40 页。

景和人事有多美，他的抒情的世界就有多美。不像顾城那样作为一个时代的代言人，表达"一代人"的精神向往和追求，海子的诗歌，更多的是通过各色摇曳而斑斓的"花朵"，打开内心的宇宙，走向培植和养育"花朵"的大地和乡土，深情而满怀忧伤地歌唱。在这种歌唱中，他找到了心灵的归宿和精神的寓所，获得了诗意润泽之后的宁静和满足。

顾城和海子在精神寻找方面的不同，抛开他们个人的心理原因不论，从他们生活的具体的现实环境就可以找到解释。顾城出现在20世纪80年代前后，他带着"黑夜"赋予他的一双"黑色的眼睛"，从那段特殊的历史岁月中走出来，开始对"光明"的寻找。个人生活的痛苦的记忆，社会历史生活的大起大落，"黎明"与"春天"到来时的激动和喜悦，给他的一双"梦眼"提供了看待个人生活和缤纷世界的方向，他急于寻找人生的坐标，寻找"一代人"的精神价值取向。他和他同时代的诗人，特别是和他同一个队列中的朦胧派诗人，在这种精神的寻找上是同步的，也是同调的，因而他的声音加入当时极富启蒙精神和浪漫主义精神的诗歌合唱中，对当时的人起到了精神导向和心灵引领的作用。这样一双"寻梦"的眼睛，注定诗人一生在"路途"，在"寻找"，也注定了诗人在"路途"和"寻找"的过程中内心世界的充盈和欢愉。当然，顾城生命后期的"寻梦"偏离了生活的正轨，曾经美丽的"梦想"实际上已不复存在。而海子出现在20世纪80年代中后期，社会现实生活急剧变化，商品化、市场化社会到来，技术理性迅速膨胀，多种文化价值观念相互碰撞和渗透，众语喧哗取代了齐声高唱，社会竞争带来的浮躁、虚假改变了过去的人际关系的单纯和朴素，利欲的诱惑和牵制冲淡了昔日的精神向往，在这样的背景下，海子不再简单地寻找"理想"和"梦幻"，不再怀有那样一种虔诚和冲动为"信念"而燃烧，而是急于从他立足的"城市"抽身而出，找到一方可以安放心灵的宁静、美丽而神秘的土地，一方远离城市、远离世俗和物欲的心灵住所。他找到了，这就是他的故乡——他的精神意义上的故乡，那里开满了动人的“野花”，那里栽种着淳朴的“麦子”，那里有诚实的“大地”和“兄弟”……诗人于是以一种自足自守的姿态沉醉在“花”的世界里，沉醉在“花朵”覆盖着的乡村世界里，自赏自慰，不再需要似乎也难以找到精神的同路人。所以，极度的美丽，注定极度的忧伤和孤独。

第二节　“梦”与“花”：从诗歌理想到生命书写

顾城这样表述他的诗歌理想：“万物，生命，人，都有自己的梦。每个梦，都是一个世界。……我也有我的梦，遥远而清晰，它不仅仅是一个世界，它是高于世界的天国。它，就是美，最纯净的美。……我生命的价值，就在于行走。我要用心中的纯银，铸一把钥匙，去开启那天国的门，向着人类。如果可能，我将幸福地失落，在冥冥之中。”[①]可见，顾城是要用“梦”建造一个“天国”，亦即建造一个“童话世界”。舒婷曾把“童话诗人”的桂冠送给顾城，“你相信了你编写的童话/自己就成了童话中幽蓝的花/你的眼睛省略过/病树、颓墙/锈崩的铁栅/只凭一个简单的信号/集合起星星、紫云英和蝈蝈的队伍/向着未被污染的远方/出发”（《童话诗人》）。在顾城的诗歌中，“梦”是童话的精神幻影和心理积淀，童话是“梦”的书写形式和表达形式。顾城的“童话世界”里满载自然美、童心的纯真、对生命的向往和追求。星星、紫云英、蝈蝈、月亮、花朵、飞鸟等意象，是“梦”的各种形态，是梦里的光和影、动和静、形和色，和梦境一起承载着童话世界。顾城说：“我赞美世界，用一个蜜蜂的歌，蝴蝶的舞和花朵的

① 顾城：《学诗笔记》，〔英〕虹影、赵毅衡编《墓床》，作家出版社，1993，第175～176页。

诗。"[①] 他又说："我感谢自然，使我感到了自己，感到了无数生命和非生命的历史，我感谢自然，感谢它继续给我的一切——诗和歌。"[②] 自然的美，诗歌的美，生命历程的美，在顾城笔下是融为一体的。大自然的诗意造就的必然是一颗童心。他写给安徒生的诗，其实也是自喻，"你运载着一个天国/运载着花和梦的气球/所有纯美的童心/都是你的港口"（《给我的尊师安徒生》）。与自然和童心相依傍而共存的生命必然是美丽的。"而与万物共有的那个最美丽的生命，通过艺术，通过雕塑，诗歌，气息，花香，叶片把我们连结在一起，这时，生命是美丽的，生活也是美丽的，我能感到幸福。"[③] 顾城在诗歌《许许多多时刻》中写道，"……使天空变成一片/浅蓝色的火星/火星，浅蓝色/在梦里闪闪烁烁"，"呵，许许多多时刻/在我生命中生长的时刻/悄悄展开了/展开了那样多细小的花瓣/展开了语言，爱和歌/它们终将要/茂盛地把我覆盖/用并不单一的绿色/代表生活"。自然美景、美好时光、诗歌和语言、爱情和生命，一一浮现在童话世界里。也许是童话世界太美丽、太虚幻、太脆弱，所以顾城一再申说"我将抖动透明的翅膀/在一个童话中消失"（《雪的微笑》）。诗人的申说，其实就是他的生命的预言。顾城的童话世界，无疑给人们带来了心灵的慰藉和美丽的想象，也影响了一些诗人的创作旨趣和倾向。成为顾城"童话世界"的受惠者和牺牲者的谢烨，作为顾城的妻子，其创作也染上了顾城的"梦"的气息，像下面这首诗，简直就是顾城诗歌的翻版，"我想死一回/想在生命的边缘行走/去看看那边海岸的风景/去看看一瓣瓣玫瑰和帆走过/我想爱一回/就像青色的小虫爱着/湿漉漉的花朵/一回，我想/把蜜水饮尽"[④]。那种极端的想象和轻灵的抒情风格，完

① 顾城：《我在等待死亡的声音》，〔英〕虹影、赵毅衡编《墓床》，作家出版社，1993，第223页。

② 顾城：《学诗笔记》，〔英〕虹影、赵毅衡编《墓床》，作家出版社，1993，第175页。

③ 顾城：《说话难，说诗更难》，〔英〕虹影、赵毅衡编《墓床》，作家出版社，1993，第166页。

④ 谢烨：《要求》，〔英〕虹影、赵毅衡编《墓床》，作家出版社，1993，第267页。

全是顾城童话世界里的风度。

用“梦”表现“童话世界”，这与顾城童年生活的浪漫天真、生命的奔放不羁和接受的文学影响是分不开的。那个14岁就在山东潍河边上写下《生命幻想曲》的顾城，由于历史原因，在青少年时期跟随诗人父亲顾工在山东农村生活了很长一段时间，“梦”就从这里启航，“童话世界”也从这里开始建造，《生命幻想曲》可以说是他的最初的也是最好的童话诗。大自然的神奇美丽造就了他的纯真的想象、浪漫不羁的灵魂和自由奔放的性格。即使后来进城了，在他的心灵里仍然保留着大自然赐予他的“梦之城”和“童话国”。而中外文学大师对他的熏陶，使他的“梦”的翅膀飞得更高更远，使他的“童话国”有了更加坚实的“底座”和幻异的“门窗”。顾城曾表白，外国诗人，他喜欢但丁、惠特曼、泰戈尔、埃利蒂斯、帕斯、洛尔迦等，中国诗人，他喜欢屈原、李白、李贺、李煜等，另外，他还“喜欢《庄子》的气度、《三国》的恢宏无情、《红楼梦》中恍若隔世的泪水人生”①，这些诗人或作品，以其浪漫纯美、热烈奔放或汪洋恣肆，给了顾城心灵上极大的震动和启迪，拓宽了他的文学视野，丰富了他的艺术想象，并化为他诗歌创作中的血脉和气度。

与顾城的“童话世界”有所不同，海子用“花”的神秘和芬芳营造了一个“神性世界”。海子在他的诗学文章《我热爱的诗人——荷尔德林》中说：“做一个诗人，你必须热爱人类的秘密，在神圣的黑夜中走遍大地，热爱人类的痛苦和幸福，忍受那些必须忍受的，歌唱那些应该歌唱的。”② 这个“人类的秘密”，在海子诗歌的“神性世界”中，主要体现为自然神性、生命神性、女性神性和宗教神性。“星日朗朗/野花的村庄/湖水荡漾/野花！/生下诗人”，“我是中国诗人/稻谷的儿子/茶花的女儿”（《诗人叶赛宁》），“美丽如同花园的女

---

① 顾城：《诗话录》，《顾城的诗》，人民文学出版社，1998，第401页。

② 海子：《我热爱的诗人——荷尔德林》，西川编《海子诗全编》，上海三联书店，1997，第916页。

诗人们"，"你野花/的名字"（《给萨福》），这些诗句通过"花"的意象表达了"诗人"的内在诗性、灵性和神性，表现了"诗人"的浪漫狂野的气质和激情燃烧的诗情。正如有的论者所分析的，海子有一种"女性崇拜"的心理倾向。他的许多诗歌把"花"献给了女性，献给了情人、新娘、妻子和母亲，从而提炼出圣洁和高贵、苦难和欢乐、短暂和永恒，如《新娘》《春天》《酒杯：情诗一束》等诗歌，充满了"花朵"和"女性"的身影："野花是一夜喜筵的酒杯/野花是一夜喜筵的新娘/野花是我包容新娘/的彩色屋顶"；"花朵像柔美的妻子/倾听的耳朵和诗歌/长满一地/倾听受难的水"；"那是花朵　那是头颅做成的酒杯"；"大地和水挽留了她们　熄灭了她们/她们黯然熄灭，永远沉默却是为何？"……这些女性的诗意形象，经由"花朵"而与"大地"紧紧相连，与春天、流水、天鹅、诗歌等心灵的幻象交相叠合，在美丽和诗意的背后，担当了更多辽远、深厚和神性的内涵。而有些诗歌就是直接唱给"神灵"和"天堂"的："黑夜是神的伤口/你是我的伤口/羊群和花朵也是岩石的伤口"，"雪山女神吃的是野兽穿的是鲜花/今夜　九十九座雪山高出天堂/使我彻夜难眠"（《最后一夜和第一日的献诗》）；"玫瑰花　蜜一样的身体/玫瑰花园　黑夜一样的头发/……像太阳的蜂群落入黑夜的酒浆/像波斯古国的玫瑰花园　使人魂归天堂"（《十四行：玫瑰花》）。这些诗或许是写爱情，写爱情的相聚与分离、甜蜜与痛苦，但这种叙述方式和独特的语言表达，使诗歌又超出了爱情给人的想象，感悟到某种宗教式的神启之思和神灵之光。我们也应该看到，海子的"神性世界"其实与顾城的"童话世界"有某种内在的相通之处，这主要体现为内在诗意和性灵的相接相通。许多时候，在他们的笔下，"梦"即"花"，"花"即"梦"，都诠释着大自然的纯美、人性的天真烂漫和心灵的诗意，都表达了他们的诗歌艺术理想。但是，海子的"神性世界"正如他笔下的"花朵"一样包孕更多神秘的遐想和丰富的内涵，像矗立在天地之间的一座年代久远的"神庙"，香火缭绕，钟声频传，"花"的掌心里供奉着渺远的想象和一颗虔诚的心。而顾城的“童话世界”，更像建造在人世间的一座“城堡”，虽与历史和现实相接相邻，但他很少打开城门，终日里只在心灵的城池里漫步，过着单纯、浪漫而充满梦幻色彩的生活，“梦”是“城堡”的眼睛，是他与心灵和世界对话的门窗，是他生命存在和艺术存在的见证。

海子营造的“神性世界”，与他对故乡和大自然的热爱、他个人特殊的爱情经历以及所接受的文化教育和影响是分不开的。故乡和大自然以其诗性和神性，开启了海子的美丽幻想，为他的诗歌创作储备了大量感性的带有原始气息的形象，特别是大地上那些星星点点的“花朵”，更是以其丰富的内涵和神秘性，给予海子以诗性的熏染和暗示，使他得以和大地、流水、天空等一切美丽的事物对话，从而潜入“麦子”的神秘光辉和事物的内核之中。当他 15 岁离开安徽农村来到北京大学求学时，他不仅开始了知识之旅，也开始了爱情之旅。爱情的“花朵”所包含的幸福和痛苦，燃烧并镀亮了他的生命天空。1989 年他在自杀前写下的《四姐妹》，是他爱情的回忆和总结，“荒凉的山冈上站着四姐妹/所有的风只向她们吹/所有的日子都为她们破碎”，“姐妹”是“花”的生命的具象，在这里是他的爱情的幻影和心灵的追忆。由此可见，爱情带来的甜蜜和伤心、满足和失落、拥有和空幻，像风一样缥缈，像诗一样美丽，像雨雪一样轮回，其给予海子的感受是希望和绝望的交织，是对“有”和“无”的领悟。因此，从对爱情的体验上升到对“花朵”和“姐妹”的咏叹，必然渗透神性的光芒，隐含对命运的思索和困惑。海子以一种十分开放的态度接受外来文化的影响。“他热爱歌德、荷尔德林、海德格尔、韩波、叶赛宁和梵高。他对他们充满崇敬之情。《圣经》的影响也隐约地存在于他的诗中，西方的创世史诗、西方的诸神，显然也在他的诗中留下了痕迹。”[①] 海

① 罗宗强：《论海子诗中潜流的民族血脉》，《南开学报》（哲学社会科学版）2002 年第 2 期，第 40 页。

子写过许多诗作或文章直接献给西方的诗人或文化大师，如凡·高、萨福、安徒生、托尔斯泰、卡夫卡、尼采、维特根斯坦、歌德等，他直接称赞陀思妥耶夫斯基为"贯穿着基督教幻象"的"幻象诗人"，"而尼采可能是沙漠和先知的幻象家——其实他们在伟大幻象沙漠的边缘，基督世界的边缘。他赞同旧约中上帝的复仇。他仅仅更改了上帝名姓，并没有杀死上帝。而只杀死了一些懦弱的人类"，"但丁将中世纪经院体系和民间信仰、传说和文献、祖国与个人的忧患以及新时代的曙光——将这些原始材料化为诗歌；歌德将个人自传类型上升到一种文明类型，与神话宏观背景的原始材料化为诗歌，都在于有一种伟大的创造性人格和伟大的一次性诗歌行动"。[①] 可见，西方文化中的浓厚的宗教情怀和宗教气息是怎样感染和浸透着海子的诗歌怀抱和诗歌精神。

顾城笔下的"梦"及其建构的"童话世界"，海子笔下的"花"及其营造的"神性世界"，从某种意义上说，就是他们诗歌的全部，也是他们生命的全部。他们是在用诗歌书写"童话世界"和"神性世界"，也是在用生命书写"童话世界"和"神性世界"。可以说，他们用"童话世界"和"神性世界"、用诗歌创作完成了他们生命的历程和精神的寄托。

对顾城来说，诗歌成为诗人存在的理由，所有的心智和幻想、所有的快乐和寂寞、所有的梦幻和现实都托付给诗歌，托付给"梦"，托付给诗歌和"梦幻"带来的"童话世界"。诗歌—梦幻—童话，构成了顾城生命的书写形式和精神内核，成为他的一种诗意的话语方式和存在方式。顾城曾宣称，"诗就是理想之树上闪耀的雨滴"[②]，这个"雨滴"就是他的"童话世界"，就是他所有梦想停泊的港湾。"我要做完我的工作，在生命飘逝时，留下果实。我要完成生命里注定的工

---

① 西川编《海子诗全编》，上海三联书店，1997，第904、898页。

② 顾城：《学诗笔记》，〔英〕虹影、赵毅衡编《墓床》，作家出版社，1993，第175页。

作——用生命建造那个世界，用那个世界来完成生命。”[①] 对顾城来说，诗歌与生命同在，与精神同在，与美同在。诗歌是诗人“梦”的物化形态，当诗人“沉睡”后，“梦”还会延续，生命还会延续，精神还会延续。“我播下了心/它会萌芽吗？/会，完全可能”，“在我和道路消失之后/将有几片绿叶/在荒地中醒来/在暴烈的晴空下/代表美/代表生命”（《我耕耘》）。今天，顾城已经走远，但他的“梦”还在，他的“童话世界”还在。“爱倾尽了、尽了/你成为至纯至洁的象征/那银色飘垂的长须/轻抚着所有劳动、思维、爱情/呵，多美、多美、多美！/夜静静的，像个黑孩子/含着水果糖似的月亮/睡了，任性的手，抓着城镇/像抓着一叠发光的新币/一架古老的挂表/梦的游丝还在颤动……”（《铜色的云》），这首献给“云”的诗，其实就是诗人的自我写照，是诗人生命世界和精神世界的写照。

同样，海子也把诗歌作为自己生命存在的方式。他以充满神性的目光，搜寻“花朵”一般美丽的人和事。诗歌就是他生命的全部，就是他心灵的全部。他把诗歌当作自己的事业，当作自己永恒的事业，希望用诗歌的永恒来延续短暂的人生，来超越黑暗和尘世的幸福。海子有一座“诗歌的村庄”（《两座村庄》），在这个村庄里，他是诗歌的王子，“在夜色中/我有三次受难：流浪、爱情、生存/我有三种幸福：诗歌、王位、太阳”（《夜色》）。为了诗歌，他甘愿献身，所以有人称他是“诗歌烈士”[②]。在他的诗歌文本中，“花朵”的光辉与“太阳”的光辉交相辉映，描摹并烛照了他的心灵世界和“神性世界”。比之顾城，海子更加执着和痴情于诗歌创作，更加神采飞扬也更加激情四溢地投入诗歌创作之中，在他，除了诗，别无一切。如果说顾城是寂寞的，那么海子则是孤独的。在《祖国（或以梦为马）》一诗中，诗人表白道，“我一人独将此火高高举起/此火为大　开花落英于神圣

---

① 顾城：《诗话散页》（之一），〔英〕虹影、赵毅衡编《墓床》，作家出版社，1993，第192页。

② 西川：《怀念》，崔卫平编《不死的海子》，中国文联出版社，1999，第24页。

的祖国/和所有以梦为马的诗人一样/我借此火得度一生的茫茫黑夜"，在诗人看来，诗歌就像"太阳"一样无比辉煌无比光明，虽然"我必将失败"，"但诗歌本身以太阳必将胜利"。诗歌作为"事业"是永恒的。正因为把诗歌作为永恒的事业来追求，才有深刻的孤独。"对于我们，海子是一个天才，而对于他自己，则他永远是一个孤独的'王'。"[①]"青海湖上/我的孤独如天堂的马匹"，"我就是那个情种：诗中吟唱的野花"（《七月不远》），奔放、热烈而孤独的"野花"，就是诗人正在燃烧的生命。《太阳和野花》与其说是一首单纯的爱情诗，不如说是一段献给"诗歌事业"的心灵独白，虽然极端寂寞、痛苦和孤独，但心底充满"太阳"般的热烈和"花朵"般的激情，"太阳是他自己的头/野花是她自己的诗"，"他在写一首孤独而绝望的诗歌/死亡的诗歌"，"太阳是野花的头/野花是太阳的诗/他们只有一颗心/他们只有一颗心"。"太阳"的心，"野花"的心，都是诗人的心，都是诗人永远向着诗歌燃烧和开放的心。

第三节 "梦"与"花"：对抗和超越

顾城笔下的"梦"和海子笔下的"花"所描绘出来的"童话世界"和"神性世界"，和他们所生活的现实分别构成一种"对抗"和"超越"的关系。这种"对抗"和"超越"，缓解了他们在现实面前的精神压力，使他们凭借诗歌，凭借诗歌王国里的"梦"和"花"，得以生活在心灵的岛屿和世外桃源。但是，离开现实的人终究会被现实抛弃，雨打风吹，梦散花谢。真正的"梦"与"花"，只是存在于他们昔日的艺术世界之中，供人们品味、观赏和思考。

"梦"，在顾城的诗歌中，就是他的"童话国"，就是他的"理想

① 西川：《怀念》，崔卫平编《不死的海子》，中国文联出版社，1999，第21页。

城”，顾城就生活在自己的“梦”里。他的诗歌主要表现了理想（梦）和现实的矛盾与对抗关系。顾城“是‘一个任性的孩子’，在经历了‘黑夜给了我黑色的眼睛/我却用它寻找光明’的失败尝试后很快放弃了对光明的寻找……以逃避的态度转而去寻找自己眼中的童话世界，去创造一个与世俗世界相对立的美好幻境”[①]。顾城是敏感的、早熟的，在他14岁写下的《幻想与梦》一诗中，就有这样的句子，“我热爱我的梦/它像春流般/温暖我的心”，当“早晨”来临，“梦像雾一样散去/只剩下茫然的露滴”。在《梦痕》《水乡》等诗歌中，都表现了“梦”被现实追逐的伤感和无奈。顾城选择的不是正视现实，更不是改变现实，而是一味地沉溺在自己的梦幻世界里。他当然也有“寻找”，也曾站在现实的边缘，敲打现实和历史的“墙壁”，但仅仅是从“童话世界”里探出一双眼睛，或者仅仅伸出一双手，他的身子始终是留在“梦”里的。“伤痕和幻想使他燃烧，使他渴望进击和复仇”，但是在现实中，“一些无法攀越的绝壁，又使他徘徊和沉思，低吟着只有深谷才能回响的歌。他的眼睛，不仅仅是在寻找自己的路，也在寻找大海和星空，寻找永恒的生与死的轨迹……”。[②] 这是顾城自己的表白，可以见出他内心深处的矛盾，这种矛盾的结果，不是向外行走，而是向内寻找，向自己的内心世界和童话世界寻找。这种寻找，也包含自然天性、人生哲理和时代的精神内容，但毕竟显得较为空乏和邈远。所以，“对抗”，仅仅是一种心灵姿态，是从精神上对现实的疏离。或许在美丽的自白和诉说中，他宣泄了个人的来自外部世界的郁愤和苦恼，但从根本上说，他解救的只是他自己，虽然他曾以“代言人”的身份表达过“一代人”的精神信仰和追求，那也只是他站在梦想和现实的交界处的一声咏叹，激越但不能长久。

“对抗”的结果，必然是梦的消散、童话世界的破碎和整个精神

---

① 温儒敏、赵祖谟主编《中国现当代文学专题研究》，北京大学出版社，2002，第253页。

② 顾城：《请听我们的声音》，〔英〕虹影、赵毅衡编《墓床》，作家出版社，1993，第172页。

大厦的坍塌。"我和这个世界对抗的时候，就像一只小虫子在瓶子里碰撞……没有一种方法能够解决生命的矛盾……我没有办法对抗现实……我没有办法改变世界……我没有办法在现实中实现自己……就依靠着一根拐杖。当这支撑物崩塌的时候，我就跟着倒下去。"[①] 顾城的这段话，是他对自我生命和精神历程的极好解释。这不仅是顾城走向人生悲剧的精神前提，而且是他的诗歌艺术陷入贫困的心理原因。正如华莱斯·斯蒂文斯（W. Stevens）所说的："最大的贫困是不想生活在客观世界里。"这就意味着，如果不想生活在"客观世界"里，不能正视现实、走入现实乃至担当现实，诗歌艺术甚至诗人本身必然陷入困境。在生命的后期，顾城写下了诗歌《失误》，"我本不该在世界上生活/我第一次打开小方盒/鸟就飞了，飞向阴暗的火焰//我第一次打开"[②]。从一开始就注定了结局，那个"小方盒"装满了他的"梦"和"童话"，在打开的一瞬就预示了方向。

与顾城的"对抗"不同，海子的诗歌体现出来的是一种超越精神。海子的"超越"，是"花朵"对大地的超越，是精神对物质的超越，是神性体验对人间俗世的超越，是寂寞而孤独的精神之旅对平庸生活的超越。"花朵"的世界，生长于大地而高于大地，是对大地"居所"的超越和升华。诗人所理解的"居所"，就像他的诗歌《美丽白杨树》里描绘的，那里有雪白的房子、白杨树、花朵和诗歌。这其实就是诗人的心灵安居之所、灵魂栖息之地。一切美丽的事物，一切高处的事物，一切发光的事物，花朵、麦子、天空、高原、山峰、星星、月亮、泉水……都是他进入个人精神世界的台阶或舟子。不像顾城，几乎完全漫步于童话世界，海子能够清醒地审视"大地"，审视现实，"幻变无常的人类"，"肮脏的日子"，"一路喧闹，不得安宁"等，是他诗歌中常见的表达。正因为正视现实，所以才有对"超越"

---

① 顾城：《从自我到自然》，萧夏林主编《顾城弃城》，团结出版社，1994，第408页。

② 顾城：《失误》，〔英〕虹影、赵毅衡编《墓床》，作家出版社，1993，第131页。

的渴望。从根本上说，他的“超越”，就是“返乡”，就是回到事物的神秘的本源，就是打开美丽的“花瓣”安放自己痛苦乃至绝望的灵魂。其中既有东方式的隐逸情怀，又有西方终极关怀的宗教情结。海子的超越，不仅是对大地和现实的超越，而且是对自身生命和心灵的超越。寻求美丽的精神寓所的人，总是对自身有更高的期待。海子借助“花”以及花的其他形态——雨、雪等意象，对生命、灵魂和精神历程进行了反思，渴望自我净化和自我超越：“岁月的尘埃无边/秋天/我请求：/下一场雨/洗清我的骨头”（《我请求：雨》）；“我的灯和酒坛上落满灰尘”，“这是雪地，使人羞愧/一双寂寞的黑眼睛多想大雪一直下到他内部”（《遥远的路程》）。

对“超越”的诉求是人类永远的梦想。海子在诗歌中表达过，“智慧与血不能在泥土里混杂合冶”（《土地》第四章），可见海子是具有自觉的超越意识的。他也找到了一个很好的具有诗性的中介——“花”，来完成他的超越梦想。“花”连接着天空和大地，连接着神性和人性，连接着乡村和城市，连接着梦想和现实。海德格尔在《荷尔德林和诗的本质》一文中说：“诗人本身处于诸神与民族之间。诗人是被抛出在外者——出于那个‘之间’，即诸神和人类之间。但唯有并首先在这个‘之间’中才能决定，人是谁和人在何处定居其此在。‘人诗意地栖居在这片大地上。’不断地并且愈来愈确实地，出于飞扬涌现的丰富形象并且愈来愈质朴地，荷尔德林把他的诗意词语奉献给这一中间领域。”① 同样，海子将自己的诗意词语奉献给了他所生活的时代的“中间领域”。这是非常可贵的。可是一味地追求精神的超越和超越性的创作，却给诗人带来了精神困惑和精神危机，“世界变成了梦，梦变成了世界”（德国诗人诺瓦利斯语），最后诗人走向了精神的崩溃。这一点海子和顾城是相通的，他们都进入了一种沉醉乃至迷狂的精神状态。海子被人们所称道的诗歌《面朝大海，春暖花开》，

---

① 孙周兴选编《海德格尔选集》，上海三联书店，1996，第 324 页。

最动人的应该是表达了来自“尘世”的幸福和来自“超越尘世”的精神愉悦，这二者的结合，构成了一个完整的、叫人可以亲近而又当诗意注视的人生世界。“从明天起，做一个幸福的人/喂马、劈柴，周游世界/从明天起，关心粮食和蔬菜/我有一所房子，面朝大海，春暖花开……”，从这样的表达中可以看出，“过去”和“现在”，俗世生活带来的幸福和精神向往带来的快乐还未能统一在一起，所以他深情地展望“明天”。这是他写在生命尽头的诗篇。如果他果真能够按照自己的愿望去生活，将精神世界里的大海、春天、花朵和尘世的幸福生活和谐地结合起来，他也就不会走向精神崩溃的边缘，以至于亲手扼杀自己的美好愿望。

“野花，太阳明亮的女/河川和忧愁的妻子/感激肉体来临/感激灵魂有所附丽/……感激我自己沉重的骨骼/也能做梦……”［《肉体》（之二）］，这是海子的歌唱，也仿佛海子和顾城的合奏……

主要参考文献

（一）书籍类

1. 胡适编选《中国新文学大系·建设理论集》（影印本），上海文艺出版社，1980。
2. 《朱光潜美学文集》（第一卷），上海文艺出版社，1982。
3. 《朱光潜美学文集》（第二卷），上海文艺出版社，1982。
4. 黄维梁编著《火浴的凤凰——余光中作品评论集》，台北纯文学出版社有限公司，1982。
5. 卞之琳：《雕虫纪历》（增订版），香港三联书店，1982。
6. 刘烜：《闻一多评传》，北京大学出版社，1983。
7. 《徐志摩全集》，香港商务印书馆，1983。
8. 《胡风评论集》（中），人民文学出版社，1984。
9. 李健吾：《咀华集》，花城出版社，1984。
10. 冯文炳：《谈新诗》，人民文学出版社，1984。
11. 吴嘉编《克家论诗》，文化艺术出版社，1985。
12. 杨匡汉、刘福春编《中国现代诗论》（上编），花城出版社，1985。
13. 陈绍伟编《中国新诗集序跋选（一九一八—一九四九）》，湖南文艺出版社，1986。
14. 谢冕：《中国现代诗人论》，重庆出版社，1986。
15. 《闻一多选集》（第一卷），四川文艺出版社，1987。

16.《闻一多选集》(第二卷),四川文艺出版社,1987。
17.《闻一多选集》(第三卷),四川文艺出版社,1987。
18. 宗白华:《艺境》,北京大学出版社,1987。
19.〔英〕戴维·洛奇编《二十世纪文学评论》,葛林等译,上海译文出版社,1987。
20.《胡风论诗》,花城出版社,1988。
21. 袁可嘉:《论新诗现代化》,生活·读书·新知三联书店,1988。
22. 季镇淮主编《闻一多研究四十年》,清华大学出版社,1988。
23. 胡经之:《文艺美学》,北京大学出版社,1989。
24. 于坚:《诗六十首》,云南人民出版社,1989。
25. 姚家华编《朦胧诗论争集》,学苑出版社,1989。
26. 袁可嘉等主编《卞之琳与诗艺术》,河北教育出版社,1990。
27. 朱乔森编《朱自清全集》(第四卷),江苏教育出版社,1990。
28. 唐湜:《新意度集》,生活·读书·新知三联书店,1990。
29. 王光明:《灵魂的探险》,海峡文艺出版社,1991。
30. 王家新、沈睿编选《二十世纪外国重要诗人如是说》,河南人民出版社,1992。
31. 燎原:《西部大荒中的盛典》,青海人民出版社,1992。
32.〔英〕虹影、赵毅衡编《墓床》,作家出版社,1993。
33. 李震:《中国当代西部诗潮论》,青海人民出版社,1993。
34. 朱立元主编《现代西方美学史》,上海文艺出版社,1993。
35. 萧夏林主编《顾城弃城》,团结出版社,1994。
36. 张同道、戴定南主编《二十世纪中国文学大师文库·诗歌卷》,海南出版社,1994。
37. 昌耀:《命运之书——昌耀四十年诗作精品》,青海人民出版社,1994。
38.《海子的诗》,人民文学出版社,1995。
39. 严云受、刘锋杰:《文学象征论》,安徽教育出版社,1995。
40. 朱寿桐:《新月派的绅士风情》,江苏文艺出版社,1995。

41. 陈静编《叔本华文集·悲观论集卷》，青海人民出版社，1996。
42. 孙周兴选编《海德格尔选集》，上海三联书店，1996。
43. 〔法〕阿尔贝特·史怀泽：《敬畏生命》，陈泽环译，上海社会科学院出版社，1996。
44. 西川编《海子诗全编》，上海三联书店，1997。
45. 余光中：《隔水观音》，时代文艺出版社，1997。
46. 余光中：《莲的联想》，时代文艺出版社，1997。
47. 余光中：《余光中散文选集》（第2辑），时代文艺出版社，1997。
48. 《顾城的诗》，人民文学出版社，1998。
49. 张同道：《探险的风旗——论20世纪中国现代主义诗潮》，安徽教育出版社，1998。
50. 《昌耀的诗》，人民文学出版社，1998。
51. 韩子勇：《西部：偏远省份的文学写作》，百花文艺出版社，1998。
52. 〔德〕J.G. 赫尔德：《论语言的起源》，姚小平译，商务印书馆，1998。
53. 陈丙莹：《卞之琳评传》，重庆出版社，1998。
54. 朱光潜：《诗论》，生活·读书·新知三联书店，1998。
55. 杜书瀛：《文艺美学原理》，社会科学文献出版社，1998。
56. 范际燕、钱文亮：《胡风论：对胡风的文化与文学阐释》，湖北人民出版社，1999。
57. 孙玉石：《中国现代主义诗潮史论》，北京大学出版社，1999。
58. 龙泉明：《中国新诗流变论》，人民文学出版社，1999。
59. 张远山：《永远的风花雪月　永远的附庸风雅》，上海三联书店，1999。
60. 崔卫平编《不死的海子》，中国文联出版社，1999。
61. 廖亦武主编《沉沦的圣殿》，新疆青少年出版社，1999。
62. 西渡编《戈麦诗全编》，上海三联书店，1999。
63. 陈超：《20世纪中国探索诗鉴赏》（上），河北人民出版社，1999。
64. 王立：《心灵的图景：文学意象的主题史研究》，学林出版社，1999。
65. 吕进主编《文化转型与中国新诗》，重庆出版社，2000。

66. 吴晟:《中国意象诗探索》，中山大学出版社，2000。
67.《穆木天文学评论选集》，北京师范大学出版社，2000。
68. 曹顺庆、王南:《雄浑与沉郁》，百花洲文艺出版社，2001。
69. 张文刚:《中国现代文艺鉴赏理论概观》，当代世界出版社，2001。
70. 于坚:《棕皮手记·活页夹》，花城出版社，2001。
71. 温儒敏、赵祖谟主编《中国现当代文学专题研究》，北京大学出版社，2002。
72. 陈旭光:《中西诗学的会通：20 世纪中国现代主义诗学研究》，北京大学出版社，2002。
73. 胡雪冈:《意象范畴的流变》，百花洲文艺出版社，2002。
74. 江弱水:《中西同步与位移——现代诗人论丛》，安徽教育出版社，2003。
75. 王文彬:《中西诗学交汇中的戴望舒》，安徽教育出版社，2003。
76. 赖力行、李清良:《中国文学批评史》，湖南教育出版社，2003。
77. 曹万生:《现代派诗学与中西诗学》，人民出版社，2003。
78. 周燕芬:《执守·反拨·超越——七月派史论》，中华书局，2003。
79. 赵炎秋:《西方文论与文学研究》，湖南师范大学出版社，2003。
80. 周来祥:《文艺美学》，人民文学出版社，2003。
81. 赵炎秋:《形象诗学》，中国社会科学出版社，2004。
82. 常文昌:《中国现代诗歌理论批评史》，人民文学出版社，2004。
83. 杨四平:《20 世纪中国新诗主流》，安徽教育出版社，2004。
84. 曾繁仁、谭好哲主编《学科定位与理论建构：文艺美学论文选》，齐鲁书社，2004。
85. 许霆:《中国现代主义诗学论稿》，上海文化出版社，2005。
86. 艾青:《诗论》，复旦大学出版社，2005。
87. 梁宗岱:《诗与真》，中央编译出版社，2006。
88. 梁宗岱:《诗与真续编》，中央编译出版社，2006。
89.〔美〕叶维廉:《中国诗学》（增订版），人民文学出版社，2006。

90. 傅孟丽：《茱萸的孩子：余光中传》，上海远东出版社，2006。
91. 孙玉石：《中国现代诗歌艺术》，长江文艺出版社，2007。
92. 刘保昌：《戴望舒传》，崇文书局，2007。
93. 陈方竞：《文学史上的失踪者：穆木天》，北京大学出版社，2007。
94. 张晶：《文艺学的开拓空间》，上海远东出版社，2007。
95. 谭桂林：《本土语境与西方资源——现代中西诗学关系研究》，人民文学出版社，2008。
96. 何林军：《西方象征美学源流论》，湖南师范大学出版社，2008。
97. 李怡：《中国现代新诗与古典诗歌传统》（增订版），北京大学出版社，2008。
98. 刘继业：《新诗的大众化和纯诗化》，北京大学出版社，2008。
99. 王家新：《为凤凰找寻栖所——现代诗歌论集》，北京大学出版社，2008。
100. 〔美〕奚密：《现代汉诗：1917 年以来的理论与实践》，〔美〕奚密、宋炳辉译，上海三联书店，2008。
101. 黎志敏：《诗学构建：形式与意象》，人民出版社，2008。
102. 赵小琪：《20 世纪中国现代主义诗学》，长江文艺出版社，2009。
103. 云慧霞：《宗白华文艺美学思想研究》，中国社会科学出版社，2009。

（二）文章类

1. 徐志摩：《征译诗启》，《小说月报》第 15 卷第 3 期，1924 年 3 月。
2. 穆木天：《谭诗：寄沫若的一封信》，《创造月刊》第 1 卷第 1 期，1926 年 3 月。
3. 徐志摩：《诗刊放假》，《晨报副刊》1926 年 6 月 10 日。
4. 徐志摩：《剧刊始业》，《晨报副刊》1926 年 6 月 17 日。
5. 沈从文：《论闻一多的〈死水〉》，《新月》第 3 卷第 2 期，1930 年 4 月。
6. 林徽因：《悼志摩》，《北平晨报》1931 年 12 月 7 日。

7. 胡适:《追悼志摩》,《新月》第4卷第1期,1932年8月。
8. 徐迟:《意象派的七个诗人》,《现代》第4卷第6期,1934年4月。
9. 〔英〕T. S. 艾略特:《诗与宣传》,周煦良译,《新诗》第1卷第1期,1936年10月。
10. 柯可(金克木):《论中国新诗的新途径》,《新诗》第1卷第4期,1937年1月。
11. 卞之琳:《徐志摩诗重读志感》,《诗刊》1979年第9期。
12. 潘知常:《论古典诗歌意象的生成》,《江汉论坛》1985年第7期。
13. 袁忠岳:《论诗歌意象及其运动的两种方式》,《山东师大学报》(社会科学版)1987年第5期。
14. 余松:《诗歌意象的双重组合》,《云南师范大学学报》(哲学社会科学版)1987年第6期。
15. 余力:《浅谈诗歌意象结构的调整》,《上海大学学报》(社会科学版)1988年第2期。
16. 董小玉、周安平:《诗歌"意象"的类型和征特》,《西南师范大学学报》(人文社会科学版)1988年第2期。
17. 吴晓:《诗歌意象的符号学分析》,《浙江学刊》1989年第4期。
18. 袁可嘉:《略论卞之琳对新诗艺术的贡献》,《文艺研究》1990年第1期。
19. 鲁西:《诗歌意象艺术论》,《广西民族学院学报》(哲学社会科学版)1990年第2期。
20. 邓季方:《古典诗歌意象的审美特质略述》,《山东师大学报》(社会科学版)1991年第3期。
21. 陶亚舒、王世达:《论诗歌意象组接判优》,《社会科学研究》1991年第6期。
22. 赵林云:《中国初期象征派诗歌意象构造得失论》,《山东师大学报》(社会科学版)1992年第6期。

23. 王光明：《诗歌意象论》，《福建论坛》（人文社会科学版）1993 年第 2 期。
24. 顾工：《寻找自己的梦》，《人物》1993 年第 3 期。
25. 俞兆平：《台湾现代诗学中“知性”概念之我见》，《厦门大学学报》（哲学社会科学版）1994 年第 2 期。
26. 王泽龙：《西方现代主义诗学与五四时期中国现代诗学》，《外国文学研究》1994 年第 2 期。
27. 王力坚：《中国古典诗歌意象形态小议》，《学术论坛》1994 年第 3 期。
28. 宋海泉：《白洋淀琐忆》，《诗探索》1994 年第 4 期。
29. 许燕：《论诗歌意象的模糊性》，《宁夏大学学报》（社会科学版）1994 年第 4 期。
30. 张文荣：《公正的“诗魂”与“诗评”的公正——徐志摩其人其诗新辩》，《甘肃社会科学》1994 年第 6 期。
31. 董小玉：《诗歌意象结构的审美组合》，《甘肃社会科学》1995 年第 1 期。
32. 范兰德：《艾青诗歌意象的种类及其组合转换艺术》，《湖北教育学院学报》1995 年第 2 期。
33. 关山：《诗歌意象的构建与传意作用》，《青海师范大学学报》（哲学社会科学版）1995 年第 4 期。
34. 经建灿：《诗歌意象批判和诗学建设新构想》，《诗探索》1996 年第 1 期。
35. 王泽龙：《论卞之琳的新智慧诗》，《文艺研究》1996 年第 2 期。
36. 史小军：《试论明代七子派的诗歌意象理论》，《陕西师范大学学报》（哲学社会科学版）1996 年第 3 期。
37. 王泽龙：《中国现代主义诗歌与古典诗歌意象艺术》，《人文杂志》1996 年第 5 期。
38. 张德厚：《现代诗学的丰碑——论闻一多的诗学理论》，《求是学刊》1996 年第 5 期。

39. 章亚昕：《解构与重构：现代诗学体系的观念性建构方式》，《社会科学战线》1996 年第 5 期。

40. 张同吾：《时代风情与文化观照——谈近期诗歌的审美形态》，《人民日报》1996 年 5 月 2 日。

41. 王长俊：《诗歌意象的不确定性与模糊审美》，《南京师大学报》（社会科学版）1997 年第 1 期。

42. 郑敏：《余波粼粼：“‘字思维’与中国现代诗学研讨会”的追思》，《诗探索》1997 年第 1 期。

43. 张德明：《诗歌意象的跨文化比较》，《中国比较文学》1997 年第 2 期。

44. 王峰秀：《浅谈李贺的创作心态及诗歌意象》，《辽宁师范大学学报》1997 年第 3 期。

45. 吕崇龄：《诗歌意象的审美心理内涵及审美特征》，《昭通师专学报》1997 年第 4 期。

46. 陈旭光：《现代诗学：理论建设与批评实践》，《当代文坛》1997 年第 5 期。

47. 吴晟：《诗歌意象组合的几种主要方式》，《文艺理论研究》1997 年第 6 期。

48. 邹建军：《论诗歌意象的结构方式》，《华中理工大学学报》（社会科学版）1998 年第 4 期。

49. 许霆：《中国新诗流派与西方现代诗学》，《文艺研究》1999 年第 1 期。

50. 乔国强：《意象主义诗歌运动述评》，《四川教育学院学报》1999 年第 Z3 期。

51. 邹建军：《论诗歌意象的审美特性》，《中南民族学院学报》（哲学社会科学版）1999 年第 4 期。

52. 何应文：《诗歌创作中的意象组合简论》，《北京科技大学学报》

（社会科学版）1999 年第 4 期。
53. 具洸范：《中国现代诗歌中的传统意象》，《求是学刊》1999 年第 6 期。
54. 邹建军：《论闻一多的艺术探索》，《荆州师范学院学报》1999 年第 6 期。
55. 毛迅：《主体化：异质诗学文化中的中国现代诗歌意象艺术》，《西南民族学院学报》（哲学社会科学版）1999 年第 6 期。
56. 吴思敬：《舒婷：呼唤女性诗歌的春天》，《文艺争鸣》2000 年第 1 期。
57. 罗振亚：《“反传统”的歌唱——卞之琳诗歌的艺术新质》，《文学评论》2000 年第 2 期。
58. 陈仲义：《多元分流中的差异和生成——中国现代诗学建构的困扰与对策》，《文艺理论研究》2000 年第 2 期。
59. 刘燕：《T. S. 艾略特与中国现代诗学》，《外国文学研究》2000 年第 2 期。
60. 张建锋：《戴望舒诗歌的意象》，《成都大学学报》（社会科学版）2000 年第 2 期。
61. 杨秋荣：《青春的单翅鸟——海子诗歌的主题意象解读》，《北京教育学院学报》2000 年第 3 期。
62. 金元浦：《伶仃的荒原狼》，《诗探索》2000 年第 3～4 期。
63. 龙泉明、汪云霞：《中国现代诗歌的智性建构——论卞之琳的诗歌艺术》，《武汉大学学报》（人文社会科学版）2000 年第 4 期。
64. 姜玉琴：《中国现代诗学美学基点论——建构历程的检讨与中西诗学内在美学架构》，《东岳论丛》2000 年第 6 期。
65. 张永健：《论余光中思乡恋土诗歌的特色》，《世界华文文学论坛》2001 年第 1 期。
66. 黄曼君：《余光中现代诗学品格论》，《华中师范大学学报》（人文社会科学版）2001 年第 2 期。

67. 鲁西：《新诗潮诗人与死亡意象》，《广西民族学院学报》（哲学社会科学版）2001 年第 4 期。
68. 许祖华：《新时代的恋旧情结——闻一多的文化心态研究》，《南都学坛》2001 年第 5 期。
69. 陈太胜：《走向文化诗学的中国现代诗学》，《文学评论》2001 年第 6 期。
70. 谢有顺：《站在诗歌的反面》，《南方周末》2001 年 4 月 27 日。
71. 龙泉明：《中国现代诗学历史发展论》，《文学评论》2002 年第 1 期。
72. 罗宗强：《论海子诗中潜流的民族血脉》，《南开学报》（哲学社会科学版）2002 年第 2 期。
73. 王向晖：《时间之思与生命之思——谈李瑛的近期诗歌》，《诗探索》2002 年第 3 ~ 4 期。
74. 吕进：《论中国现代诗学的三大重建》，《文艺研究》2003 年第 2 期。
75. 李润霞：《一个诗人与一个时代——论食指在文革时期的诗歌创作》，《芙蓉》2003 年第 2 期。
76. 一平：《孤立之境——读北岛的诗》，《诗探索》2003 年第 3 ~ 4 期。
77. 袁玲玲：《生存与绝唱——食指新时期诗论》，《理论与创作》2003 年第 5 期。
78. 龙泉明、赵小琪：《中国现代诗学与西方话语》，《文学评论》2003 年第 6 期。
79. 曹万生：《中国现代诗学研讨会综述》，《文学评论》2004 年第 1 期。
80. 杨景龙：《蓝墨水的上游——余光中与屈赋李诗姜词》，《诗探索》2004 年 Z2 期。
81. 余光中：《我的生命与我的创作》，《中国邮政报》2004 年 4 月

10日。
82. 谭五昌：《20世纪中国新诗中死亡想像的心理分析》，《海南师范学院学报》（社会科学版）2004年第5期。
83. 解志熙：《视野·文献·问题·方法——关于中国现代诗学研究的一点感想》，《河南大学学报》（社会科学版）2005年第1期。
84. 谢应光：《中国现代诗学发生研究的若干问题》，《东疆学刊》2005年第1期。
85. 赵小琪：《余光中诗歌二极对应结构论》，《文艺评论》2005年第2期。
86. 吕周聚：《戈麦自杀的"内部故事"解读》，《阴山学刊》2005年第4期。
87. 许霆：《20世纪中国现代诗学观念演进论》，《西南师范大学学报》（人文社会科学版）2005年第5期。
88. 黎风：《中国现代诗学史的原初论题》，《四川大学学报》（哲学社会科学版）2006年第3期。
89. 吕进：《中国现代诗学》，《西南大学学报》（人文社会科学版）2007年第2期。
90. 高玉：《重建中国现代诗学话语体系》，《西南大学学报》（社会科学版）2008年第1期。
91. 王泽龙：《中国现代诗歌意象艺术的嬗变及其特征》，《天津社会科学》2009年第1期。
92. 王学东：《意象与中国现代诗学》，《宁夏社会科学》2009年第5期。
93. 孙强：《九叶派诗学在现代诗学史上的地位》，《广西师范大学学报》（哲学社会科学版）2009年第6期。
94. 文学武：《突破与超越——梁宗岱与中国现代诗学体系的现代性》，《学术月刊》2009年第9期。
95. 李小平：《中西方诗歌意象比较研究》，《中州学刊》2010年第

1 期。

96. 代迅：《走向生态诗学：中国现代诗学一个可能的突破方向》，《西南大学学报》（社会科学版）2010 年第 1 期。

97. 王雪松、王泽龙：《近三十年中国现代诗学研究回眸》，《南京师范大学文学院学报》2010 年第 1 期。

98. 张文刚：《中国现代诗学建构中的意象本质观》，《中国文学研究》2010 年第 2 期。

99. 吴井泉：《现代诗学传统视阈下的 1940 年代中国现代诗学建构》，《学习与探索》2010 年第 3 期。

100. 谢应光：《“自我”、“纯诗”与“人生”：发生学意义上的中国现代诗学本质观的三个视点》，《社会科学研究》2010 年第 4 期。

101. 张文刚：《中国现代诗学建构中的意象生成观》，《湖南师范大学社会科学学报》2010 年第 5 期。

102. 王强：《“变”中守“常”：中国现代诗学体系的一种建构》，《西南大学学报》（社会科学版）2010 年第 6 期。

103. 陈希：《论中国现代诗学对契合论的接受》，《学术研究》2010 年第 12 期。

后 记

我在2018年出版的《洞庭波涌写华章——改革开放40年洞庭湖畔作家作品论》一书的“后记”中写道，自2000年起，我担任学术期刊《武陵学刊》执行主编，至今近20年，这个“为人做嫁衣”的岗位，让我不仅收获了诸多办刊方面的荣誉，而且不断丰富和深化自己的学术研究。现在想来真是无怨无悔，正如在2018年全国高校文科学报研究会举办的“超星杯·编缘”征文竞赛中，我的获得银奖的参赛作品《无怨无悔话编缘》中所写的：“一年四季，我们坐在安静的角落，如同一枚渺小的汉字，一行静默的诗句，一尊沉思的雕塑，不求为外人赏识和称道，只愿适得其所，只求内心无怨无悔。”期刊编辑和学术研究既息息相关，又内在相通。当初选择做编辑工作，也成就了我的一点学术追求和梦想。

这本书是我多年来成果的积累。最初，我对诗歌意象发生了兴趣，感觉意象就是诗歌的密码，也是打开诗歌奥秘的钥匙。于是我一方面留意有关意象研究的文章和论著，另一方面尝试从意象的角度分析诗歌文本，同时对散存于现代诗学中的意象理论进行挖掘、梳理和思考。这个过程是细微的、艰辛的。

上篇的“现代意象诗学初探”，是我当年撰写的硕士学位论文。在选题、材料的收集等方面，我的导师——湖南师范大学博士生导师赖力行教授给予了指导和帮助；在论文写作和答辩等环节，湖南师范大学博士生导师、《中国文学研究》主编赵炎秋教授提出了不少宝贵意见。该论文被评为湖南师范大学优秀硕士学位论文。在此我谨向赖力行、赵炎秋等老师深表谢意！

书中的文字基本上已见诸学术期刊，先后在《湖南大学学报》《河南大学学报》《海南大学学报》《云南师范大学学报》《湖南社会科学》《求索》《中国文学研究》《湖南师范大学学报》《吉首大学学报》《武陵学刊》等期刊发表，且有多篇文章被人大复印报刊资料《文艺理论》《中国现代、当代文学研究》、中国当代文学研究会会刊《当代文学研究资料与信息》和《高等学校文科学术文摘》等全文复印或转载，并有作品被《中国文学理论批评文选》全文收录。我要真诚地感谢那些审阅、选用和编校我文章的审稿专家、主编和编辑朋友！

本书系“湘西北文化与文艺发展研究中心”（湘教通［2012］311号）、湖南省应用特色学科“湖南文理学院中国语言文学学科”（湘教通［2018］469号）等平台研究成果，并获得“湖南文理学院优秀出版物出版资助”。感谢“湘西北文化与文艺发展研究中心”负责人、湖南文理学院佘丹清教授的关心和大力支持！

在出版环节，社会科学文献出版社经济管理分社恽薇社长、高雁副社长和宋淑洁等责任编辑给予了诸多关心并付出了辛勤的劳动，在此一并致谢！

张文刚

2019 年 9 月 19 日于常德白马湖畔

图书在版编目(CIP)数据

诗路花雨：中国新诗意象探论 / 张文刚著. -- 北京：社会科学文献出版社，2019.10
ISBN 978-7-5201-5509-0

Ⅰ.①诗… Ⅱ.①张… Ⅲ.①诗歌研究-中国-当代
Ⅳ.①I207.22

中国版本图书馆 CIP 数据核字(2019)第 201290 号

诗路花雨
——中国新诗意象探论

著　　者 / 张文刚

出 版 人 / 谢寿光
组稿编辑 / 恽　薇　高　雁
责任编辑 / 宋淑洁
文稿编辑 / 程丽霞

出　　版 / 社会科学文献出版社（010）59367226
地址：北京市北三环中路甲 29 号院华龙大厦　邮编：100029
网址：www.ssap.com.cn
发　　行 / 市场营销中心（010）59367081　59367083
印　　装 / 三河市尚艺印装有限公司

规　　格 / 开 本：787mm × 1092mm　1/16
印 张：15.75　字 数：218 千字
版　　次 / 2019 年 10 月第 1 版　2019 年 10 月第 1 次印刷
书　　号 / ISBN 978-7-5201-5509-0
定　　价 / 128.00 元

本书如有印装质量问题，请与读者服务中心（010-59367028）联系